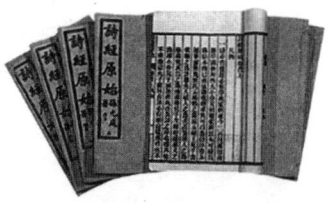

The Concise Handbook
of Chinese
Literature

中国文学速查手册

The Concise Handbook of Chinese Literature

编著／王鸿丽

光明日报出版社

图书在版编目（CIP）数据

中国文学速查手册/王鸿丽编著．—2 版．—北京：光明日报出版社，2004.12
（2025.1 重印）

ISBN 978-7-80145-953-4

Ⅰ．中⋯ Ⅱ．王⋯ Ⅲ．文学－作品－简介－中国 Ⅳ．I206

中国国家版本馆 CIP 数据核字 (2004) 第 141405 号

中国文学速查手册

ZHONGGUO WENXUE SUCHA SHOUCE

编　　著：王鸿丽	
责任编辑：李　娟	责任校对：徐为正
封面设计：玥婷设计	封面印制：曹　净

出版发行：光明日报出版社
地　　址：北京市西城区永安路 106 号，100050
电　　话：010-63169890（咨询），010-63131930（邮购）
传　　真：010-63131930
网　　址：http://book.gmw.cn
E – mail：gmrbcbs@gmw.cn
法律顾问：北京市兰台律师事务所龚柳方律师

印　　刷：三河市嵩川印刷有限公司
装　　订：三河市嵩川印刷有限公司
本书如有破损、缺页、装订错误，请与本社联系调换，电话：010-63131930

开　　本：170mm×240mm	
字　　数：165 千字	印　张：14
版　　次：2010 年 1 月第 2 版	印　次：2025 年 1 月第 4 次印刷
书　　号：ISBN 978-7-80145-953-4	
定　　价：36.00 元	

版权所有　翻印必究

出版说明

Publication Directions

《中国文学速查手册》结合专业辞典类图书及百科全书类图书的优点，注重人文色彩与艺术理念，具有科学实用、阅读方便、装帧精美的特点。

内容的选择，本着权威性与实用性相结合的原则，关注两类知识：一是能体现该学科本质的经典性知识，另一为人们在工作、学习、生活中最常用、最常见的知识。在编写过程中，既注重用准确的文字科学揭示其内涵，又注重用生动流畅的语言表述其外延扩大知识面。

遴选近 1000 幅精美图片，以具象的手法，直观地展示人、事、物；每幅图片都配以准确丰富的图注，不仅深入开掘了图片内涵，而且对相关知识做了补充与拓展。让读者在接受完整信息的同时，获得更加鲜明而深刻的印象。

本书设计与制作注重艺术理念。图文互济互补、相辅相成的编排方式，简洁大方的版式，把多种视觉要素完美结合，这样，不仅彰显了该书浓厚的人文色彩，也给了读者更多的想象空间、审美享受和愉快体验。可以让读者随时随地从每页读起，读每页都会带给读者不同的感受和收获。

精巧的装帧、信息量丰富的版面、简洁明了的体例，在突出工具书基本功能的同时，增添阅读功能与审美功能，进一步提升了本书的实用价值、欣赏价值和收藏价值。

目 录

CONTENTS

先秦两汉文学

2　老子
2　孔子
3　孟子
4　荀子
4　庄子
5　屈原
6　宋玉
6　枚乘
7　贾谊
7　司马相如
8　东方朔
8　司马迁
9　《史记》
10　扬雄
10　班固
11　张衡
11　《诗经》
12　风雅颂
12　《战国策》
13　楚辞
13　风骚
14　《山海经》
14　《左传》

15　汉赋
16　《说苑》
16　汉乐府
17　《孔雀东南飞》
18　《古诗十九首》
18　班马

魏晋南北朝文学

20　孔融
20　曹操
21　蔡琰
21　王粲
22　曹丕
22　曹植
23　阮籍
24　嵇康
24　傅玄
25　潘岳
25　左思
26　张协
26　陆机
27　刘琨
28　郭璞
28　干宝

1

29	陶渊明	47	杨素
29	颜延之	47	王绩
30	谢灵运	48	上官仪
30	鲍照	49	卢照邻
31	江淹	49	骆宾王
32	谢朓	50	杜审言
32	钟嵘	51	苏味道
33	刘勰	51	王勃
34	徐陵	52	杨炯
34	庾信	53	刘希夷
35	《世说新语》	53	沈佺期
36	《文选》	54	宋之问
36	《玉台新咏》	54	贺知章
37	《古文苑》	55	张若虚
37	木兰诗	56	陈子昂
38	正始文学	56	李峤
38	太康体	57	张九龄
39	游仙诗	57	王之涣
40	玄言诗	58	孟浩然
40	山水田园诗	59	李颀
41	永明体	59	王昌龄
41	建安七子	60	王维
42	竹林七贤	60	李白
43	三张二陆两潘一左	61	高适
43	鲍谢	62	崔颢
44	元嘉三大家	62	储光羲
44	竟陵八友	63	常建
		63	刘长卿
		64	杜甫
		64	《三吏》《三别》
		65	岑参
		66	元结
		66	韩翃

隋唐五代文学

46	卢思道		
46	薛道衡		

67	钱起	86	《莺莺传》
67	顾况	86	《酉阳杂俎》
68	张志和	87	初唐四杰
68	戴叔伦	88	文章四友
69	韦应物	88	韩孟诗派
69	李益	89	郊寒岛瘦
70	韩愈	90	大历十才子
70	白居易		

宋与金元文学

71	《长恨歌》	92	柳开
72	刘禹锡	92	王禹偁
72	柳宗元	93	林逋
73	元稹	94	柳永
74	李贺	94	范仲淹
74	杜牧	95	张先
75	李商隐	96	晏殊
75	温庭筠	96	尹洙
76	罗隐	97	梅尧臣
76	韦庄	98	欧阳修
77	司空图	98	苏洵
77	韩偓	99	曾巩
78	陆龟蒙	100	王安石
78	冯延巳	100	晏几道
79	李煜	101	沈括
80	皎然	102	苏轼
80	寒山	102	苏辙
81	边塞诗派	103	黄庭坚
81	山水田园诗派		
82	新乐府运动		
82	古文运动		
83	唐传奇		
84	《虬髯客传》		
84	《李娃传》		
85	《南柯太守传》		

104	秦观	120	《窦娥冤》
104	贺铸	121	白朴
105	陈师道	122	马致远
106	晁补之	122	郑光祖
106	周邦彦	123	王实甫
107	叶梦得	124	《西厢记》
107	朱淑真	124	纪君祥
108	李清照	125	高明
108	陈与义	125	段成己
109	张元幹	126	张养浩
110	洪迈	126	张可久
110	陆游	127	萨都剌
111	范成大	127	睢景臣
112	尤袤	128	《碾玉观音》
112	杨万里	128	《东京梦华录》
113	张孝祥	129	董解元西厢记
114	辛弃疾	129	《拜月亭》
114	姜夔	130	西昆体
115	吴文英	130	江西诗派
116	元好问	131	诚斋体
116	周密	131	江湖诗人
117	文天祥	132	诸宫调
118	张炎	132	杂剧
118	严羽	133	南戏
119	蒋捷	134	唐宋八大家
119	汪元量	135	苏门四学士
120	关汉卿	135	元曲四大家

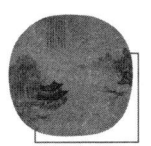

136　荆刘拜杀

明代文学

138　宋濂
138　刘基
139　施耐庵
140　罗贯中
140　高启
141　方孝孺
142　朱权
142　朱有燉
143　李东阳
143　王九思
144　唐寅
144　李梦阳
145　何景明
146　吴承恩
146　兰陵笑笑生
147　《金瓶梅》
148　李开先
148　归有光
149　李攀龙
149　梁辰鱼
150　徐渭
150　四声猿

151　渔阳三弄
152　王世贞
152　李贽
153　汤显祖
153　玉茗堂四梦
154　牡丹亭
154　胡应麟
155　沈璟
156　袁宏道
156　钟惺
157　冯梦龙
158　凌濛初
158　张岱
159　张溥
159　《封神演义》
160　台阁体
160　唐宋派
161　临川派
162　吴江派
162　公安派
163　竟陵派
164　几社
164　复社
165　拟话本
166　吴中四杰
166　前七子
167　后七子

| 168 | 三言二拍 |
| 168 | 四大奇书 |

清代与近代文学

170	钱谦益
170	李玉
171	傅山
171	金人瑞
172	吴伟业
172	黄宗羲
173	李渔
173	顾炎武
174	尤侗
174	侯方域
175	王夫之
175	汪琬
176	魏禧
176	陈维崧
177	朱彝尊
177	王士禛
178	蒲松龄
178	《聊斋志异》
179	洪昇
180	孔尚任
180	纳兰性德
181	方苞
182	沈德潜
182	郑燮
183	刘大櫆
183	吴敬梓
184	毛宗岗
184	曹雪芹
185	袁枚
186	晚清四大谴责小说
186	近代四大词人

现代当代文学

188	鲁迅
188	《呐喊》
189	《彷徨》
189	《朝花夕拾》
190	《故事新编》
190	《野草》
191	欧阳予倩
192	胡适
192	刘半农
193	郭沫若
194	《女神》
194	丁西林
195	徐志摩
196	洪深
196	叶圣陶
197	林语堂
198	郁达夫
198	邹韬奋

199	张恨水	206	《骆驼祥子》
200	茅盾	206	《茶馆》
200	《子夜》	207	闻一多
201	朱光潜	207	俞平伯
201	丰子恺	208	阿英
202	庐隐	208	冰心
202	田汉	209	李金发
203	郑振铎	210	夏衍
204	朱自清	210	冯乃超
204	老舍	211	蒋光慈
205	《四世同堂》		

先秦两汉文学

老 子

老子：约前571—前471 春秋时期楚国人
代表作：《道德经》
作品特点：中国古代哲学思想巨著，以辩证法思想闻名于世。该书文字简约，说理透彻。

我国古代思想家、哲学家，道家学派的代表人物。姓李，名耳，谥曰聃，字伯阳，楚国苦县（今河南省鹿邑县）人。约生活于公元前571公元年至公元前471年之间。据说，他曾作过周朝的守藏史，孔子也曾问其道。他的作品《老子》又被称为《道德经》，共五千言，开创了我国古代哲学思想的先河，研究它的著作可谓是汗牛充栋。他所提出的"无为而治"、"绝圣弃智"、"小国寡民"等主张在我国具有深远的影响。他用"道"来解释宇宙万物的演变，说"道可道，非常道"，"人法地，地法天，天法道，道法自然"，"道生一，一生二，二生三，三生万物"等，这可以说是中国哲学的基础。他的思想中还有朴素的唯物辩证法思想，如他说，"万物负阴而抱阳，冲气以为和"，"有无相生，难易相成，长短相形，高下相盈，音声相和，前后相随"等。就作品本身来说，《老子》文字简约，说理透彻，很能启发人的思考。他的思想经过后人的发展改造，渐与道教相融合，老子也被尊为道教的"开山祖师"。

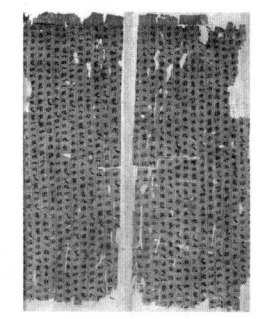

帛书《道德经》

老子像
老子主张人的本性应走向"自然"、"无不为"这一最高境界。相传老子应函谷关关尹之请写了《道德经》后，出关向西归隐而去。

孔 子

孔子：约前551—前479 春秋时期鲁国人
代表作：《春秋》、《论语》等
作品特点：语言简练，言近旨远，词约意丰，富于情感和形象性。

孔子像

中国古代思想家、教育家，儒家学派创始人。名丘，字仲尼，春秋鲁国陬邑（今山东曲阜）人。春秋时期礼乐崩坏，他有志于恢复周礼，带弟子周游列国，宣扬自己的理想与学说。晚年他致力于典籍的整理，删诗书定礼乐，赞《周易》，修《春秋》。其所修《春秋》执笔严峻无私，微言大义，令乱臣贼子望而生畏。他的思想与主张集中体现在《论语》中。《论语》是记录孔子及其弟子的言行的语录体著作，成书于战国初年，是儒家的经典。孔子思想的核心是"仁"、"仁者爱人"，他强调以德治理天下。他的思想主张后来被统治阶级所利用，统治中国达两千多年，影响深远。他也被后世人尊称为"圣人"。在教育方面，他有教无类，诲人不倦，弟子多达三千，其中贤达者七十二，具有重要的影响。《论语》语言简洁，言近旨远，词约意丰，富于情感和形象性，奠定了先秦说理文的基本特征。

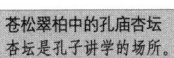

苍松翠柏中的孔庙杏坛
杏坛是孔子讲学的场所。

孟 子

孟子：约前372—前289 战国时期邹国人
代表作：《孟子》
作品特点：文章以对话为主，言简意赅，说理畅达，章法巧妙、文采生动，富有艺术感染力。

孟子像
孟子是继孔子之后儒家的代表人物，他发扬了孔子的学说并使之光大于后世，成就仅次于孔子，因而后世儒家尊称他为"亚圣"。他所著的《孟子》一书，对封建社会影响深远。

战国时期的思想家、文学家，儒家学派的主要代表之一。名轲，字子舆，邹人，幼年丧父，家贫，曾受业于孔子之孙子思。学成后，讲学授徒，游说诸侯，推行仁政，终未见用。后退居乡里，"序《诗》、《书》，述仲尼之意，作《孟子》七篇"，继承和发展了孔子的思想，并提出一套完整的思想体系，对后世产生了极大的影响，被尊奉为仅次于孔子的"亚圣"。《孟子》一书包括《梁惠王》、《公孙丑》、《滕文公》、《离娄》、《万章》、《告子》、《尽心》七篇，其文章以对话体为主，言简意赅、说理畅达、章法巧妙、文采生动，富有浓郁的艺术感染力，是先秦诸子散文的代表之一，深刻地影响了后世散文的发展。

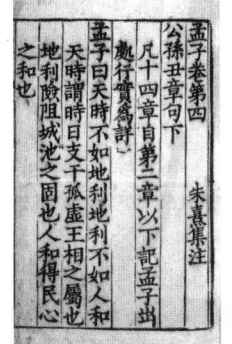

《孟子》书影

亚圣庙坊

荀 子

荀子：约前313—前238 战国时期赵国人
代表作：《荀子》
作品特点：文章气势雄浑、笔墨恣意、善用比喻，是先秦散文的代表作。

荀子像
荀子为战国最后一个大儒，他发展了儒家学派的思想，提出了"隆礼"、"重法"的观点。

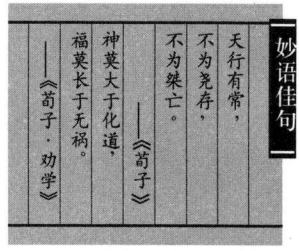

妙语佳句

天行有常，不为尧存，不为桀亡。
——《荀子》

神莫大于化道，福莫长于无祸。
——《荀子·劝学》

中国古代教育家、思想家、文学家。姓荀，名况，尊号荀卿，世人尊称荀子，赵国人。其著作体现了古代朴素的唯物主义思想，提出人定胜天的思想，"法后王"等主张，强调实行法治，建立统一的封建国家。荀子继承与发展了儒家学说，是儒家代表人物之一，并为法家思想的发展起了奠基的作用。荀子的著作集为《荀子》，共32篇，其中《大略》等最后6篇系他的门人记录整理而成。《劝学》中的"学以已。青，取之于蓝，而胜于蓝；冰，水为之，而寒于水"成为千古名言；《成相辞》开后世弹词、鼓儿词等说唱艺术之先河；《赋篇》对汉赋的兴起有一定的影响，在中国文学发展史上有着重要的地位。其文章气势雄浑，笔墨恣意，善用比喻，是先秦散文的代表作品。

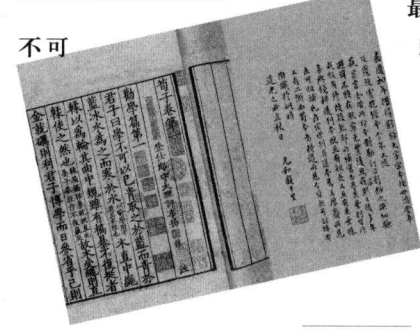

不可

庄 子

庄子：约前369—前286 战国时期宋国人
代表作：《庄子》
作品特点：全书行文汪洋恣肆，语言奇峭富丽，善用形象化的寓言及拟人化的设譬。

战国时期的思想家、文学家、道家学派的集大成者。庄子名周，战国时期宋国蒙城人，曾为漆园吏，与梁惠王、齐宣王同时。其代表作《庄子》原有五十二篇，现仅存三十三篇，包括内篇七篇、外篇十五篇、杂篇十一篇。一般认为，内篇是庄子自著，外篇和杂篇则出自门人和后学之手。《庄子》继承了老子的道家思想，追求人和万物的同一性，向往"逍遥游"的人生理想境界，主张顺应自然、安时处顺的现实态度，深刻反思文明，无情揭露现实。《庄子》在先秦诸子散文中艺术成就最高，鲁迅认为

庄子像

"其文则汪洋辟阖,仪态万方,晚周诸子之作,莫能先也"。全书具有浓烈的主观性和抒情性;行文汪洋恣意,信笔挥洒,然似断实连,曲折有致;语言奇峭富丽,句式灵活,节奏铿锵,韵味无穷;善用形象化的寓言、拟人化的设譬,驰骋于奇诡阔远的想象之域,使用闻所未闻的语言描写见所未见的种种情态,穷形尽相,形神俱现。老庄与儒家构成为中国传统文人思想的两大源泉。

庄生梦蝶图

屈 原

屈原:约前340—前278 战国晚期楚国人
代表作:《离骚》、《天问》、《九歌》等
作品特点:诗歌具有很强的艺术性,极大丰富了诗歌的表现力,为中国古代诗开辟了一片新天地。

我国古代第一位大诗人,楚辞的创立者和代表者,战国时期杰出的政治家。屈原是战国末期楚国人,名平,字原,楚武王熊通之子屈瑕的后代,丹阳人。屈原一生经历了楚威王、楚怀王、顷襄王三个时期,而主要活动于楚怀王时期。其改革和政策受到了一系列的阻挠和中伤,最终遭流放。顷襄王二十一年(公元前278年),秦将白起攻破郢都,屈原自沉汨罗江。屈原的作品计有《离骚》、《天问》、《九歌》(11篇)、《九章》(9篇)、《招魂》,凡23篇。屈原的作品表现了诗人的苦闷彷徨和峻洁坚守的人格,以及"虽九死而犹未悔"的斗争精神,抒发了他的"美政"理想和家国之思,体现了强烈的爱国主义精神。屈原的作品具有强烈的艺术性,屈原的出现,标志着中国诗歌进入了一个由集体创作到个人独创的新时代,他所开创的新诗体——楚辞,突破了《诗经》的表现形式,极大地丰富了诗歌的表现力,为中国古代的诗歌创作开辟了一片新天地。

屈原像

屈子祠
屈子祠位于湖南省汨罗县汨罗江岸的玉笥山上,始建于汉代,现存规模为清代乾隆二十一年(1756)重建。祠后有一平顶土丘,俗称骚坛,传说《离骚》就在此地写成。

宋 玉

宋玉：生卒年月不可考 战国末期楚国人
代表作：《风赋》、《神山赋》、《登徒子好色赋》
作品特点：文章语言细腻、句式多变、长短错落、节奏鲜明。

战国后期楚国辞赋作家。宋玉的作品，最早据《汉书·艺文志》载为十六篇，王逸《楚辞章句》中有《九辩》、《招魂》两篇，《文选》有《风赋》、《高唐赋》、《神女赋》、《登徒子好色赋》、《对楚王问》共五篇。但这些作品，真伪相杂，可具体评述的是《九辩》一篇。《九辩》之名，来源甚古，借悲秋抒发了"贫士失职而志不平"的感慨，塑造了一个坎坷不遇、憔悴自怜的才士形象。宋玉的创作明显受屈原的影响，但它有自身显著的特色，即感觉的细腻和语言的细致等。宋玉极其善于选择具有一定特征的景物与幽怨哀伤的感情融化在一起来抒写，其语言也更加散文化，全诗句式多变，长短错落，节奏鲜明。《九辩》杰出的艺术成就，使宋玉成为屈原之后最杰出的楚辞作家，与之并称"屈宋"，为后人所尊崇。

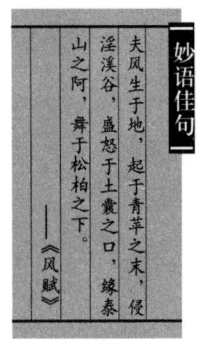

[妙语佳句]

夫风生于地，起于青苹之末，侵淫溪谷，盛怒于土囊之口，缘泰山之阿，舞于松柏之下。

——《风赋》

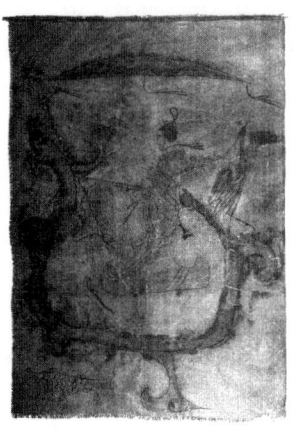

人物御龙帛画 战国

枚 乘

枚乘：？—前140 西汉人
代表作：《七发》、《柳赋》、
作品特点：文章铺张华丽、辞采华美、气势壮观。

汉初辞赋家，字叔，淮阴人。七国之乱中，因谏阻吴王起兵而显名；景帝拜为弘农都尉，因非其所好，以病去官；武帝即位后，以"安车蒲轮"征之，因年老死于途中。枚乘文学上的主要成就是辞赋。《汉书·艺文志》著录有赋九篇，今仅存《七发》、《柳赋》、《菟园赋》三篇，后两篇疑为伪托之作。《七发》见于南朝梁萧统《文选》，是一篇讽喻性作品。赋中假托楚太子有病，吴客前去探望，以互相问答的形式构成八段文字。《七发》铺张华丽，辞采华美，气势壮观，标志着汉代散体大赋的正式形成，并影响到后人的创作，在赋中形成了一种定型的主客问答形式的文体"七体"。

划船游乐图残片 西汉

枚乘的《七发》一出即凌越众作并惊动了当世。文中所赋七事，以"音乐"、"饮食"转向"校猎"、"观涛"，层层逼近，一浪压一浪。刘熙载称此赋"雄奇之气，像如亦当避谢"。

贾 谊

贾谊：前200—前168 西汉人
代表作：《过秦论》、《论积贮疏》等
作品特点：文章说理透彻，逻辑严密，文笔犀利。

贾谊像

西汉初期的儒家学者、政论家、文学家，世称贾太傅、贾长沙、贾生。洛阳人，22岁即为人推荐，被汉文帝征为博士，颇受重用。后遭妒，被贬。后改任文帝少子梁怀王太傅，梁怀王堕马而死，自伤无状，抑郁而亡，年仅33岁。贾谊主要文学成就是政论文，著有《新书》十卷，其思想兼采儒、法，主张仁义与法治并用，而归结于儒家的六经和德政。代表作有《过秦论》、《陈政事疏》、《论积贮疏》等。其文说理透彻，逻辑严密，文笔犀利，为西汉鸿文，对后代散文影响很大。《汉书·艺文志》著录有赋七篇，被贬长沙途中渡湘水时作《吊屈原赋》，以自谕，辞清而理哀。谪居长沙三年，作《鵩鸟赋》，假托与鵩鸟的问答，抒写怀才不遇忧国哀伤之情，又体现出齐生死等祸福的思想，说明"万物变化之理"。其赋皆为骚体，形式趋于散体化，是汉赋发展的先声。

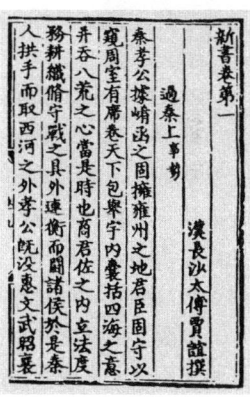
贾谊《新书》书影

司马相如

司马相如：前179—前117 西汉初辞赋家
代表作：《子虚赋》、《上林赋》、《长门赋》等
作品特点：重铺排、重夸饰、极富文采美和音乐美。

司马相如像

西汉辞赋家，字长卿，蜀郡成都人。由于仰慕战国时期以完璧归赵、将相和衷而大名鼎鼎的蔺相如，改名相如。《汉书·艺文志》著录"司马相如赋二十九篇"，现仅存《子虚赋》、《上林赋》、《大人赋》、《长门赋》、《美人赋》、《哀秦二世赋》等六篇。其代表作《子虚赋》、《上林赋》虽非一时一地之作，但内容上前后相接，故《史记》将它们视为一篇，称为《天子游猎赋》。司马相如的赋重铺排，重夸饰，极富于文采美和音乐美，为汉代散体大赋确立了比较成熟的形式，司马相如的赋无论在形式上还是在内容上都代表了汉赋的最高成就。

东方朔

东方朔:前154—前93 主要活动在西汉武帝时代表作:《答客难》、《非有先生论》
作品特点:文章诙谐幽默,言辞犀利,抒发了怀才不遇的感慨。

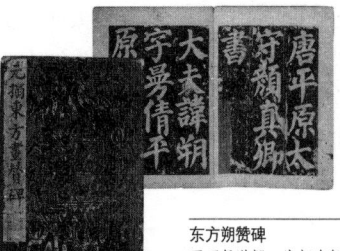

东方朔赞碑
晋夏侯湛撰,唐颜真卿书,它是对东方朔书画的赞赏。

西汉辞赋家,字曼倩,平原厌次(今山东惠民)人。武帝即位初年,征召天下贤良和有文学才能之人,东方朔上书自荐,诏拜为郎。其性诙谐幽默,言词敏捷,常在武帝前谈笑取乐,但能观察颜色,直言进谏,如反对武帝起上林苑之事,但终不得重用。东方朔原有集二卷,久佚;明人张溥编有《东方太中集》,收入《汉魏六朝百三家集》中。其散文赋中最著名者是《答客难》和《非有先生论》,抒写了其怀才不遇之情。

东方朔偷桃图

司马迁

司马迁:前145—约前87 主要活动在西汉武帝时
代表作:《史记》、《报任安书》等

司马迁像

西汉史学家、文学家、思想家,字子长,西汉左冯翊夏阳(今陕西韩城)人。司马迁具有深厚的家学渊源,其家世代为史官,祖辈中也出现过杰出的军事家和专门管理经济的人才,而其父司马谈所撰《六家要旨》中的许多观点都深深地影响了司马迁。少受业于经学大师董仲舒和孔安国。20岁后,赴各地考察游历,出游祖国的大江南北,沿途考察名胜古迹,访问了大量的历史遗迹,为以后编写《史记》积累了第一手资料。汉武帝元封三年(前107年),司马迁任太史令,开始阅读皇室所藏典籍,搜集史料,准备继承父志,承担起撰写《史记》的重任。

当他开始撰述《史记》时，因替投降匈奴的李陵辩解，获罪入狱，惨遭腐刑。此番经历在其《报任安书》中多有记载。此后，司马迁发愤著书，约于汉武帝征和二年（前91年）前后，写成了"究天人之际，通古今之变，成一家之言"的《史记》，该书无论在史学上还是在文学上都具有开创性的功用，深刻地影响了中国的史学传统和文学传统。

《史记》书影

《史记》

特点：叙事简明生动，语言朴素简练、庄谐有致，成功地塑造出众多性格鲜明的人物形象，体现了浓厚的抒情性，被誉为"无韵之离骚"。

我国第一部纪传体通史，既是我国古代最伟大的历史著作，也是我国古代最伟大的文学著作。《史记》原名《太史公书》，共一百三十篇，五十二万字，记事上起轩辕黄帝下迄汉武帝太初年间，分为本纪、世家、列传、书、表五个部分。司马迁希望通过撰写《史记》可以"究天人之际，通古今之变，成一家之言"，在著书过程当中秉承"实录"精神，通过对事件的记述和历史规律的研究，提出了许多富有创造性的观点，如他对于经济、民族关系、下层人民等的卓绝认识，是"史家之绝唱"。同时，开创了我国以人物为中心的文学艺术，成功地塑造出众多性格鲜明的人物形象。叙事简明生动，语言朴素简练、舒缓从容、庄谐有致，体现出浓厚的抒情性，被誉为"无韵之离骚"。《史记》对后世文学影响巨大，其语言被奉为"古文"的最高成就，后世的散文、小说、戏剧等多种文体对《史记》也从语言、内容、风格、结构等各个侧面来加以学习、利用和继承。

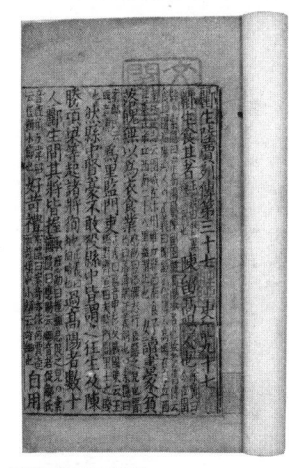

宋代刻本《史记》

《史记》书影

扬 雄

扬雄：前53—18 西汉后期辞赋家、语言学家
代表作：《甘泉赋》、《长杨赋》、《法言》等。
作品特点：文章重铺排、重夸饰，富有节奏美和音乐美。

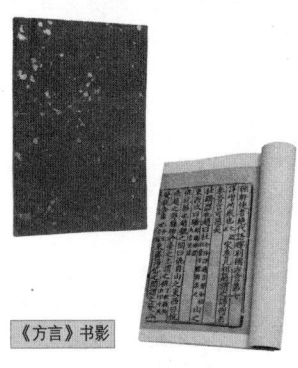

《方言》书影

西汉后期辞赋家、哲学家、语言学家，字子云，蜀郡成都人。扬雄口吃，不善言谈，好深思，以文章闻名于世。扬雄早年极其崇拜司马相如，曾模仿司马相如的《子虚赋》、《上林赋》，作《甘泉赋》、《羽猎赋》、《长杨赋》，故后世有"扬马"之称。扬雄晚年对赋有了新的认识，在《法言·吾子》中认为赋是"雕虫篆刻""壮夫不为"；并认为自己早年的赋和司马相如的赋一样，都是似讽而实劝。这种认识对后世关于赋的文学批评有一定的影响。扬雄在散文方面也可称得上是位模仿大师。如他模拟《易经》作《太玄》，模拟《论语》作《法言》等。在《法言》中，他主张文学应当宗经、征圣，以儒家著作为典范，这对刘勰的《文心雕龙》颇有影响。扬雄还著有语言学著作《方言》，是研究西汉语言的重要资料。

班 固

班固：32—92 东汉初期人
代表作：《汉书》
作品特点：文章语言朴素简练、文采华美。

东汉史学家、文学家，字孟坚，扶风安陵（今陕西扶风）人。年少时，能属文，诵诗书。16岁入洛阳太学，博览典籍，性宽和，为人倚重。父班彪卒后，继父志补续《史记后传》。遭人诬告私改国史，下狱，其弟超上书辩解，明帝嘉其义，召为兰台令史，转迁为郎，典校秘书。自永平中奉诏修史，历二十余年，于建初七年（82）修成《汉书》。《汉书》是我国第一部纪传体断代史，"前四史"之一，对后代影响极大。建初四年（79）参加了在白虎观诸儒讨论《五经》异同的会议，据会议记录，撰《白虎通德论》。和帝永元初（89），随大将军窦宪出征匈奴，为中护军。后窦宪事败，连坐免官，死于狱中，时年61岁。所著辞赋以《两都赋》最著名，体制宏大，风格模仿《子虚》、《上林》，铺写东西二都的繁华，开拓了散体大赋的新题材。此外，《答宾戏》、《幽通赋》皆为述志之作，文辞丰足，多拟他人但仍不失其风。另其作《咏史诗》是现存最早的文人五言诗之一。

班固像

张 衡

张衡：78—139年 东汉人
代表作：《二京赋》、《归田赋》
作品特点：文章用词极尽奢靡，语句清新婉丽，洋洋洒洒，开"抒情小赋"之先驱。

东汉的科学家、文学家、发明家、政治家，字平子，南阳西鄂（今河南南阳）人，少善属文，通五经，贯六艺。曾任尚书和河间相等职。在地震学、天文学、地理学、数学、气象学、机械学等方面，均有突出的乃至当时世界领先的成就。在文学方面，其名著《东京赋》和《西京赋》，合称《二京赋》，历十年而成，描写了东汉时期长安和洛阳的繁华景象，虽极奢靡，但语句清新婉丽，洋洋洒洒，亦为汉赋之代表。他的《归田赋》是魏晋以后大行于世的"抒情小赋"的先驱。张衡在科学技术和文学艺术等方面也做出了杰出贡献，是世界上光彩夺目的科学和文学的双子星。

张衡塑像

《诗经》

特点：采用四言句、隔句用韵，富于变化，杂句错落有致。章法上有重章叠句和反复咏唱的特点，语言上有极强的形象性和音乐性。表现手法上采用"赋、比、兴"。

我国古代第一部诗歌总集。原称为《诗》或《诗三百》，自从汉儒尊《诗》为经，遂以《诗经》称之。汉代传《诗》者有齐、鲁、韩、毛四家，后独《毛诗集》流传于世。《诗经》编成于春秋时代，其中包括西周初年（前11世纪）到春秋中期（前7世纪）大约五百年间的诗歌创作，大部分是闾巷歌谣，也有一部分出自士大夫之手。《诗经》共收诗歌305篇，《诗经》的表现手法有"赋、比、兴"三种。朱熹认为，"赋者，敷也，敷陈其事而直言之者也"；"比者，以彼物比此物也"；"兴者，先言他物以引起所咏之词也"。《诗经》主要采用四言诗和隔句用韵，但亦富于变化，杂言句式错落有致。章法上则具有重章叠句和反复咏唱的特点，大量使用了叠字、双声、叠韵词语，加强了语言的形象性和音乐性。《诗经》是中国诗歌的源头，它积淀了丰厚的文化内涵，开创了中国诗歌的现实主义传统；它的赋比兴手法也成为后世诗歌艺术表现的基本法则。《诗经》是我国文学史上第一座高峰。

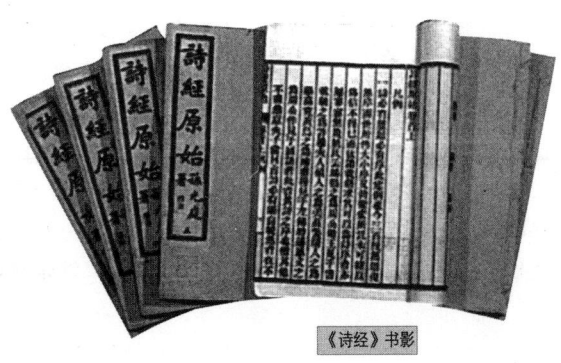

《诗经》书影

风雅颂

特点:"国风"语言朴素简练,"大雅"和"小雅"语言华丽、富用辞藻,"颂歌"气势浑大。

《诗经》按音乐可分为三部分,即"风"、"雅"、"颂"。语出《周礼·春官·大师》:"教六诗:曰风,曰赋,曰比,曰兴,曰雅,曰颂。"《毛诗序》、朱熹、郑樵等都对三者进行过定义,现一般认为《风》指十五《国风》,它们是周南、召南、邶、鄘、邶、卫、王、郑、齐、魏、唐、秦、陈、曹、豳等十五个诸侯国的民间歌曲,共160首。在这些诗篇中,"饥者歌其食,劳者歌其事",表现了下层民众的生活、斗争和思想情感。《雅》诗是周王畿的乐歌,共105篇,有大雅31篇,小雅74篇。大雅多是西周时代的作品;小雅多作于周王室衰微之后。雅诗的内容主要有政治讽喻诗、周族史诗、婚姻爱情诗、农事诗、宴饮诗、颂德诗、贵族怨愤诗、反映民生疾苦诗等。《颂》诗共有40篇,包括《周颂》31篇,《鲁颂》4篇,《商颂》5篇,大体上是宗教祭祀的乐歌,旨在歌颂祖先的丰功伟绩和鬼神的巨大威灵,具有一定的史料价值。

《诗经·豳风·七月》局部图
《诗经·豳风·七月》是一首农事诗,叙述了农人全年劳动情景。这是宋代马和之为该诗配写的诗意画,表现了农人聚在一起的宴饮之乐。

《战国策》

特点:文章非常富于文采,铺张扬厉,气势纵横;情节波澜起伏,多运用寓言故事。

《战国策》是一部记载了战国时代谋臣策士言行和事迹的著作,由西汉的刘向编校整理而成。全书三十三卷,主要记载了东周、西周、秦、齐、楚、赵、魏、韩、燕、宋、卫、中山诸国军政大事。时间上接春秋,下迄秦并六国,以策士们的游说活动为中心,全面反映了战国时期各国的政治、外交情况。与儒家传统的经典不同,这部作品反映的是纵横家的思想,他们大都崇尚谋略,审时度势,追求功名富贵,反映了"士"这一特殊阶层的思想与行为。《战国策》具有很高的文学价值,首先塑造了一系列栩栩如生的人物,如苏秦、张仪、荆柯等。其次是文章非常富于文采,铺张扬厉,气势纵横;情节波澜起伏,摹神描态细腻传神。此外,还运用很多寓言故事来说理论辨,非常具有说服力。《战国策》既是一部史学著作,又是一部文学名著,它的内容与风格影响了一代又一代的学人,在我国的文学史上占有非常重要的地位。

楚辞

特点:楚辞篇章宏阔,气势汪洋恣肆,句式参差错落,富于变化,同时还具有感情奔放、想象力丰富、文采华美、风格绚烂等特点。

《楚辞》是我国古代一部重要的诗歌作品集,它得名于公元前4世纪的战国时代在我国南方楚地形成的一种叫作"辞"的新诗体。这种诗体经屈原发扬光大,其后的宋玉等作家继续从事楚辞的创作。在楚辞之前的《诗经》,诗句以四字句为主,篇章较短,风格朴素,采用散文化的句法;楚辞则篇章宏阔,气势汪洋恣肆,诗的结构、篇幅都扩大了,句式参差错落,富于变化,而感情奔放、想象力丰富、文采华美、风格绚烂,都与诗经作品截然不同。一般来说,诗经产生于北方,代表了当时的中原文化,而楚辞则是南方楚地的乡土文学,楚辞中的大部分作品是屈原吸收民间文学并加以创造性提高的结果。《楚辞》的编纂始于西汉,刘向将屈原、

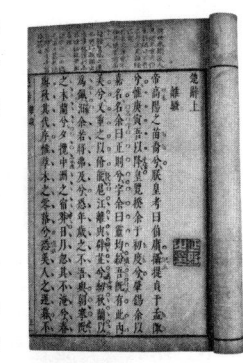

《楚辞》内文

宋玉以及他们的仿真者的作品16篇汇编成书,取名《楚辞》。东汉王逸为十六卷《楚辞》作注,并增入自己创作的《九思》,成《楚辞章句》十七卷,这是现存最早的《楚辞》注本。宋代黄伯思《校定楚辞序》认为:"盖屈、宋诸骚,皆书楚语、作楚声、纪楚地、名楚物,故可谓之'楚辞'。"《楚辞》在我国文学史上具有重要的地位,其代表作家是屈原,其作品直接影响了后代辞赋和骈俪文的发展,其比兴寄托的方法对后代诗歌影响深远。刘勰于《文心雕龙·辨骚》品评其为:"其衣被词人,非一代也。"

风骚

特点:"国风"多是当时人民的口头创作,语言口语化,极朴素;《离骚》则是屈原的代表作,以绮丽的想象和华丽的辞藻著称。

风骚是《诗经》和《楚辞》的并称。语见南朝宋代沈约的《宋书·谢灵运传论》:"是以一世之士,各相慕习,原其飙流所使,莫不同祖风骚。""风",指"国风",即西周时各国的土乐,是《诗经》精华之所在。"骚",指《离骚》,是《楚辞》中最具代表性的作品。"国风"中的作品大部分都是当时人民的口头创作,真实地反映了当时的社会风

貌和人民的生活状况，以及人们对理想的美好生活的追求，这种民歌风格和现实主义手法，对后世影响很大。《离骚》是屈原的代表作，它深沉的现实关怀，热烈的爱国之情，绮丽的想象和华丽的辞藻，吸引了当时及后世的很多文人。可以说，它们是我国文学史上最早出现的现实主义文学和浪漫主义文学的代表。后来也常用来指文章辞藻，如毛泽东《沁园春·雪》："惜秦皇汉武，略输文采；唐宗宋祖，稍逊风骚。"

《楚辞·九歌·国殇》图
长太息以掩涕兮，哀民生之多艰。

《山海经》

特点：语言优美，想象力丰富，涉及内容广泛，对神话学、宗教学具有重要参考价值。

我国先秦古籍，主要记述古代地理、物产、神话、巫术、宗教等，也包括古史、医药、民俗、民族等方面的内容，具有多方面的学术价值。该书约是由战国初年到汉代初年楚和巴蜀地方的人所作，由西汉刘歆编校。《山海经》全书18篇：五藏山经5篇、海外经4篇、海内经4篇、大荒经4篇、又海内经1篇。大致可分为《山经》、《海经》、《大荒经》三部分。《山经》主要介绍山脉等自然地理资源，《海经》、《大荒经》主要都是神话传说，如女娲神话、夸父神话等。该书对于神话学、宗教学具有重要参考价值，同时文字想象力丰富，是优秀的散文作品，对后世文学产生了影响。

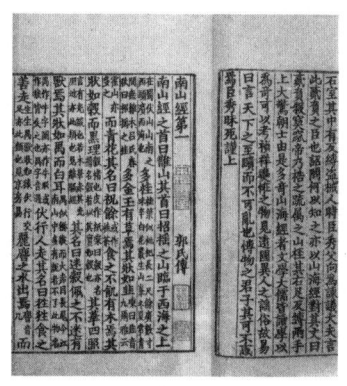

《山海经》书影

《左传》

特点：叙事能力高超，善于处理复杂的历史事件；长于战争的描写，语言精练、严密；记述细节生动，描写人物生动。

全称《春秋左氏传》，原名《左氏春秋》，汉朝时又名《春秋左氏》、《左氏》，汉朝以后多称《左传》，与《公羊传》、《谷梁传》合称"春秋三传"。《左传》相传是春秋末期的史官左丘明所著，学界现在一般认为《左传》非一时一人所作，大约在战国中期成书。《左传》以《春秋》为本，按照鲁国十二公的顺序，记录了这一时期各国的政治、军事、外交等方面的重大事件，共18万字。《左传》代表了先秦史学的最高成就，对确立编年体史书的地位起了很大作用，书中具有鲜明的政治与道德倾向，较接近儒家，强调等级秩序与宗法伦理，同时也表现出"民本"思想。《左传》也是一部非常优秀的文学著作，是我国第一部大规模的叙事性作品。其叙事能力高超，善于处理复杂的历史事件；尤长于战争的描写，简练而精彩；所记外交辞令精练、严密；细节生动，人物细腻。《左传》对后世有极大影响，它既直接影响了《战国策》、《史记》的写作风格，也为后代小说、戏剧的写作提供了丰富的材料。

左丘明像

汉赋

特点：采用问答体，韵散夹杂，好堆砌词语，极尽铺陈排比之能事。

　　汉赋是汉代最主要的文学体裁，一般分为骚体赋、散体大赋和抒情小赋三类。汉赋一般篇幅较长，多采用问答体，韵散夹杂，其句式以四言、六言为主，但也有五言、七言或更长的句子。汉赋闳阔壮丽，但也好堆砌词语，极尽铺陈排比之能事。汉赋的形成受到了《诗经》和《楚辞》的巨大影响。汉赋的三种类型代表了汉赋发展的三个阶段。骚体赋主要盛行于西汉初年，受骚体诗或者楚辞的影响，如贾谊的《吊屈原赋》。散体大赋又称作汉大赋，也是人们一般意义上所认为的汉赋。它主要盛行于西汉中叶至东汉初年，代表作家作品有枚乘的《七发》、司马相如的《子虚赋》、《上林赋》等等。抒情小赋是汉赋的新发展，它的出现预示着汉大赋的衰弱。但是抒情小赋篇幅短小，比起汉大赋的恢宏壮丽自有一番情趣。代表作家作品主要有张衡的《归田赋》、赵壹的《刺世嫉邪赋》等。

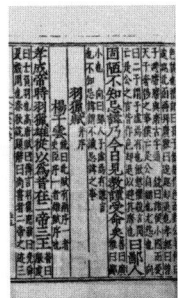  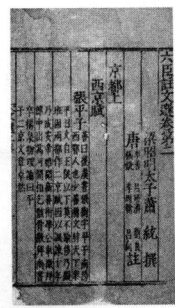

扬雄的《羽猎赋》、司马相如的《子虚赋》、张衡的《两京赋》书影

《说苑》

特点：条理清晰、语言优美，采用以故事传达理念的独特表达方式。叙事有条理，对话描写高超，文字简洁精到。

《说苑》是刘向采集古书经修纂而成的书籍，具有宝贵的史料价值和文学价值。刘向是西汉末期集文学家、经学家、政治家与目录学家于一身的学者。本着宗室的爱国心，刘向从古书中大量取材，重组一些条理清晰、说解简易的故事寓言成书，即《说苑》，希望借此提升皇帝的行政素养。《说苑》书二十卷，共分二十个主题，依次是：君道、臣术、建本、立节、贵德、复恩、政理、尊贤、正谏、敬慎、善说、奉使、权谋、至公、指武、谈丛、杂言、辨物、修文和反质。全书以治道为重心，以儒术为根本，以故事传达理念的表述方式，展示了刘向本人的政治思想，也呈现了汉武帝以后的政治思潮。同时，该书善于叙事，对话描写高超，文字简洁精到，具有独特的文学风貌。

刘向像

汉乐府

特点：叙事细节清晰完整，刻画人物性格突出；激烈而直露地体现作者的情感。

汉乐府指汉代乐府机关从各地搜集来的民歌，亦称为"乐府诗"或"乐府"，代表作有《妇病行》、《孤儿行》、《东门行》、《战城南》、《陌上桑》、《十五从军征》和《孔雀东南飞》等。班固认为汉乐府的特色在于"感于哀乐，缘事而发"，最基本的艺术特色就在于它的叙事性，出现了由第三者叙述故事的作品和有一定性格的人物形象和比较完整的情节，奠定了中国古代叙事诗的基础。与这种叙事性相伴随的则是汉乐府民歌所体现出来的激烈而直露的感情，形成了一次情感表现的解放。同时这种精神也开启了后代法门：建安曹操诸人古题乐府的"借古题写时事"，杜甫新题乐府的"即事名篇，无复依傍"以及白居易所倡导的新乐府运动"歌诗合为事而作"等均源于此。

《乐府诗集》书影

乐府钟
这件铜钟出土于陕西省西安市临潼区秦始皇陵，上面铸有"乐府"二字，表明早在秦代，乐府这个机构就已经出现。

其次，汉乐府民歌的主要形式是杂言体与五言体，这也对后代诗歌创作影响深远，后代杂言莫不源于汉乐府，而五言体则逐渐取代了《诗经》的四言和《楚辞》的骚体，成为我国诗史上一种重要的诗歌形式。总之，作为汉代非主流的民间创作，汉乐府深刻影响了后代文人的创作，促进了诗歌的发展，在文学史上具有相当重要的地位。

《孔雀东南飞》

特点：全篇以五言为主，语言生动活泼，文字繁简得当，结构完整紧凑，是汉乐府叙事诗发展的最高峰。

《孔雀东南飞》是我国汉乐府民歌中最长的一首五言叙事诗。该诗最早见于南朝徐陵的《玉台新咏》，题为《古诗为焦仲卿妻作》。宋代郭茂倩《乐府诗集》将它收入《杂曲歌辞》，题为《焦仲卿妻》。《孔雀东南飞》的创作时间大致是东汉献帝建安年间，作者不详，从汉末到南朝，此诗在民间广为流传并不断被加工，终成为汉代乐府民歌中最杰出的长篇叙事诗。全诗340多句，1700多字，主要描写刘兰芝嫁到焦家为焦母不容而被遣回娘家，兄逼其改嫁。新婚之夜，兰芝投水自尽。其最大的艺术成就在于人物的成功塑造，同时语言生动活泼，剪裁繁简得当，结构完整紧凑。《孔雀东南飞》成为汉乐府叙事诗发展的高峰，其影响也重大而深远。

《孔雀东南飞》图

《古诗十九首》

> 特点：长于抒情；融情入景，寓情于景；通过诗句揭示作者的内心活动，同时又善于运用比兴手法，语言不假雕饰，自然朴实，余味无穷。

《古诗十九首》，组诗名，汉无名氏作，非一时一人所为，一般认为产生于东汉末年。南朝梁萧统合为一组，收入《文选》，题为《古诗十九首》。《古诗十九首》的作者既非一人，所以它们反映的思想内容是很复杂的，其主题有闺人怨别、游子怀乡、游宦无成、追求享乐等等，但其有一个共同的特征，就是对人生易逝、节序如流的感伤，大有汲汲遑遑如恐不及的忧虑，这些都反映了社会大动乱的前夕，失意士人对于现实生活和内心要求的矛盾和苦闷。《古诗十九首》的艺术成就十分突出，被誉为"惊心动魄，一字千金"。其主要艺术特色是长于抒情；融情入景，寓情于景；又善于通过某种生活情节抒写作者的内心活动，抒情中带有叙事意味；同时善于运用比兴手法，着墨不多而能言近旨远，语短情长；语言不假雕琢，浅近自然，但又异常精练，含蓄蕴藉，余味无穷。其高度艺术成就是五言诗已经达到成熟阶段的标志，《古诗十九首》也被刘勰誉为"五言之冠冕"。

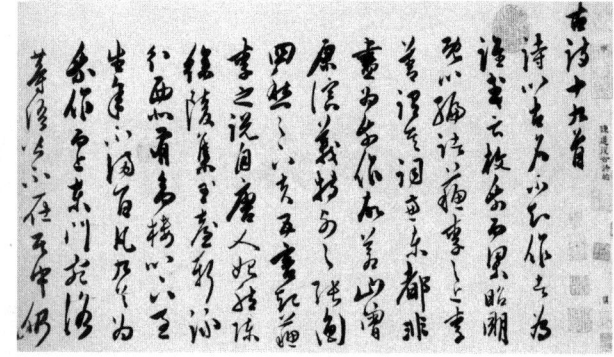

草书《古诗十九首》（局部） 明 陈道复

班 马

> 作品特点：二人都是以写史见长，司马迁开创了纪传体通史的先例；班固开创了纪传体断代史的先例。二人对后世的史学和文学均有深远的影响。

班固像

"班马"系史学家、文学家班固和司马迁的并称，亦称"马班"。语出唐房玄龄《晋书·陈寿传论》："丘明既没，班马迭兴。奋鸣笔于西京，骋直词于东观。"司马迁是我国纪传体史学与传记文学的开创者，其编纂的《史记》也被誉为"史家之绝唱，无韵之离骚"。班固是东汉史学家、文学家，其编纂的《汉书》则是我国第一部断代史。二人与这两部著作对后世的史学和文学均影响深远。

魏晉南北朝文學

孔 融

孔融：153—208 东汉末期人。
代表作：《孔北海集》
作品特点：文章简洁锋利，多讥嘲之辞，言论往往与传统相悖。

东汉末文学家，鲁（今山东曲阜）人，字文举，孔子二十世孙。曾任北海相，亦称孔北海，为"建安七子"之一。有"孔融让梨"的著名典故。孔融是东汉末年一代大儒，亦是汉末著名文学家，著有诗、颂、议、论、策、表等个体文章25篇。所著散文简洁锋利，多讥嘲之辞，言论往往与传统相悖，终为曹操所忌，杀之，株连全家，终年56岁。魏文帝曹丕深爱孔融文辞，每赞叹说"杨、班俦也"，并推孔融为"建安七子"之首。刘勰也称赞孔融"气盛于笔"，"诗文豪气直上"。后人辑有《孔北海集》。

孔融让梨

孔融像

曹 操

曹操：155—220 东汉末期人
代表作：《蒿里行》、《观沧海》等
作品特点：诗作内容深沉，气魄雄伟；散文则清峻整洁，质朴刚健。

汉魏间的政治家、军事家、诗人，字孟德，小名阿瞒，沛国谯县（今安徽亳州）人，子曹丕称帝，追尊为武帝。曹操善诗歌，今存不足20首，多为乐府。《蒿里行》、《观沧海》、《龟虽寿》等名篇，内容深沉，气魄雄伟，慷慨悲凉，反映汉末人民的苦难，抒发了自己的政治抱负，虽悲壮却不失积极进取的精神。曹操的散文也独具一格，清峻整洁，质朴刚健。曹操因其独特的创造精神，被鲁迅誉为"改造文章的祖师"。

曹操像

衮雪帖 三国 曹操

蔡 琰

蔡琰：生卒年月不详 东汉末期人。
代表作：《胡笳十八拍》、《悲愤诗》
作品特点：她的诗作形式上用楚辞体或骚体，语言淋漓酣畅，辞藻华美。

文姬归汉图

汉魏间女诗人，字文姬，又作昭姬，陈留圉（今河南杞县）人，蔡邕之女。自幼博学多才，好文辞，通音律。初嫁河东卫氏，夫亡无子，归宁于家。后兵乱中被虏，被胡兵辗转掳入南匈奴，身陷南匈奴十二年，生二子。曹操素与文姬之父蔡邕善，因痛其无子嗣，故以金璧将其赎回。后嫁与同郡董祀为妻。有感于战乱别离，她曾作《悲愤诗》二篇，痛悼汉室的衰亡，嗟叹生民的苦难以及自身的遭遇，令闻者为之叹息。另有《胡笳十八拍》一篇（或被认为伪作），内容上与《悲愤诗》相似，形式上用的是楚辞体或骚体。整首诗淋漓酣畅，一气呵成，虽被认为是伪作，但也不失为一篇非常优秀的作品。

王 粲

王粲：177—217 汉魏时期人
代表作：《从军行》、《登楼赋》等
作品特点：诗的语言凄婉，辞藻优美，发语悲恻，感人至深。

汉魏间诗人，"建安七子"之一，字仲宣，山阳高平（今山东邹城）人。少时即有才名，初依刘表，后归曹操，官至魏国侍中。王粲以诗赋见长，诗今存23首，赋今存20多篇。《七哀诗》、《从军行》五首等诗作取材概括，发语悲恻，感人至深。而《登楼赋》则是当时闻名的抒情小赋，显示出抒情小赋在艺术上的成熟。《文心雕龙》、《诗品》等著名评论专著均称粲之诗赋为"七子之冠冕"。

扫码获取更多资源

步栖迟以徙倚兮，白日忽其将匿。风萧瑟而并兴兮，鸟相鸣而举翼。
——《登楼赋》

曹丕

| 曹丕：187—226 汉魏时期人 |
| 代表作：《燕歌行》、《典论·论文》 |
| 作品特点：诗作文笔纤细，感情细腻；散文用格雅致，如行云流水。 |

　　三国时魏国诗文作家、文论家，即魏文帝，字子桓，沛国谯县（今安徽亳州）人，曹操次子。今存其诗约40首，代表作《燕歌行》2首，是现存最早的完整七言诗，文笔纤细，感情细腻。其散文成就也较高，代表作有《与吴质书》。其文学专论《典论·论文》是我国较早的文学批评专著。在这篇论文中他高度评价了文学的功用，说："盖文章，经国之大业，不朽之盛事。年寿有时而尽，荣乐止乎其身，二者必至之常期，未若文章之无穷。"此外，他还对建安七子进行了评论，提出了"文气"的概念，而且注意了不同文体的区别，这些范畴都成为后来文学批评中的重要课题，在我国文学批评史上具有重要的意义。后人辑有《魏文帝集》。

魏文帝曹丕像

曹植

| 曹植：192—232 汉魏时期人 |
| 代表作：《白马篇》、《洛神赋》、《七步诗》等 |
| 作品特点：诗文感情细腻，艺术性较高，行文流畅优美。 |

　　建安文学的集大成者，沛国谯县（今安徽亳州）人，字子建，曹操妻子卞氏生第三子，累封为陈王，谥思，世称陈思王。天资聪颖，举笔成文，才思隽发，为曹操所钟爱，欲立为太子，然因"任性而行，不自雕励，饮酒不节"，其兄曹丕得即帝位，忌其才，曹植终身不得用，郁郁而终。曹植的诗赋杂文都达到了汉魏之际的最高成就。曹植现存诗约80首，丁晏认为曹植是"古今诗人之冠，灵均以后一人而已"。曹植对于五言诗的创作贡献尤大，他将抒情和叙事有机地结合起来，使五言诗既能描写复杂的事态变化，又能表达曲折的心理感受，大大丰富了它的艺术功能。其代表作有《白马篇》、

曹植像

洛神赋图卷（局部） 东晋 顾恺之

《赠白马王彪》、《野田黄雀行》、《七步诗》等。曹植有赋文约40余篇，文章流畅优美，代表作有《洛神赋》等名篇。曹植对后世影响深远，在两晋南北朝时被推尊到文章典范的地位。钟嵘在《诗品》中誉其为"陈思为建安之杰"，并以为"骨气奇高，词采华茂，情兼雅怨，体披文志，粲溢古今，卓尔不群"。

阮籍

阮籍：210—263 三国时期魏国人
代表作：组诗《咏怀诗》
作品特点：文章骈文与散文相杂，说理透彻，文辞优美；诗则多用比兴，用笔曲折，含蕴隐约。

三国时期文学代表作家，字嗣宗，陈留尉氏（今河南尉氏县）人，阮瑀之子，晚年做过步兵校尉，故世称"阮步兵"。阮籍博览群籍，本有"济世志"，后因政治黑暗终日纵酒佯狂，"发言玄远，口不臧否人物"，为

阮籍像

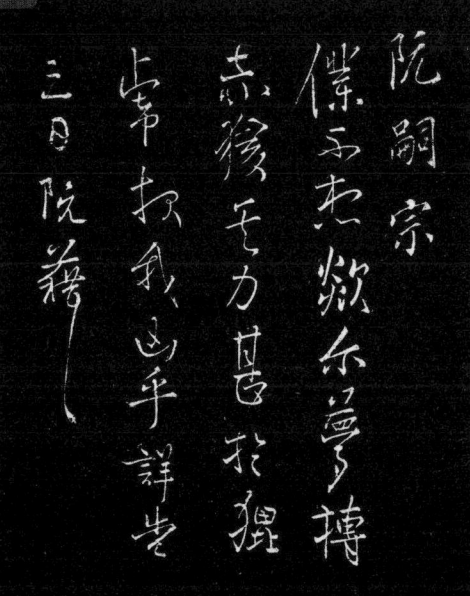

不想帖 魏 阮籍

人鄙弃礼法，任情自适。阮籍的诗歌对于中国五言诗的发展具有重大的影响，代表作为82首五言《咏怀诗》，组诗内容复杂，多用比兴，用笔曲折，含蕴隐约。阮籍的五言诗开拓了中国古典诗歌的广度和深度，增强了哲理性和抒情力度，《文心雕龙》认为"阮旨遥深"。钟嵘评为"言在耳目之内，情寄八荒之表"，"颇多感慨之辞，厥旨渊放，归趣难求"。阮籍的散文，以《大人先生传》最著名，文章骈散相杂，眼光锐利，说理透彻，并且成功塑造了大人先生的完美形象。

嵇 康

嵇康：224—263 三国时期魏国人
代表作：《幽愤诗》、组诗《赠秀才从军》
作品特点：文章逻辑严密、说理透彻，文辞优美。

嵇康像

魏晋之际文学家，字叔夜，谯郡铚（今安徽宿州）人。魏宗室女婿，官至散大夫，世称嵇中散。少孤贫，然励志勤学，博闻广治，文学、玄学、音乐无不精通。嵇康恬静寡欲而又峻急刚烈不抱礼法，因其不合作态度，为司马昭所害。嵇康的诗歌以四言取胜，代表作有《幽愤诗》、组诗《赠秀才从军》等，其中的名句"风驰电逝，蹑景追飞"、"目送归鸿，手挥五弦"等流传千古。嵇康的文章成就也较高，《与山巨源绝交书》等散文嬉笑怒骂、文风大胆，《声无哀乐论》等论说文则逻辑严密、说理透彻。

行草绝交书卷 元 赵孟頫
松雪以宋宗室而降元，虽显赫一时，封侯晋爵，然静思此身，岂有不问心无愧处，此卷所书时，正松雪翁六十六龄之时，暮年光景，更有一番难言滋味。此卷开首颇平淡，行楷之雅全出，渐后渐急，纵横欹侧，韵致齐出，是将胸臆中一股郁愤发泄而出，姿态变化，是古今行书之神品，被誉为"行书第三"，亦不为过。

傅 玄

傅玄：217—278 魏晋时期人
代表作：《秦女休行》、《车遥遥》等
作品特点：语言朴素，风格刚健。

西晋初文学家，字休奕，祖籍北地泥阳（今陕西耀州区），仕魏、晋两代，为官清峻。傅玄博学能文，参与撰写《魏书》，自著有《傅子》，今存辑本《傅鹑觚集》。傅玄精通音乐，以乐府诗体见长。其诗歌内容多模仿汉乐府民歌，多写男女之情及女性的不幸，语言朴素，风格刚健。代表作有《豫章行苦相篇》、《秦女休行》、《昔思君》和《车遥遥》等。

《傅鹑觚集》书影

潘 岳

> 潘岳:247—300 魏晋时期人
> 代表作:《悼亡诗》、《怀旧赋》等
> 作品特点:诗文感情真挚,善叙悲哀之情。

西晋文学家,字安仁,荥阳中牟(今河南中牟)人。少有才名,入仕途但并不如意,赵王伦执政时为孙秀所害。潘岳工于诗赋,其诗以写哀吊内容见长,善叙悲哀之情,代表作有《悼亡诗》三首,感情真挚。潘岳同时擅长哀、诔文,被誉为"哀诔之妙,古今莫比,一时所推",如《哀永逝文》、《马汧督诔》。潘岳辞赋代表作有《西征赋》、《秋兴赋》、《怀旧赋》等,情感细腻,低沉伤感。

> 临川感流以叹逝兮,登山怀远而悼近。
> 彼四戚之疚心兮,遭一涂而难忍。
> 嗟秋日之可哀兮,谅无愁而不尽。
> ——《秋兴赋》

左 思

> 左思:约250—305 魏晋时期人
> 代表作:《咏史诗》、《三都赋》
> 作品特点:诗风高亢雄迈,刚健质朴,语言简劲。

西晋文学家,字太冲,山东临淄人,出身于寒素之家,"二十四友"之一。其代表作《咏史诗》8首,借古讽今,批判了士族门阀制度的不合理,抒发了寒门士人怀才不遇、有志难伸的心曲。其诗风高亢雄迈,刚健质朴,语言简劲,继承了建安文学的传统。钟嵘认为左思"文典以怨,颇为精切,得讽喻之致",誉之为"左思风力"。左思的《三都赋》则有"洛阳纸贵"之誉。

> 郁郁涧底松,离离山上苗,
> 以彼径寸茎,荫此百尺条。
> ——《咏史诗》

张 协

> 张协：？—307 魏晋时期人
> 代表作：《杂诗》十首
> 作品特点：文体华净，辞采华茂，状物工巧。

西晋文学家，字景阳，安平（今属河北省）人。曾出仕，任公府掾、秘书郎、华阳令等职。后天下纷乱，辞官归隐，复征不就，终日吟咏自娱。张协与其兄张载、其弟张亢均是西晋有名的文人，时称"三张"，钟嵘在《诗品》总论中把他们与陆机、陆云、潘岳、左思等并提，作为西晋文学的代表。"三张"中，张协的成就最高。他的主要作品是《杂诗》十首，文体华净，辞采华茂，状物工巧。《隋书·经籍志》录张协有集4卷，但已散佚。明人张溥辑《汉魏六朝百三家集》中有《张孟阳·景阳集》。

> 惟蜀之门，作固作镇。是说剑阁，壁立千仞。
> 穷地之险，极路之峻。世浊则逆，道清则顺。
> ——张载《剑阁铭》
>
> 张载乃张协兄，其《剑阁铭》一出，令晋武帝奇之，即派人镌刻在剑阁山砂锅内。刘勰云："惟张载《剑阁》。其才清采，迅足骎骎，后发先至，勒铭岷汉，得其宜矣。"

陆 机

> 陆机：261—303 魏晋时期人
> 代表作：《吊魏武帝文》、《辩亡论》
> 作品特点：诗歌美感丰富，语言深奥典雅，技巧纯熟，用词注重色彩声调，景物描写细致。

西晋文学家，字士衡，吴郡华亭（今江苏苏州）人。曾任平原内史，世称"陆平原"，与其弟陆云并称"二陆"。祖父陆逊、父陆抗，均为东吴名将，地位显赫。吴亡入洛，以文才被召。惠帝时宗室相争，陆机因兵败，被诛三族。陆机才冠当世，诗、文、辞赋均有成就，在史学、书法等艺术方面也多有建树。陆机诗歌"才高词赡，举体华美"，内容多模拟，其乐府多因袭旧题，另有《拟古诗》十二首也多是变换词句。其诗歌美感丰富，语言深奥典雅，

陆机像

技巧纯熟,用力于修辞,句式多用排偶,词汇注重色彩声调,景物描写细致,感受敏锐细腻,代表作有《赴洛中道作》等。陆机以其"缘情绮靡"(《文赋》)的准则和自身的创作,对南朝文学产生了很大影响。陆机文赋更受人赞誉,代表作有《吊魏武帝文》、《辩亡论》、《豪士赋序》等。赋体的文艺批评著作《文赋》,是中国文学理论批评发展史上第一篇系统的创作论,对后世影响良多。因其多方面的成就,陆机被后人誉为"太康之英"。

平复帖 西晋 陆机

刘 琨

刘琨:271—318 西晋人
代表作:《扶风歌》等
作品特点:诗作清刚悲壮,沉痛悲凉。

西晋诗人,音乐家,爱国将领,字越石,中山魏昌(今河北定州)人。出身士族,隽朗雄豪,曾与祖逖夜间共同"闻鸡起舞",一度沉迷于酬和应唱的生活。后历经"国破家亡,亲友凋残"之痛,思想大变,在北方辗转抗敌,屡败无悔。后被幽州刺史段匹䃅杀害。刘琨现存诗歌仅《扶风歌》、《重赠卢谌》等三首,都是后期作品。其作抒发了家国之痛、英雄失路之悲,清刚悲壮,沉痛悲凉。《文心雕龙》认为刘琨诗歌"雅壮而多风",《诗品》评为"善为凄戾之词,自有清拔之气"。

抚琴俑 西晋
魏晋时期人们生存在一种特殊的无奈的境地之中,正是这种无常的时代状况造就了那个年代文人随心所欲、任情自然的态度,琴乐、酒和诗构成了文人的全部生活,体现出个性解放的要求。

郭 璞

> 郭璞：276—324 西晋人
> 代表作：《游仙诗》
> 作品特点：诗借游仙以抒怀，感慨乱世之不得志；辞赋气魄宏大。

晋代文字训诂学家、堪舆学鼻祖、文学家，字景纯，河东闻喜（今山西）人。博学高才，好阴阳卜筮之术，为时人所重，后因劝阻王敦谋反而被杀。其诗歌代表作为《游仙诗》十四首，现存完整者十篇。其诗借游仙以抒怀，混合老庄思想与道教神仙之说，歌咏高蹈遗世的情怀，感慨乱世之不得志。《诗品》认为其诗"彪炳可玩"。其辞赋代表作《江赋》，气魄宏大，其词甚伟。《晋书·郭璞传》评价郭璞"辞赋为中兴之冠"。

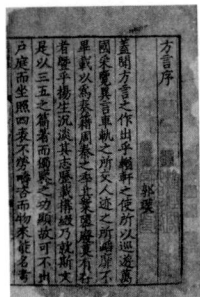

《輶轩使者绝代语释别国方言解》十三卷
汉扬雄撰，晋郭璞解，宋庆元六年寻阳郡齐刻本。

干 宝

> 干宝：？—336 东晋人
> 代表作：《搜神记》、《晋记》、
> 作品特点：文辞优美、故事性强，流传颇广。

东晋初史学家，字令升，据传祖籍新蔡（今河南新蔡）县。少勤学，博览群书，以德才召为著作郎。东晋初年，经推荐，领修国史。东晋太宁三年著《晋记》20卷，直而能婉，时称良史。又有《周易注》10卷、《周官注》12卷、《春秋左氏义外传》15卷、《搜神记》20卷、《干子》18卷、文集4卷等，其著述跨四部，学识博通。《搜神记》原书已佚，今存本为后人辑录，是我国魏晋志怪小说的代表作。书中多述神仙鬼怪，并保留了许多古代传说和民间故事，如《董永卖身》、《相思树》、《干将莫邪》、《李寄斩蛇》等，在民间广为流传，并对后世文学创作影响深远。

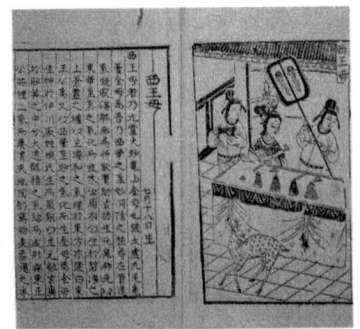

《搜神记》书影

陶渊明

> 陶渊明：365—427 魏晋南北朝人
> 代表作：《归园田居》、《饮酒》、《桃花源记》
> 作品特点：将自然景色与抽象哲理结合起来，显示"静穆""朴素"等美学特色。散文浅近而意味深长。

魏晋南北朝文学家，一名潜，字元亮，私谥靖节先生，浔阳柴桑（今江西九江）人。曾祖陶侃是东晋的开国元勋，祖父陶茂官至太守。陶渊明幼年丧父，家道败落，亦曾出仕，后去职归隐。陶渊明现存诗120多首，散文6篇，辞赋3篇等。陶渊明虽有《读山海经》、《咏荆轲》等"金刚怒目"之诗，但其最有代表性的是田园诗，如《归园田居》、《饮酒》等。陶渊明的田园诗表现了他以"自然"为核心的哲学，将自然景色与抽象哲理结合起来，显示出了"静穆""朴素"等美学特色。陶诗开创了田园诗这一新的审美内容，以自然朴素的形式呈现出清明淡远的艺术境界。

陶渊明像

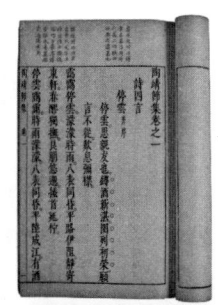

《陶渊明文集》
历史上第一个为陶渊明编集作序的是梁代昭明太子萧统。他说："余素爱其文，不能释手，尚想其德，恨不能同时。"

陶渊明留存下来的散文、辞赋并不多，但名篇甚多。散文以《桃花源记》最著名，语言优美朴素，构建了一个作者心中的乐园。《五柳先生传》是作者自况，全篇百余字，以一"不"字贯通始终，言语浅近而意味深长。辞赋以《归去来辞》最为著名，朴素清新，富于诗意。其余的《感士不遇赋》、《闲情赋》等都各有特色。

颜延之

> 颜延之：384—456 南朝宋人
> 代表作：《五君咏》等
> 作品特点：语言艰深，辞藻堆砌，多用典故，好对仗，形成繁密深重、华美典雅的风格。

南朝宋文学家，字延年，琅琊临沂（今山东临沂）人。先仕于晋，入宋后官至金紫光禄大夫，故后世称之颜光禄。诗与谢灵运齐名，并称"颜谢"。颜延之为人好酒疏诞，不肯曲阿权贵，和陶渊明私交甚笃。颜诗现存的大多数是应酬唱和之作及拟古乐府，语言艰深，辞藻堆砌，多用典故，好对仗，形成繁密深重、华美典雅的风格。汤惠休认为其诗"如错采镂金"。代表作有《五君咏》五首，借阮

兰薰而摧，玉缜则折。物忌坚芳，人讳明洁。日若先生，逢辰之缺。
——《祭屈原文》

籍、嵇康等五位古人抒发自己的不平，文辞质朴简练，风调慷慨激切。《北使洛》、《还至梁城作》二诗，描绘北方的残破景象，抒发心中悲怆之情。

谢灵运

谢灵运：385—433 晋宋时期人。
代表作：《石门岩上宿》
作品特点：作者自铸新辞，体物细微，精细生动，表现出清新、明丽又不乏幽深的意境。

谢灵运像

晋宋间诗人，当时被誉为"江左（指南朝）第一"。祖籍陈郡阳夏（今河南太康），世居会稽，出身于东晋显赫世家，祖父谢玄。谢灵运年轻时就袭爵封康乐公，故世称谢康乐。他幼时寄养在外，故小名"客儿"，后世又称之为谢客。谢灵运因政治失意，在永初三年任永嘉太守后，便肆意山水，并多有描写永嘉、会稽等地的山水名胜的诗作。谢灵运的主要文学成就是山水诗，代表作有《石壁精舍还湖中作》、《石门岩上宿》等，尤其是各篇当中的名句久经传诵，如"池塘生春草，园柳变鸣禽"（《登池上楼》）、"白云抱幽石，绿筱媚清涟"（《过始宁墅》）等。谢灵运的山水诗，自铸新辞，体物细微，精细生动，表现出清新、明丽又不乏幽深的意境。虽然谢诗仍带有玄言诗的痕迹，并且有"繁富为累"之病，但谢灵运开创了我国的山水诗派，打破了东晋诗坛"玄言诗"占统治地位从而导致的沉闷状态，完成了从玄言诗到山水诗的演变，所谓"庄老告退，而山水方滋"。谢灵运开创的山水诗派成为我国古典诗歌中最重要的流派之一，谢诗对唐代的李、杜、王、孟、韦、柳诸大家都有深远影响。鲍照认为："谢五言如初发芙蓉，自然可爱。"钟嵘在《诗品》中也评谢灵运为"若人兴多才高，寓目辄书，内无乏思，外无遗物，其繁富宜哉！然名章迥句，处处间起，丽典新声，络绎奔会，譬犹青松之拔灌木，白玉之映尘沙，未足贬其高洁也。"

鲍 照

鲍照：？—466 南北朝人
代表作：《拟行路难》
作品特点：诗刚劲有力、慷慨任气、气势壮观，影响深远。

南北朝的诗人，"元嘉三大家"之一，字明远，世称"鲍参军"，生于魏晋南北朝的混乱时代，虽胸怀大志，但一生沉沦下僚，郁郁不得志，最终死于乱兵之手。现存诗约有二百多首，其中乐府诗80多首。《拟行路难》18首是其代表作，被誉为"发唱惊挺"、"倾炫心魂"，鲍照创造的以七言句式为主的杂言体诗，为后世七言歌行的发展奠定了基础。鲍照的五言乐府刚劲有力，《代出自蓟北门》等从军诗，是唐代边塞诗的先驱。鲍照在诗坛上的影响既深且广，为李白、高适、岑参、杜甫等的创作奠定了坚实的基础，被杜甫赞为"俊逸鲍参军"。鲍照还擅长诗赋和骈文，代表作有《芜城赋》和《登大雷岸与妹书》等，均为名篇。刘熙载《艺概·诗概》云："明远长句，慷慨任气，磊落使才，在当时不可无一，不能无二。"

> 边风急兮城上寒，井径灭兮丘陇残.
> ——鲍照《芜城赋》

江 淹

江淹：444—505 南朝人
代表作：《恨赋》、《别赋》
作品特点：构思精巧，音韵优美，句法错综，言约意丰，意趣深远。

南朝文学家，字文通，济阳考城（今山东济阳）人，历仕南朝宋、齐、梁三代。年轻时文采华茂，晚年才思衰退。传说他早年曾在睡梦中梦到神人授他一枝五彩神笔，自此文思泉涌，下笔成章。而他晚年又梦到了一个叫郭璞的人将这枝神笔取走了，因此他的文章日渐失色。这就是有名的"梦笔生花"和"江郎才尽"的典故。江淹是南朝最优秀的骈赋作家，代表作《恨赋》和《别赋》均是千古名篇，两篇构思精巧，音韵优美，句法错综，言约意丰而又浑成无迹，是南朝抒情小赋的代表。《别赋》是一篇写离别之情的千古名篇，而其中的"黯然销魂者，惟别而已矣"可谓千古名句，历来受人传诵，为人所称道。江淹的诗歌意趣深远，其拟古诗别具一格，几可以假乱真。

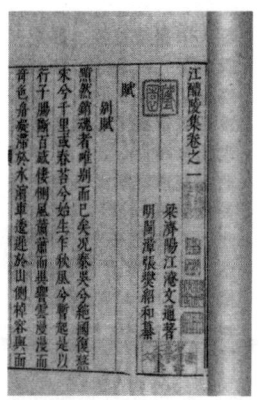

《江醒陵集》书影

谢 朓

谢朓：464—499 南朝齐诗人
代表作：《晚登三山还望京邑》
作品特点：诗歌朗朗上口，音调和谐，意境上交融，自然清发。

南朝齐诗人，字玄晖，陈郡阳夏（今河南太康）人，曾任宣城太守，世称谢宣城。与同族前辈谢灵运均擅长山水诗，又有"大小谢"并称。谢朓的主要文学成就是山水诗，他将描写景物和抒发感情自然地结合起来，摆脱了玄言诗的尾巴，发展了谢灵运开创的山水诗。其代表作有《暂使下都夜发新林至京邑赠西府同僚》、《晚登三山还望京邑》、《之宣城郡出新林浦向板桥》等。谢朓主张"好诗圆美流转如弹丸"，创作中讲究平仄四声，故其诗歌音调和谐，朗朗上口；同时，其诗情景交融，自然清发，"馀霞散成绮，澄江静如练"等警句为人称道。但是，谢朓浮沉宦海有感于仕途险恶，因而软弱谨慎，唯求自保。其诗歌也就表现出对宦途的忧惧和人生的苦闷，传达出迷惘、忧伤、彷徨、凄凉的感情。谢朓的短诗也很出色，如《玉阶怨》、《王孙游》、《铜雀悲》等，富有民歌风味，遣词自然、音调和谐。谢朓在当时就享有盛名。萧衍曾说："三日不读谢（朓）诗，便觉口臭。"其诗歌对唐代诗坛影响深刻，宋赵紫芝认为"玄晖诗变有唐风"，明胡应麟认为唐人"多法宣城"，总之谢朓上承谢灵运"芙蓉出水"般清新的山水诗，下接唐代诗歌的新体制，在文学史上占有特殊地位。

馀霞散成绮，澄江静如练。

钟 嵘

钟嵘：约 468—518 南北朝人。
代表作：《诗品》
作品特点：提倡写诗自然、真美，主张创作时风骨与辞采并重。

南北朝文学批评家，字仲伟，颍川长社（今河南长葛）人，生活于齐梁间。钟嵘的《诗品》是魏晋南北朝时期一部著名的诗歌理论批评专著。《诗品》专论五言诗，其《序》总论五言诗的起源和发展，以及有关诗歌创作的重要理论问题；正文将自汉魏至齐梁的一百二十二位诗人分为上中下三品，分析了每一位诗人的思想艺术特征及其历史渊源。钟嵘在《诗品》中提倡自然真、美，主张风骨与辞采并重。《诗品》不仅是一部诗歌理

论批评的专著,也可以看作是一部关于五言诗作家作品的文学史专著,它被后人尊奉为中国古代诗话之祖。

山水画像 南北朝
魏晋南北朝时期,由于社会动荡不安,政治黑暗,文人为避免杀身之祸,崇尚清淡,玄学大盛,山水诗、山水画逐渐发展起来,这幅山水画像是典型的早期风格,唐张彦远评曰"魏晋以降,画山水或水不容泛,或人大于山"。

刘勰

刘勰:生卒年月不可考 南朝齐梁时人
代表作:《文心雕龙》
作品特点:具有完整的科学体系和严密的结构,是中国古代美学和文学理论批评的最重要作品。

  刘勰是南朝齐梁时期文学理论批评家,他的《文心雕龙》是中国古代文学理论批评史上一部最杰出的著作。"文心"指"为文之用心","雕龙"取自战国"雕龙奭"的典故,指如雕龙纹一般进行精细的研讨。全书共五十篇,是一部"体大思精"、有完整科学体系和严密结构的文学理论巨著。该书可分为几个部分,第一部分包括五篇总论,即《原道》、《征圣》、《宗经》、《正纬》和《辨骚》,是全书的总纲,讲"文之枢纽";第二部分是从《明诗》到《书记》的二十篇文体论,详细论述了各种文体的源流和特点等;第三部分从《神思》到《程器》,统论综合性理论问题;最后《序志》一篇是全书的总序,说明写作缘起与宗旨。《文心雕龙》吸取了前代文学理论批评发展的精华,独树一帜,自成一体,是关于文学创作、文学史、文学批评等众多问题的集大成之作,对后代文学理论批评具有奠基的作用。《文心雕龙》自从诞生以来,研究它的文章、著作层出不穷,形成了"龙学"。总之,《文心雕龙》承前启后,是中国古代美学和文学理论批评的最重要作品之一。

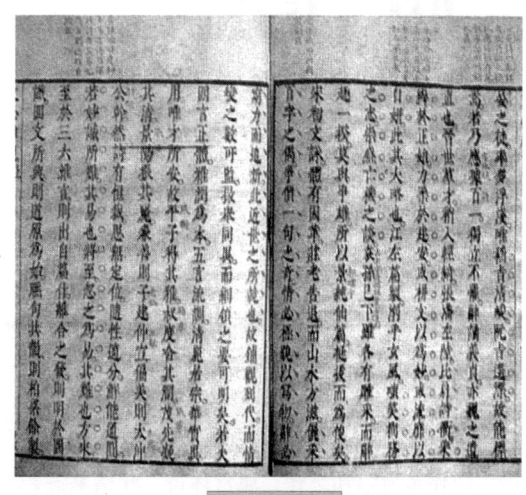

《文心雕龙》书影

徐 陵

> 徐陵：507—583 南朝梁陈间人
> 代表作：《玉台新咏》、《关山月》
> 作品特点：他的文章结构严密，错落有致；他的诗风格遒劲，意气雄浑。

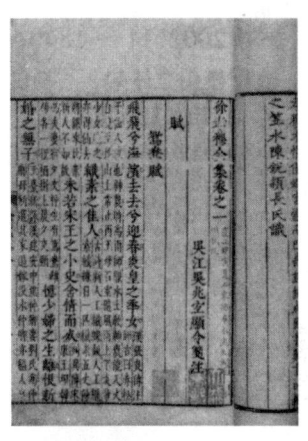

《徐孝穆集》书影

南朝梁陈间诗人、骈文家，字孝穆，东海郯（今山东郯城）人。他自幼聪明好学，8岁能诗文，12岁时便熟诵《老子》、《庄子》等，并且长于口辩。仕于梁陈两朝。在梁时，曾官东宫学士；在陈时曾历任尚书左仆射、丹阳尹、中书监等职。徐陵善于作骈体文，他的文章结构严密，错落有致，辞藻华美与庾信齐名，世称"徐庾"，历来被视为骈文的典范之作。其代表作品是《玉台新咏序》，这篇文章，绮艳精工，受人传诵。他的诗作中应制之作和艳体诗占多数，内容贫乏，艺术上无甚特色，基本上与"宫体诗"类似。较有价值的是他的一些言志和与边塞战争相关的诗，如拟乐府诗《出自蓟门北行》，写了从军者立功沙场的雄心，风格遒劲，意气雄浑。《关山月》二首，写战士的辛苦以及思乡之情，感情真挚。他晚年所作的《别毛永嘉》风格朴素真挚，历来受人们称道。他的作品被后人辑为《徐孝穆集》。此外，他还编有《玉台新咏》十卷，是我国较早的诗歌总集之一，其中收有《孔雀东南飞》等名篇。

庾 信

> 庾信：513—581 南朝梁代人
> 代表作：《春赋》、《对烛赋》、《拟咏怀》
> 作品特点：其前期诗状情摹态，细腻逼真，富于辞采之美；后期的诗风格苍劲沉郁，感情深沉。

南北朝文学家，字子山，南阳新野（今河南新野）人，梁代诗人庾肩吾之子。庾信自幼随父亲与徐摛、徐陵等出入萧纲的宫廷，吸收了南朝文学的精华，也感染了一些弊病，其诗风被称作"徐庾体"。侯景叛乱时，庾信逃往江陵投奔梁元帝萧绎。后奉命出使西魏，在此期间，梁为西魏所灭，他因此羁留长安，历仕西魏、北周，官至骠骑大将军开府仪同三司，故称"庾开府"。庾信的文学创作以42岁时出使西魏为界，可以分为两个阶段。前期在梁，诗作多为唱和之作，属宫体诗，状情摹态，

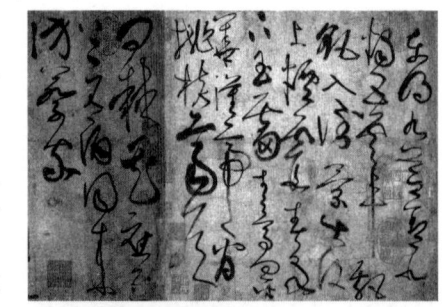

庾信《步虚词》帖　唐　张旭

细腻逼真，富于辞采之美。早期的赋，如《春赋》、《对烛赋》、《荡子赋》等，多写女子的美貌或相思别离，辞藻华美，然笔力纤弱，其诗赋结合的倾向影响了赋的发展。出使西魏之后，虽身居显贵，被尊为文坛宗师，但亡国之哀、羁旅之愁、身仕敌国的羞愧等夹杂的情绪深刻影响了他的创作，其诗风大变，诗作多身世之叹或故国之思，形成苍劲沉郁的风格。代表作《拟咏怀》27首，模仿阮籍的《咏怀》，自伤身世，感情深沉，语言精练。庾信是南北朝文学的集大成者，其骈文、骈赋可与鲍照并举，代表了南北朝骈文、骈赋的最高成就；其诗歌融合南北诗风，对唐诗有重要影响。杜甫在《戏为六绝句》曾言："庾信文章老更成，凌云健笔意纵横。"明代张溥认为："史评庾诗'绮艳'，杜工部又称其'清新''老成'，此六字者，诗家难兼，子山备之。"

《世说新语》

特点：文字简洁隽永，笔调含蓄委婉，人物形象生动，为记叙逸闻的笔记小说的后世小品文的典范。

《世说新语》，原名《世说》，宋临川王刘义庆（403—444）撰，此书带有纂辑的性质。有梁代刘孝标注，引书四百余种，丰富了本书内容，也是珍贵的史料。《世说新语》主要收集记录了汉末至东晋的士族阶层人物的逸闻轶事。全书分为《德行》、《言语》、《政事》、《文学》等36篇，多描写"魏晋风度"，"名士风流"等，反映了士族阶层多方面的生活面貌和情趣，集中表现了他们个性自由、适意而行的文化特征。《世说新语》别有艺术魅力，

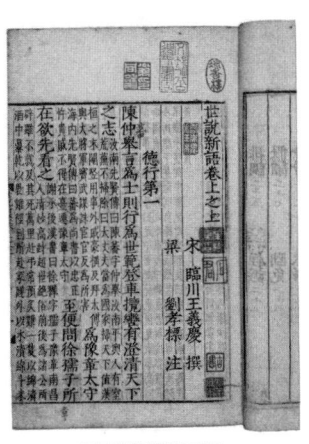

《世说新语》书影

文字简洁隽永，笔调含蓄委婉，人物形象生动，鲁迅认为《世说新语》"记言则玄远冷峻，记行则高简瑰奇"。作为记叙逸闻的笔记小说的先驱，《世说新语》对后世笔记小说影响深远，是后世小品文的典范。

王子猷雪夜访戴图　明　佚名
图中表现的是南朝宋刘义庆所著《世说新语》中的王子猷雪夜访戴的故事。

《文选》

特点：是历代著名作家美文的汇集，同时也是一部理论著作。

《文选》是我国现存最早的诗文总集，由南朝梁萧统编著。萧统（501—531），字德施，梁武帝萧衍长子，天监元年立为皇太子，未及即位而卒，谥号昭明，因此《文选》又被称为《昭明文选》。《文选》30卷，收录作家130家，上起子夏、屈原，下迄当时，不录生人；收录作品514篇，编排的标准是"凡次文之体，各以汇聚。诗赋体既不一，又以类分。类分之中，各以时代相次"，所录作品中赋、诗所占比重最多。《文选》的分类标准体现了萧统对古代文学发展、对文体分类及源流的理论观点。《文选》的选录标准以"文为本"，对文学的独立发展有促进作用。《文选》大体收录了先秦至梁初的重要作品，反映了各种文体发展的轮廓，为后人研究这段文学史保存了重要的资料。隋唐以来，研究《文选》成为一种专门的学问，形成了"文选学"，现存最早的、影响最大的著作是唐高宗时代李善的《文选注》，其注释，体例谨严，引证赅博。

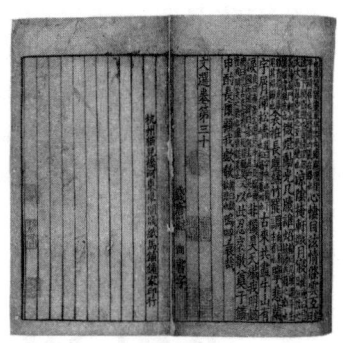

《文选》书影

昭明太子像

《玉台新咏》

特点：语言浅显易懂，明白晓畅，叙事条理分明，是南北朝文学作的典范。

《玉台新咏》是我国文学史上继《诗经》、《楚辞》之后的又一部诗歌总集，亦称《玉台集》，汇集了东周至南朝梁代的诗歌。编纂者徐陵（507—583），字孝穆，南朝梁陈间诗人、骈文家。《玉台新咏》专收题咏闺情的诗歌，"即所谓言情绮靡之作是也"（梁启超语）。徐陵"然脂暝写，弄笔晨书，撰录艳歌，凡为十卷"，编成了《玉台新咏》，希望宫中妇女可以"对玩于书帷，循环于纤手"。《玉台新咏》所收作家自汉至梁共131人，收诗870篇，计有五言诗8卷，歌行1卷，五言四句诗1卷，共为10卷。入选各篇，"但辑闺房一体"（明胡应麟语），皆与妇女相关，有梁简文帝的《戏赠丽人》、《和湘东王名士悦倾城》、《赋乐府得大垂手》、《美人晨妆》，萧纶的《车中见美人》等艳体诗；《种葛篇》、《估客乐》之类的游子思妇诗；还有《上山采蘼芜》、《陌上桑》、《羽林郎》、《古诗为焦仲卿妻作》等塑造了各种不同女性形象的诗歌。虽其内容全涉及女性，但并非都是靡靡之音，"未可概以淫艳斥之"。其语言大都明白浅近；南朝时兴起的五言四句的短歌句，收录达一卷之多，推动了后来唐代五言绝句这一诗体的发展；与《文选》不同，它还选录了梁中叶以后不少诗人的作品；而对于一些早期诗作和女作家作品的收集，则有查阙补漏的功效。

《玉台新咏》书影

《古文苑》

特点：是以前散佚诗文的总汇，保存了大量珍贵的文献资料，是后人认识当时文学面貌的重要文献。

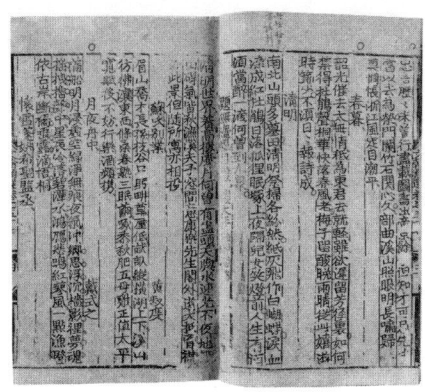

《续古文苑》书影

古诗文总集，编者不详。相传为唐人旧藏本，北宋孙洙得于佛寺经龛中。所录诗文，均为史传和《文选》所不载。南宋淳熙六年（1179），韩元吉加以整理，分为9卷。绍定五年（1232），章樵又为增订，加注释，重分为21卷，收录了周代至南朝齐代诗文260余篇。唐之前的散佚诗文，依托此书得以流传，该书保存了大量珍贵的文献资料，是后人认识当时文学面貌的重要文献。清代孙星衍又辑金石、传记、地志和类书中的遗文，自周迄元，编为20卷，名《续古文苑》。

木兰诗

特点：富有浪漫色彩和浓郁的民歌风味，风格刚健古朴，语言浅近轻快，对话口语化，心理刻画细腻，气氛活跃。

北朝长篇叙事民歌，产生年代及作者不详。始见于《文苑英华》，题为《木兰歌》。《古文苑》题为《木兰诗》。《乐府诗集》列入《梁鼓角横吹曲》，亦题《木兰诗》。

现代学者多认为《木兰诗》产生于北魏,属民间创作。《木兰诗》记述了木兰女扮男装,代父从军的故事,塑造了勤劳善良而又爱国勇敢的一个女英雄形象。木兰既端庄从容,又果敢勇毅、机智活泼,从古到今,深受人们的喜爱。这首民歌"事奇诗奇",富有浪漫色彩和浓郁的民歌风味,风格刚健古朴,语言浅近轻快,对话口语化,心理刻画细腻,气氛活跃,是北朝乐府民歌杰出成就的代表,对后世也有深远影响。

正始文学

特点:正始文学以深刻的理性思考和尖锐的人生悲哀为主旋。

正始是魏废帝曹芳的年号(240—249),习惯上所说的"正始文学",还包括正始以后直到西晋立国(265)这一段时期的文学创作。此时,社会异常黑暗,道家思想盛行,玄学大兴,深刻的理性思考和尖锐的人生悲哀,构成了正始文学最基本的特点。正始时期著名的文人有"正始名士"和"竹林七贤"。前者的代表人物是何晏、王弼、夏侯玄,他们的主要成就在哲学方面。后者指阮籍、嵇康、山涛、王戎、向秀、刘伶、阮咸七人,主要成就在文学方面,其中阮籍、嵇康的成就最高。

剔红竹林七贤长方盘　明
竹林在河南辉县西南,后建七贤祠以洛神赋图　卷　(部分)　顾恺之

太康体

特点:太康诗歌注重艺术形式的追求,讲究辞藻华美和对偶工整。

指西晋武帝太康年间的一种诗风,或一种诗体。"太康"(280—289)为西晋武帝司马炎的年号。"太康体"语见宋严羽《沧浪诗话·诗体》:"太康体(晋年号左思潘岳二张二陆诸公之诗)。"据说源于钟嵘的《诗品》:"太康中,三张二陆两潘一左,勃尔复兴,踵武前王,风流未沫,亦文章之中兴也。"太康文坛比较繁荣,诗歌一般以陆机、潘岳为代表。太康诗歌比较注重艺术形式的追求，讲究辞藻华美和对偶工整，但往往失于雕琢，笔力平弱，带有消极影响。

西晋时的砚
瓷砚出现于三国、西晋初。这两款瓷砚体现出制作的匠心，典雅实用。中国的文房四宝是随着文学的发展以及文人对书写要求的提高而不断发展的，同时也对中国古代文学的发展有着积极的影响。

游仙诗

特点：在思想上表现出超脱世俗的强烈愿望；在艺术上想象奇瑰，善于运用夸张、象征等手法。

　　游仙诗是歌咏仙人漫游之情的诗。梁朝萧统所编《文选》列"游仙"为文学体裁之一，并选有晋代何劭和郭璞的作品，"游仙诗"因此得名。游仙诗源于汉代以前的歌赋。在《楚辞·远游》篇中已有抒写仙人轻举登霞的篇章。到了秦朝，始皇帝好神仙，曾"使博士为《仙真人诗》，及行所游天下，传令乐人歌弦之"。汉乐府之中的《日出入》、《天马》、《秋胡行》，建安曹植的《洛神赋》、《游仙篇》，都涉及了游仙的内容。魏晋之后，

洛神赋图 卷（部分）顾恺之

文人开始自觉地创作游仙诗,渐成一代诗风,成为一种成熟的体裁,刘勰的《文心雕龙》和钟嵘的《诗品》都对游仙诗有专门的评说。代表作家就是郭璞。南北朝以后,李贺等诗人的创作仍有游仙诗的影响。游仙诗在思想上表现出超脱世俗的强烈愿望;在艺术上则想象奇瑰,善于运用夸张、象征等多种修辞手法,具有浓厚的浪漫色彩。

玄言诗

特点:作品将佛教思想与文学结合起来,反映了当时士大夫逃避现实崇尚虚无的精神状态。

西晋时兴起的一种以阐释老庄和佛教哲理为主要内容的诗歌,盛行于东晋。语见《文心雕龙·时序》篇:"自中朝贵玄,江左称盛,因谈余气,流成文体,是以世极迍邅,而辞意夷泰。诗必柱下之旨归,赋乃漆园之义疏。"这个诗派的出现,反映了魏晋玄学对文学的影响,同时与佛教思想结合起来,反映了当时士大夫逃避现实崇尚虚无的精神状态。玄言诗的代表人物有孙绰、许询等。虽然部分玄言诗不乏玄趣,较有文采,但大多"理过其辞,淡乎寡味",文学价值不高。

黑褐釉鸡首壶 东晋
磐口外侈,长颈,圆肩,平底。肩部前端有向上直伸一鸡首形,乃东晋褐釉器代表作。

山水田园诗

特点:以描写山水自然景观为主,诗风清新雅丽,格调高雅。

山水田园诗以描写山水自然美景和田园生活为主要内容。谢灵运是我国山水诗的开创者,他一生写了大量描写山水的诗歌,其诗作清新雅丽,这在玄言诗盛行的诗坛上是独树一帜的。他的贡献就在于将这种描写山水的内容从诗歌创作中独立出来,有利于诗歌的发展。陶渊明是我国田园诗的开创者,他的创作为中国古典诗歌注入了新的形式和内容,其《归园田居》、《饮酒》等

水村烟树图

一系列的作品深受世人的喜爱。这种以山水、田园为内容的诗歌创作的不断发展，到了唐代就形成了以王维、孟浩然为代表的山水田园诗派，在中国的诗坛上具有重要的影响。

永明体

特点：讲求声律，要求格律对偶，遵循"四声"，避免"八病"，使文章产生抑扬顿挫的声韵美。"永明体"诗歌构思巧妙，意境统一。

"永明体"亦称"新体诗"，这种诗体要求严格四声八病之说，强调声韵格律，对"近体诗"的形成产生了重大影响。"永明"是南朝齐武帝萧赜的年号，"永明体"就是南朝齐武帝永明时期形成的新诗体。"永明体"语见《南史·陆厥传》："永明时盛为文章，吴兴沈约，陈郡谢朓，琅琊王融，以气类相推毂；汝南周颙，善识声韵。约等文皆用宫商，将平上去入四声，以此制韵，有平头、上尾、蜂腰、鹤膝，五字之中，音韵悉异；两句之间，角徵不同，不可增减，世呼为永明体。""永明体"主要指五言诗，讲求声律，要求格律对偶，遵循"四声"，避免"八病"，使文章产生抑扬顿挫的声韵美，这种方法和理论被称作"永明声律论"。永明声律论是竟陵王门下文士们的集体创造，周颙、沈约是这一新学说的代表人物。"永明体"的代表诗人是沈约、谢朓和王融三人，其诗歌句式渐趋于定型，以五言四句、五言八句为主；讲求骈偶、对仗，律句已大量出现；诗歌构思巧妙，意境统一。永明体诗是由汉魏古诗发展到唐代近体诗的过渡形式，对唐代近体律诗的形成和发展，有着重要的影响。

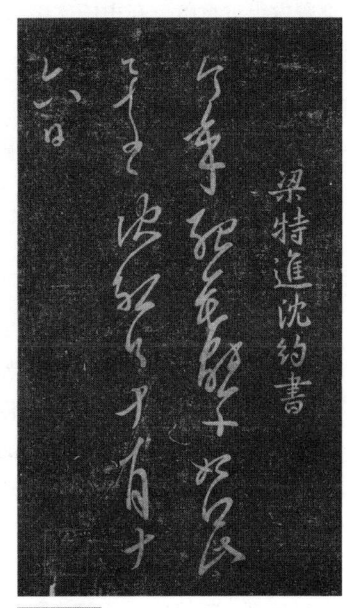

沈约书法

建安七子

作品特点：七子都长于散文创作，各具特色，如孔融的散文体气高妙；王粲的诗赋抒情性强，同时七子的作品又都具有梗概多气的建安风格。

建安年间(196—220)七位文学家的合称，即孔融（字文举），王粲（字仲宣），陈琳（字孔璋），刘桢（字公干），徐干（字伟长），阮瑀（字元瑜），应玚（字德琏）。最早

建安七子图

提出"七子"之说的是曹丕（见《典论·论文》）。"七子"的生活，基本上可分为前后两个时期。前期他们生活于汉末的社会大战乱之中，后期都先后依附于曹操。主要作品有王粲的《七哀诗》、《登楼赋》，陈琳的《饮马长城窟行》，刘桢的《赠从弟》等。"七子"的创作各有个性，如孔融长于奏议散文，作品体气高妙，而王粲诗赋散文"兼善"，其作品抒情性强，同时七子又都具有梗概多气的建安风格。七子与"三曹"一起构成建安作家的主力军，对于诗、赋、散文的发展，都曾做出过贡献，在中国文学史上具有相当重要的地位。

竹林七贤

作品特点：他们的诗文都显露出崇尚自然的态度，以五言诗为主，感情真挚。

三国魏末七位名士的合称，即谯国嵇康、陈留阮籍、河内山涛、河南向秀、沛国刘伶、陈留阮咸、琅琊王戎。语见南朝宋裴松之《三国志》注引《魏氏春秋》："嵇康寓居河南之山阳县，与之游者未尝见其喜愠之色。与陈留阮籍，河内山涛，河南向秀，籍兄子咸，琅琊王戎，沛人刘伶相与友善，游于竹林，号为七贤。"南朝刘义庆在《世说新语》中记载："七人常集于竹林之下，肆意酣畅，故世谓'竹林七贤'。"七贤都崇尚老庄，纵酒交游，但七人的思想倾向也略有不同。嵇康、阮籍、刘伶、阮咸始终服膺老庄，越名教而任自然，山涛、王戎则好老庄而杂以儒术，向秀则主张名教与自然合一。在政治态度上的分歧也比较明显。七人在文学创作上成就不一，以阮籍、嵇康为高。阮籍的五言诗，嵇康的散文，在文学史上都占重要地位。向秀的《思旧赋》，篇幅虽短，但感情深挚。刘伶有散文《酒德颂》。阮咸精通音律，善弹琵琶，但文学作品很少。山涛（字巨源）、王戎所遗留下来的著作文学性也不高。

竹林七贤画像砖

三张二陆两潘一左

作品特点：他们的作品继承了建安文风，风格苍劲刚健，语言优美。

三张，西晋文学家张载、张协和张亢的并称；二陆，西晋文学家陆机和陆云的并称；两潘，西晋文学家潘岳和潘尼的并称；一左，即西晋诗人左思。语见钟嵘《诗品》："迄于有晋太康中，三张二陆两潘一左，勃尔复兴，踵武前王，风流未沫，亦文章之中兴也。"七人均为晋武帝太康年间文学家，代表了太康文学的最高成就，但个人之间风格各不相同，其中最为著名的是陆机和左思。陆机的《文赋》是一篇重要的文学批评著作，左思则继承了建安风骨，写了很多优秀的诗歌，有"左思风力"之誉。

陆云像

鲍 谢

鲍谢：二人皆为南朝人
鲍照代表作：组诗《拟行路难》
谢灵运代表作：《石门岩上宿》
作品特点：鲍照诗风刚劲有力；谢灵运诗则富丽精工。

南朝代表诗人鲍照和谢灵运的并称，语见杜甫《潜兴五首》："赋诗何必多，往往凌鲍谢。"鲍照继承了建安风骨的精神，诗风刚劲有力，《拟行路难》18首是其代表作，他所创造的以七言句式为主的杂言体诗，为后世七言歌行的发展奠定了基础。谢灵运则是我国山水诗派的开创者，流传下来很多脍炙人口的佳句和名篇，代表作有《石壁精舍还湖中作》、《石门岩上宿》等，"池塘生春草，园柳变鸣禽"（《登池上楼》）、"白云抱幽石，绿筱媚清涟"（《过始宁墅》）等佳句富丽精工。谢灵运开创了我国的山水诗派，完成了从玄言诗到山水诗的演变，山水诗派成为我国古典诗歌中最重要的流派之一。二人对唐代诗歌的影响都是既深且广的，为中国古代诗歌的发展做出了重要的贡献。

池塘生春草，园柳变鸣禽。

元嘉三大家

> 作品特点：善于修辞，言辞华丽，注重艺术的构思和锤炼，擅长七言诗。

指元嘉年间的三位诗人，其中，"元嘉"是南朝宋文帝刘义隆的年号，"三大家"主要指的是诗人谢灵运、颜延之和鲍照。元嘉三大家的共同特点是均善于修辞，言辞华丽，注重艺术的构思和锤炼。谢灵运（385—433）在当时被誉为"江左（指南朝）第一"。他出身于东晋显赫世家，自幼受到良好教育。他的文学成就主要是一些山水诗，鲍照评价他的诗歌说"谢五言如初发芙蓉自然可爱"。"池塘生春草，园柳变鸣禽"（《登池上楼》）、"白云抱幽石，绿筱媚清涟"（《过始宁墅》）等名句历来受人们称道。他的诗歌创作，开创了我国的山水诗派，打破了东晋诗坛"玄言诗"占统治地位从而导致的沉闷状态，完成了从玄言诗到山水诗的演变。颜延之（384—456）与谢灵运齐名，并称"颜谢"。他的诗歌创作"若铺锦列绣，亦雕绘满眼"，"华丽而失之雕琢"，其成就不如谢灵运。在成就上真正与谢灵运比肩的是鲍照。鲍照（？—466）被誉为"七言之祖"，他创造的以七言句式为主的杂言体诗，为后世七言歌行的发展奠定了基础。但他"才秀人微，故取湮当代"。他的乐府诗"文甚遒丽"非常有名，对后世也有很深的影响。《拟行路难》18首是其代表作，被人誉为"发唱惊挺"、"倾炫心魂"。元嘉三大家的诗歌创作，在诗歌的发展史上具有承前启后的作用。

竟陵八友

> 作品特点：讲求声韵格律，讲求平仄押韵，写景时情景交融，自然清发，在文学史上具有重要的影响。他们的文学成就是南朝较高的。

南朝齐梁时竟陵王萧子良门下八个文学家的并称，唐代姚思廉在《梁书·武帝本纪》中说："竟陵王萧子良开西邸，招文学，高祖（萧衍）与沈约、谢朓、王融、萧琛、范云、任昉、陆倕等亦游焉，号曰八友。" 萧衍（464—549），即梁武帝，字叔达，南兰陵（今江苏常州）人。齐时以文学游于萧子良门下，他的诗多淫词艳语或宣扬佛理之作，格调不高。八人中最有成就的是沈约与谢朓。沈约（441—513），字休文，吴兴武康（今浙江德清）人，为齐梁文坛领袖，文学成就较高，和谢朓等开创了"永明体"，讲求声韵格律，促成了诗歌由古体向近体的发展。谢朓（464—499），字玄晖，陈郡阳夏人，曾任宣城太守，与谢灵运并称"大小谢"，擅长山水诗。其诗歌讲究平仄四声，音调和谐且情景交融，自然清发，在文学史上具有重要的影响。萧琛（478—529），字彦瑜，南兰陵人。少明悟，有才辩。陆倕（470—526），字佐公，吴郡吴（江苏苏州）人。少勤学，善为文，文辞甚美，昭明太子萧统称其"才学罕为邻"。任昉（460—508）以表奏见长，与沈约有"沈诗任笔"之称。吴融、范云的文学成就也比较高。

隋唐五代文學

卢思道

卢思道：535—586 隋朝诗人
代表作：《从军行》
作品特点：风格刚健清新，句式灵活多变，气势充沛，节奏活泼明快，语言清丽流畅。

　　隋朝诗人，他主要生活在北朝，是由北朝入隋的诗人。其诗曾得到庾信赞美。诗风偏向齐梁风格，宫体气息甚浓，如《采莲曲》、《后园宴》等，中有"珮动裙飞入，妆销粉汗滋"、"媚眼临歌扇，娇香出舞衣"一类艳丽柔媚、宫体色彩浓重的诗句。他也写过一些风格刚健清新、反映出时代新风气的边塞诗歌，《从军行》是代表。这首诗以七言歌行体写边塞风光，抒发了征人思妇互相思念的痛苦。这本来是梁、陈时已经很流行的题材，但是这首诗却在传统题材中展示了宏阔的境界，句式灵活多变，气势充沛，节奏活泼明快，语言清丽流畅，堪称初唐七言歌行的先驱。明人著名诗评家胡应麟在《诗薮》中评曰："音响格调，咸自停匀；体气充沛，尤为焕发。"

簪花仕女图　唐　周昉

薛道衡

薛道衡：539—609 隋朝诗人
代表作：《豫章行》
作品特点：其诗宫体气息甚浓，以富丽精巧见长。善表达思家感情，语言委婉含蓄，细致入微。

　　隋代诗人，字玄卿，河东汾阴（今山西万荣）人。历仕北齐、北周。隋朝建立后，任内史侍郎。炀帝时，出为播州刺史。后因忤逆，为炀帝所杀。他和卢思道齐名，在隋代诗人中艺术成就最高。其诗歌同卢思道一样，宫体气息甚浓，以富丽精巧见长。《昔昔盐》是他最著名的作品，它描写的仍是传统的思妇征人的题材，其中夹杂有浮华轻靡的齐梁风格诗句，但"暗牖悬蛛网，空梁落燕泥"句，通过对环境的细致刻画，写出了思妇孤独寂寞的心境，极具艺术独创性。他的小诗《人日思归》："入春才七日，离家已二年。人归落雁后，

不畏将军成久别，只恐封侯心更移。

思发在花前。"表达思家感情，委婉含蓄，细致入微。此外较著名的作品还有《豫章行》，这是一首七言长诗，描写了思妇缠绵悱恻的感情，"不畏将军成久别，只恐封侯心更移"句，更是深刻揭露了妇女内心的悲哀和恐惧。

杨 素

杨素：544—603 隋朝诗人
代表作：《出塞》、《赠薛播州十四首》
作品特点：诗歌寄寓着深沉的人生感慨，诗境苍凉老成，感情真挚，寄托深远。

隋代诗人，他是隋朝开国大臣，一个豪杰式的人物，心怀大志，非一般文人。他的诗歌现存仅5首。虽有"兰庭动幽气，竹室生虚白。落花入户飞，细草当阶积"（《山斋独坐赠薛内史》）之类的细巧描写，但是却很少用南朝习用的过于艳丽的词汇。他的诗歌，从整体来看，无论是写边塞题材，还是抒怀叙旧，都寄寓着深沉的人生感慨，诗境苍凉老成。例如《出塞》中"荒寒空千里，孤城绝四邻，树寒偏易古，草衰恒不春"；"风霜久行役，河朔备艰辛。薄暮边声起，空飞胡骑尘"等句，贯穿了一种深沉悲凉的情思。《赠薛播州十四首》中"风起洞庭险，烟生云梦深。独飞时慕侣，寡和乍孤音。木落悲时暮，时暮感离心"，都是感情真挚、寄托深远的诗句。这一组诗曾被史传评为"词气宏拔，风韵秀上"。

木落悲时暮，时暮感离心。

杨素初仕北周，任车骑将军、汴州刺史、徐州总管等职，以平齐功，封安成县公。隋文帝杨坚代周，拜为尚书右仆射，与高颎共掌朝政。其诗多为与薛道衡唱和之作。

王 绩

王绩：585—644 隋朝诗人
代表作：《野望》等
作品特点：主要描写田园景色和闲适生活，风格清新朴素。

唐代诗人，字无功，自号东皋子，绛州龙门（今山西省稷山县）人，隋代学者文中子王通之弟。大业（605—618）中应孝悌廉洁举，授秘书省正字。出为六合县丞。唐初一

度为太乐丞，不久即归隐。他常以阮籍、陶潜自比，诗歌多以山水田园为题材，但缺乏陶诗内在的理想和热情，只剩了士大夫闲适懒散的生活情调及全身而退的避世思想；而在闲适情趣的描写中，往往寓有抑郁不平的感慨。《野望》、《秋夜喜遇王处士》是他诗歌中的优秀之作。这两首诗生动地写出了田园景色和他的闲适生活，风格清新朴素，是唐诗中最早摆脱齐梁浮艳气息的近体诗。《野望》中"树树皆秋色，山山唯落晖"向来以刻画夕阳景色的生动细致而为人称道。《四库全书总目提要》评说他："气格遒健，皆能涤初唐排偶板滞之习，置之开元、天宝间，弗能别也。"著作有《东皋子集》。

树树皆秋色，山山唯落晖。

上官仪

上官仪：？—664 唐朝诗人
代表作：《从军行》
作品特点：其诗内容空洞无物，但以感情真挚，语言清丽流畅著称。

　　唐代诗人，字游韶，陕州（今河南陕县）人。他是唐初受到太宗、高宗宠信的宫廷诗人，是初唐诗坛仍占统治地位的齐梁宫体诗风的代表作家。其诗继承了齐梁宫体诗的风格，十有八九为奉和应诏之作，多应制称颂、艳情唱酬，并无实际的现实内容，但以真挚的思想感情著称。稍后更是发展出"以绮错婉媚为本"（《旧唐书·上官仪传》）的上官体。《八咏应制》一诗就是典型的齐梁宫体诗。"瑶笙燕始归，金堂露初晞。风随少女至，虹共美人归"，完全是浮华腐化生活的描写；"残红艳粉映帘中，戏蝶流莺聚窗外"，更暗含色情的意味。他除写这种"绮错婉媚"诗歌以外，还把作诗的对偶归纳为六种对仗的方法，这对律诗形式的发展起了一定作用。

三彩袒胸女坐俑
这件女俑是中国古代陶塑中的优秀作品。身材苗条而面部丰腴，体现了唐代女性丰肌秀眉，以胖为美的审美风格，也是唐代众多文人笔下所描述的美人形象。

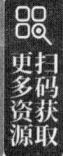

卢照邻

卢照邻：637？—689？ 唐朝诗人
代表作：《长安古意》
作品特点：词采富艳，内容广阔，意境清昇，以韵致取胜。

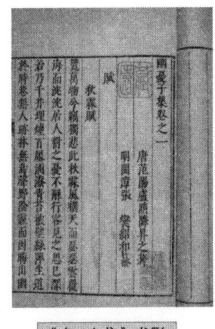
《卢昇之集》书影

唐代诗人，字昇之，自号幽忧子，幽州范阳（今北京市）人。曾为邓王府典签及新都尉。他一生不得志，晚年又患风疾，手足痉挛，卧病十余年，成为残废，曾作《五悲文》自道遭遇。后来不胜病痛，投颍水而死。他最擅长七言歌行，词采富艳，内容广阔，意境清昇，以韵致取胜，《长安古意》是其代表作。这首诗借用历史题材，以纵横奔放、富丽铺陈的笔调，描绘了当时首都长安现实生活的形形色色：如云的车骑，壮丽的宫馆，将相，廷尉，御史，游侠子弟，歌姬舞女，市井娼家等等。描写了他们"北堂夜夜人如月，南陌朝朝骑似云"的繁华狂热、堕落

卢照邻像

疯狂的生活。诗人保持清醒的头脑，指出这一切终究会发展到空虚幻灭的结局："节物风光不相待，桑田碧海须臾改。昔时金阶白玉堂，即今唯见青松在。"在末尾，以自己的冷清生活与前面所描写的统治阶级的生活作了对比："寂寂寥寥扬子居，年年岁岁一床书"。其作品在艺术上虽然没有完全摆脱六朝的藻绘余习，但是韵味深厚，不流于浮艳，继承了宫体诗，而又变革了宫体诗。明代学者胡震亨在《唐音癸签》中说他"领韵疏拔，时有一往任笔，不拘整对之意"。著作有《卢昇之集》（一称《幽忧子集》）。

骆宾王

骆宾王：640？—684 唐代文学家
代表作：《帝京篇》，《在狱咏蝉》等
作品特点：抒发了作者有志不得实现的悲愤沉痛之情，感情深沉真挚。

唐代文学家，婺州义乌（今浙江义乌）人，初唐四杰之一。做过长安县主簿、临海县丞等。后来参加徐敬业起兵反对武则天的活动，不知所终。他生活经历丰富，四杰中存诗最多。其诗歌虽没有彻底摆脱齐梁浮饰夸丽文风，但以匡时济世、建功立业的

骆宾王像
闻一多曾评价骆宾王：天生一副侠骨，专喜管闲事，打抱不平，杀人报仇革命，帮痴心女子打负心汉。

理想，为诗歌注入了新鲜内容。他擅长七言歌行，颇多边塞题材的诗作，富生活实感，开唐代边塞诗歌之先河。他的咏物诗托物抒怀，慷慨悲凉。代表作是《帝京篇》，《在狱咏蝉》等。《帝京篇》内容和卢照邻的《长安古意》相近，但是篇幅更大，多辞赋铺排的成分，"当时以为绝唱"。他的边塞诗歌，如《边城落日》、《边夜有怀》等，都较有特色。而名作《在狱咏蝉》，艺术上更为成熟。"露重飞难进，风多响易沉。无人信高洁，谁为表予心？"是咏蝉，更是以蝉自比，抒发了作者有志不得实现的悲愤沉痛之情，感情深沉真挚。除诗歌外，他的文章在当时也甚为人重，尤其是为徐敬业起兵写的《讨武曌檄》，更是名闻天下。著作有《骆临海集》。

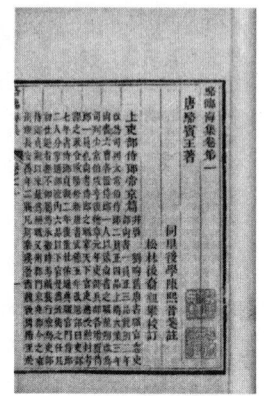

《骆临海集》书影

杜审言

杜审言：645—708 唐代诗人
代表作：《登襄阳城》
作品特点：主要表现游宦生活、以真情实感见长。

唐代诗人，字必简，河南巩义市人，杜甫的祖父。中进士后，任隰城尉，恃才高，以傲世见疾。累迁洛阳丞，因事贬吉州司户参军。武后时授著作佐郎，迁膳部员外郎。神龙初年，因交结张易之获罪，被流放峰州。后入朝为国子监主簿、修文馆直学士。他是武后时代的宫廷诗人，写过一些内容空虚的应制诗，与同时的沈佺期、宋之问齐名。他也写有一些表现游宦生活、极富真情实感、以浑厚见长的好诗，《登襄阳城》为其代表作。他熟练运用律诗这种新体制，五律与七律均完全和律，无一粘者，对律诗的定型做出了杰出贡献，由此奠定了他在诗歌发展中的地位。《和晋陵陆丞早春游望》一诗曾被明代胡应麟誉为"初唐五言律第一"。杜甫有云"吾祖诗冠古"。

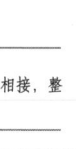

五足镂空银熏炉　唐
盖面和炉身均镂空忍冬花，炉身与炉座以子母扣相接，整个器物结构匀称美观。

苏味道

苏味道：648—705 唐代诗人
代表作：《正月十五夜》、《咏虹》等
作品特点：诗风清正挺秀，绮而不艳，咏物诗描写十分到位。

唐代诗人，赵州栾城人，汉代并州刺史苏章十八世孙，与李峤并俱文名，时人谓"苏李"。弱冠中进士，累转咸阳尉。证圣元年，出为集州刺史，不久召拜天官侍郎。前后居相位近十年，多识台阁故事。神龙时，被贬为眉州刺史，在眉州刺史任上病逝。他是武后时代的宫廷诗人，与杜审言、李峤、崔融号称"文章四友"。苏味道在当时颇有文名，但文章现失传，诗仅存16首，其诗风清正挺秀，绮而不艳，多咏物诗。代表作为《正月十五夜》、《咏虹》、《和武三思于天中寺寻复礼上人之作》等，其中《正月十五夜》写元宵夜景，有古今元宵诗第一之誉，诗中"火树银花合，星桥铁锁开。暗尘随马去，明月逐人来"更是佳句。另外《咏虹》诗对虹的描写刻画亦颇值得称道。

十八学士登瀛洲墨
墨是我国书写、绘画不可缺少的黑色颜料。相传唐时设置文学馆，并授房玄龄等十八人为学士，人称"十八学士"。这十八学士在文学馆内研讨典籍，商略古今。此墨共十八锭，每锭上有一个学士像，反面以赞语铭文相补。

王 勃

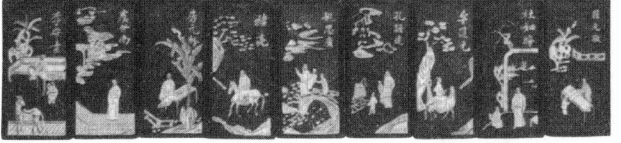

王勃：649—676 唐朝文学家
代表作：《滕王阁序》、《送杜少府之任蜀州》
作品特点：诗歌内容充实，感情充沛，悲凉浑壮。

唐代文学家，字子安，绛州龙门（今山西河津）人。隋代学者文中子王通的孙子，唐初诗人王绩的侄孙。年十四举幽素科，授朝散郎，为沛王府修撰，曾漫游蜀中。补虢州参军，犯死罪，遇赦，革职。其父王福时任雍州司功参军，因受他连累，被贬谪边地。王勃渡海省亲，溺水，惊悸而死。他与杨炯、卢照邻、骆宾王并称"王杨卢骆"，是为初唐四杰。四杰中王勃才气最高，成就最大。他反对自南朝以来即蔓延的宫体

王勃像
相传他作文章，先磨墨数升，酣饮后引被而卧，醒来援笔成篇，不改一字，足见其文思特点。时人称其为"腹稿"。

诗风，提出诗歌革新主张。其诗歌创作，内容充实，感情充沛，悲凉浑壮，并在七言、杂言诗体形式上也有所创新，初步摆脱了齐梁浮华空虚的文风。《滕王阁序》、《采莲曲》、《送杜少府之任蜀州》等是其诗歌代表作。《采莲曲》描绘了江南地区的水国风光，以及采莲女的生活情态和相思离别之情。杂用三、五、七言句式，语言活泼，节奏和谐，极富民歌气息。"海内存知己，天涯若比邻"（《送杜少府之任蜀州》）是广为传诵的名句。除诗歌外，其文章也极著名，尤其是《滕王阁序》，享誉千古，"落霞与孤鹜齐飞，秋水共长天一色"是广为传诵的名句。著作有《王子安集》。

滕王阁图

杨　炯

杨炯：650—693 唐朝诗人
代表作：《从军行》
作品特点：风格豪迈开朗，感情真挚，摒弃了六朝以来浮华雕饰的文风。

杨炯像

唐代诗人，陕西华阴市人，曾官盈川令。幼时聪敏，年十三举神童，授校书郎。高宗永隆二年（681年）为崇文馆学士，迁詹事司直。武后初，任梓州（故治在今四川省三台县）司法参军，秩满迁盈川（故治在今四川省筠连县）令，卒于官。他是"初唐四杰"之一，在四杰中存诗最少，成就也最低。今存诗歌以五言律、绝为主，而擅长五言律诗。较之卢照邻、骆宾王，其诗歌语言更趋明净凝练，进一步扫荡了六朝以来浮华雕饰的文风。《从军行》是他的代表作，表达了诗人慷慨从军的豪情壮志，艺术上较成熟，其中"宁为百夫长，胜作一书生"一句常为人引用。此外还有《巫峡》、《西陵峡》、《广溪峡》等作品。这些诗歌展现了祖国雄奇瑰玮的山水风景，表现了诗人豪迈开朗的襟怀。著作有《杨盈川集》。

《唐阙楼图》（摹本）
阙楼是中国古代大型官殿，起着仪仗、守望和纪念的作用。

刘希夷

> 刘希夷：651—678 唐朝诗人
> 代表作：《春日行歌》、《代悲白头翁》
> 作品特点：辞藻婉丽，意境低悲，多为抒发伤感之作。

唐代诗人，字庭芝，汝州（今河南汝州市）人。自幼勤奋好学，精通音律，善弹琵琶，能歌善咏。幼年丧父，随母居外祖父家至20岁，始返归汝州故里。24岁中进士，不愿为官，遂入巴蜀，游三峡，下扬州，遍览名山大川。678年，他从洛阳回汝州，醉后被人用土囊压死，年仅28岁。他和张若虚进一步发展了七言歌行，其诗辞藻婉丽，但意旨悲苦，不为人重。他多赏春、惜春之作，如《春女行》、《春日行歌》、《代闺人春日》、《晚春》等。《代悲白头翁》（或称《代白头吟》）是他的代表作，《红楼梦》中黛玉的《葬花词》用词与意境与其极相似。这首诗一方面歌颂了自然界中万物的生生不息、衰而又新，一方面又感慨于"洛阳女儿"的韶华易逝、青春似水流般难留，两相对比，抒发了伤感之情。这首诗较多吸收南朝乐府民歌的优点，语言流丽，格调清新，极具艺术魅力，其中"年年岁岁花相似，岁岁年年人不同"更是人所传诵的名句。

> 三彩载物驼 唐
> 唐代手工艺品一般呈现雄浑大气的风格，显示出凝练、简洁、朴实的精神内涵。

沈佺期

> 沈佺期：656？—714？ 唐朝诗人
> 代表作：《古意》、《独不见》
> 作品特点：风格绮靡，为典型的梁、陈宫体诗作。

唐代诗人，字云卿，相州内黄（今河南内黄）人，上元年间中进士。武后时官协律郎，累迁考功员外郎。曾因受贿入狱。中宗即位，因谄附张易之，被流放驩州。后历官中书舍人、太子少詹事，开元初卒。沈佺期工于五言律诗，风格绮靡，不脱梁、陈宫体诗风。他也写有一些反映贬谪生活的优秀诗歌，例如《古意》、《杂诗》等。对律诗的成熟与定型，他与宋之问做出了很大贡献，他们大力写作律体诗，以自己的创作实践总结了五、七言近体律诗的形式规范，完成了律诗的体制，扩大了律诗的影响，是唐代律诗的奠基人。元稹在《唐故工部员外郎杜君墓系铭并序》中说："沈、宋之流，研练精切，稳顺声势，谓之为律诗。"他的《独不见》是一首较早出现的优秀七言律诗。

> **独不见**
> ——沈佺期
>
> 卢家小妇郁金堂，海燕双栖玳瑁梁。
> 九月寒砧催木叶，十年征戍忆辽阳。
> 白狼河北音书断，丹凤城南秋夜长。
> 谁知含愁独不见，使妾明月照流黄。

宋之问

> 宋之问：656？—712？ 唐朝诗人
> 代表作：《渡大庾岭》、《渡汉江》
> 作品特点：风格绮靡，主要是附会之作，但对仗工整，对律诗的形成有一定贡献。

近乡情更切，不敢问来人。

唐代诗人，一名少连，字延清，汾州（治所在今山西省汾县）人，一说虢州弘农（今河南省灵宝市）人。弱冠知名，上元二年（675年）中进士，历任洛州参军、尚方监丞等。后因附张易之，左迁泷州参军。中宗朝，与沈佺期双双以修文馆学士身份出入宫廷文会，时人号为"沈宋"。后谄事太平公主。以知贡举时贪贿，贬越州长史。睿宗即位，被流放钦州（今广东省钦县），随即赐死。其诗与沈佺期齐名，并工律体，尤善五律，所作多粉饰太平、歌功颂德的应制诗；非宫廷应制的作品也有一些优秀作品，如《渡大庾岭》、《渡汉江》，其中"魂飞南翥鸟，泪尽北枝花。山雨初含霁，江云欲变霞。"（《渡大庾岭》）对仗工整，合于律体诗的要求；"近乡情更怯，不敢问来人。"（《渡汉江》）语短情长，更是名句。他对初唐律诗的定型颇有贡献。

贺知章

> 贺知章：659—744 唐朝诗人
> 代表作：《回乡偶书》
> 作品特点：描写生动细腻，诗风自然清新，细致入微。

唐代诗人，字季真，越州永兴（今浙江萧山）人。少以文词知名，征圣进士，累迁太常博士。开元中，张说为丽正殿修书使，奏请知章入书院，同撰六典及文家。后接大常少卿，迁礼部侍部，加集贤院学立，改授工部侍郎，不久迁任秘书监。天宝初，请为道士还乡里。贺知章性格狂放开朗，晚年尤其纵诞，自号四明狂客，年86而卒，肃宗时赠礼部尚书。又善草隶，人共传宝。与李白、张旭等相交甚好，时常共饮，并称"醉中八仙"。醉后属词，动成卷轴。诗以七绝见长，多祭祀乐章和应制诗；也有一些风格清新自然的诗歌，最为人称诵的是《回乡偶书》："少小离乡老大回，乡音无改鬓毛衰。儿童相见不相识，笑问客从何处来。"写一个少年即远离家乡的游子回到家乡后的情形，细致而生动。《咏柳》（一作《柳枝词》）"碧玉妆成一树高，万条垂下绿丝绦。不知细叶谁裁出，二月春风似剪刀。"也是描写春光的名诗。

张若虚

张若虚：生卒年月不详，唐朝诗人
代表作：《春江花月夜》
作品特点：描写细致、生动，语言清新，韵律悠扬。表达感情简洁轻快。

唐代诗人，扬州（今属江苏）人。曾任兖州兵曹。生卒年、字号均不详。中宗神龙（705—707）中，以文词俊秀驰名于京都，与贺知章、张旭、包融并称"吴中四士"。玄宗开元时尚在世。张若虚诗现仅存二首：《代答闺梦还》、《春江花月夜》，其中《春江花月夜》是一篇脍炙人口的名作，它沿用陈隋乐府旧题，而能全无宫体诗风格卑下的弱点，全诗以春江月夜为背景，细致、形象而有层次地描绘了相思离别之苦，语言清新，韵律悠扬，自然地融诗情哲理于一体，初步洗脱了六朝宫体诗的浓脂腻粉。诗中以"江畔何人初见月，江月何年初照人，人生代代无穷已，江月年年只相似"这几句最为著名，为后人千古传唱。诗人在作品中表达的思想感情尽管悲伤，但仍然轻快；虽然叹息，却不失轻盈。张若虚也因此被清朝诗论家王闿运评为"孤篇横绝，竟为大家"。张若虚的《春江花月夜》在同题诗歌中最为有名，虽然也是游子思妇的传统内容，但是意境和情趣大为改变，洗清了宫香绮罗的脂粉之态。诗情哲理，在诗歌中自然融合；语言凝练优美，音节婉转悠扬。

春江花月夜图 现当代 任率英
《春江花月夜》是乐府《清商曲辞·吴声歌曲》的一个旧题，始创者是陈后主，发展于隋炀帝，成名于张若虚。明代李攀龙《唐诗选》评张若虚的这一诗作道："绮回曲折，转入闺思，言愈委婉轻妙，极得趣者。"

陈子昂

> 陈子昂：661—702 唐朝文学家
> 代表作：《感遇诗》38 首
> 作品特点：内容广阔，思想丰富，风格苍凉激越，质朴明朗。

唐代文学家，字伯玉，梓州射洪（今四川射洪县）人。24 岁中进士，上书论政，得到武后重视。曾两次出塞，直言敢谏，遭受排斥打击。38 岁后辞职归乡，不久蒙冤死于狱中。他倡导诗歌革新，标举"风骨"、"兴寄"，反对齐梁藻饰柔靡诗风，是唐诗开创时期在诗歌革新的理论和实践上都有重大功绩的诗人。其诗歌代表为《感遇诗》38 首，这些诗内容广阔，思想丰富，既有讽时刺事之作，也有感慨身世、抒发理想之作，总体风格苍凉激越，质朴明朗。《登幽州台歌》："前不见古人，后不见来者。念天地之悠悠，独怆然而涕下。"情调深沉孤独，引起时人及后人无数共鸣。

古读书台
陈子昂为四川射洪人。古读书台位于四川省射洪县，是当年陈子昂读书学习的地方，又称"陈子昂读书台"。

除诗歌外，他在散文革新方面也极具功绩，他的对策、奏疏，都是朴实畅达的散文，开唐代文风之先。欧阳修评之为"文宗"。著作有《陈伯玉集》。

《登幽州台歌》诗意图
念天地之悠悠，独怆然而涕下。

李 峤

> 李峤：664—713 唐朝诗人
> 代表作：《李峤集》
> 作品特点：诗作较为狭窄，意境低沉，多为宫廷唱和诗。

唐代诗人，字巨山，赵州赞皇（今河北赞皇）人。少时即有文名，20 岁举进士，在唐高宗、武则天、唐中宗、唐玄宗四朝为官。起初为安定尉，后举制策甲科。武后时，官凤阁舍人，重要文章常特命峤为之。累迁鸾台侍郎，知政事，封赵国公。景龙中，以特进守兵部尚书同中书门下三品。睿宗立后，出为怀州刺史。玄宗即位后，被贬为庐州别驾。李峤富于才思，其诗多咏物之作，与同乡苏味道齐名，合称"苏李"；又与苏味道、崔融、杜审言三人并称"文章四友"。有集十五卷，已散佚。明人辑有《李峤集》。

张九龄

张九龄:678—740 唐朝诗人
代表作:《感遇》、《望月怀远》
作品特点:含蓄蕴藉,词采富艳,情致深婉。

张九龄像

唐代诗人,一名博物,字子寿,曲江(今广东韶关)人。唐中宗景龙初年进士。玄宗时,官至同中书门下平章事、中书令。在朝直言敢谏,是开元时代贤相之一。后遭李林甫排挤,贬为荆州刺史。他早年以文学为张说所赏识,赞为"轻缣素练,实济时用"(唐刘肃《大唐新语》)。他曾提拔过孟浩然、王维,是受人钦慕的文坛宿将。他的诗歌多表现自己高洁的人格理想,以兴寄为主,含蓄蕴藉,词采富艳,情致深婉。他又喜游山水,写作了许多山水诗,其特点是突破前人仅求神似的写法,力求主观交融,《西江夜行》、《望月怀远》是优秀代表,尤其《望月怀远》中"海上生明月,天涯共此时"更是为人称道的名句。晚年他遭受谗毁,感慨加深,诗歌风格转向质朴简劲。著作有《张曲江集》。

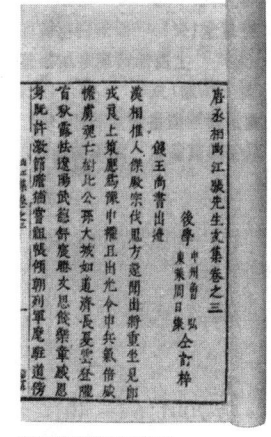

《张九龄文集》书影

王之涣

王之涣:688—742 唐朝诗人
代表作:《登鹳雀楼》
作品特点:诗风雄奇豪迈,苍茫悲凉,极富音乐性。

《凉州词》诗意图
黄河远上白云间,一片孤城万仞山。

唐代诗人,字季陵,晋阳(今山西太原市)人,后徙居绛州(今山西新绛)。一生只任过主簿、县尉等低职。后被人诬陷,去官。曾漫游黄河南北达15年,后任文安县尉,在任上去世。他性格慷慨豪放,多边塞诗歌,与王昌龄、高适相唱和,被称为边塞诗人。其边塞诗雄奇豪迈,苍茫悲凉,极富音乐性。惜存诗仅六首,但几乎首首精品,《登鹳雀楼》:"白日依山尽,黄河入海流。欲穷千里目,更上一层楼。"是写景,更把哲理融入诗情,是众口皆碑之名作。《凉州词》:"黄河远上白云间,一片孤城万仞山。羌笛何须怨杨柳，春风不度玉门关。"也是广为传诵的优秀诗作，后人甚至评为唐人绝句压卷之作。

孟浩然

孟浩然：689—740 唐朝诗人
代表作：《春晓》、《过故人庄》
作品特点：意境清远，淳朴明丽，语言流畅，亦诗亦画，描写细腻。

孟浩然像

唐代诗人，襄阳（今湖北）人。前半生在家闭门苦读，曾一度隐居鹿门山。40岁入长安应进士试不第，在江淮吴越各地漫游几年后，重回故乡。后张九龄作荆州刺史，引他做幕僚，不久即归隐，以此终身。在盛唐诗人中，他年辈较早，人品和诗风深得时人赞赏、倾慕。李白《赠孟浩然》诗中曾云："吾爱孟夫子，风流天下闻。"他的诗歌，意境清远，淳朴明丽，语言流畅，多蕴自然超妙之趣。他擅长五言律诗和排律，多写隐逸生活和山水田园风光，一向与王维并称。他对山水田园诗派的形成起了重要作用。但是他的诗歌内容比较狭窄，缺乏社会意义，苏轼曾说他："浩然诗韵高而才短，如造内法酒手，而无材料耳。"（《苕溪渔隐丛话》）《春晓》："春眠不觉晓，处处闻啼鸟。夜来风雨声，花落知多少"一诗，几乎人皆能诵。其他名作还有《过故人庄》、《望洞庭湖赠张丞相》等。著作有《孟浩然集》。

孟浩然《春晓》诗意图
夜来风雨声，花落知多少。

李 颀

李颀：690—753 唐朝诗人
代表作：《古意》、《古从军行》
作品特点：思想深刻，境界高远，风格秀丽而又雄浑。

唐代诗人，赵郡（今河北赵县）人，开元进士，天宝中被任为新乡县尉。久未迁调，归乡过炼丹求仙的隐居生活。他的诗歌内容和体裁都很广泛，所存边塞诗虽然数量不多，但思想深刻，境界高远，风格秀丽而又雄浑，不乏慷慨激昂之音，最为著称。其七言歌行及律诗尤为后人所推重。《古意》、《古从军行》是其优秀代表作。他还写过赠别朋友的诗，好以纵横恣肆的笔调和构想，刻画朋友的独特性格，如《弹棋歌》、《赠张旭》。描写音乐的诗也颇为后人称讼，如《听董大弹胡笳声兼寄语弄房给事》，以听觉、视觉形象描写旋律变化，化无形为有形。他又好神仙、慕道术，写有神怪类题材的诗歌，这类诗歌形象诡怪，叙述本事后，又作奇想、发议论，在盛唐诗坛颇为少见。

> 醉卧不知白日暮，有时空望孤云高。
> ——《送陈章甫》

王昌龄

王昌龄：698?—757 唐代诗人
代表作：《从军行》、《出塞》
作品特点：微婉多讽，句奇格妙，雄浑自然。

唐代诗人，字伯安，太原（今山西省太原市）人，一说京兆（今陕西省西安市）人。开元进士，初补秘书郎，授汜水尉，谪岭南。后任江宁丞，又因事贬为龙标尉，故世称王江宁、王龙标。后为濠州刺史闾丘晓所杀，结局悲惨。他的诗歌涉及边塞、宫怨、闺情等题材，尤以边塞诗歌为佳。他擅长五言古诗和五七言绝句，其中对七绝用力最专，成就也最高，后人称之为"七绝圣手"。其诗歌微婉多讽，而又句奇格妙、雄浑自然。明代王世贞论盛唐七绝，认为只有他可以和李白争胜，列为"神品"（《艺苑卮言》卷四）。《从军行》、《出塞》、《代扶风主人答》为代表。其中《出塞》"秦时明月汉时关，万里长征人未还。但使龙城飞将在，不叫胡马度阴山。"一首，被推为唐人七绝压卷之作。

出塞图
秦时明月汉时关，万里长征人未还。

王 维

王维：700?—761 唐朝诗人、画家
代表作：《山居秋暝》、《渭城曲》、《送元二使安西》
作品特点：前期诗风豪放慷慨，意境独特；后期想象新鲜，刻画细致，语言凝练。

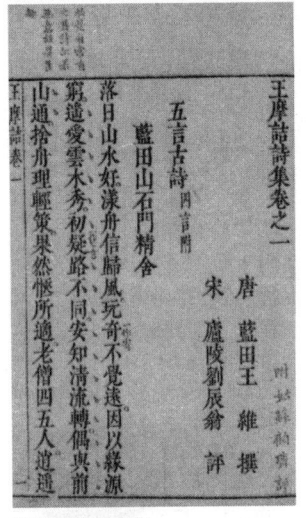

《王维诗集》书影

唐代诗人、画家，字摩诘，太原祁（今山西祁县）人，出身于官僚家庭。开元九年，进士及第，作大乐丞，因事贬为济州司库参军。后来回长安，历任右拾遗、监察御史、吏部郎中等职。40岁后过着亦官亦隐的生活。安史之乱中被强迫做伪官，乱后一度被贬，后升至尚书右丞，卒于官。故有王右丞之称。晚年淡漠世事，成为"以禅诵为事"的佛教徒。王维诗歌以40岁为界分为前后两期。前期诗歌多游侠、边塞题材的作品，风格豪放慷慨，意气风发。后期诗歌的主要题材是山水田园，隐居生活的闲情逸致。他的诗歌意境独特，想象新鲜，刻画细致，语言凝练，艺术成就极高。《山居秋暝》、《渭城曲》等是其诗歌代表作。《送元二使安西》又称《阳关三叠》，是著名的送别诗。王维也有极高的书画、音乐造诣。

王维像

李 白

李白：701—762 盛唐诗人
代表作：《蜀道难》、《将进酒》等
作品特点：感情奔放，形象生动，想象丰富，语言朴素优美，富有浪漫主义精神。

唐代诗人，字太白，号青莲居士，祖籍陇西成纪（今甘肃天水附近），隋末其先人流寓碎叶（今吉尔吉斯斯坦北部托克马克附近），李白即诞生于此。5岁时随父迁居绵州昌隆（今四川江油）。李白少有逸才，志气宏放。25岁时"辞亲远游"，仗剑出蜀，先后漫游了长江、黄河中下游许多地方。他不屑参加科举，希望走"终南捷径"，通过隐居学道来树立声誉，先后在嵩山、徂徕山等地隐居。天宝元年，李白42岁，到达长安，太子宾客贺知章一见

李白醉酒图

叹为"谪仙人",声名由此大振。唐玄宗召见赐食,并亲为调羹,下诏供奉翰林。李白生性耿直,得罪了当时权贵,招致谗毁,三年后辞官离京,从此浪迹江湖,终日沉饮。安史之乱爆发,李白参加永王李璘幕府。李璘谋乱兵败后,李白被牵连,流放夜郎,中途遇赦得还,时年59岁。两年后病卒于族叔、当涂县令李阳冰家中。文宗时,下诏以李白歌诗、裴旻剑舞、张旭草书为三绝。李白诗歌感情奔放,形象生动,想象丰富,语言朴素优美,富有浪漫主义精神,取得极高艺术成就,与杜甫并称李杜,成为我国古代诗歌的高峰。

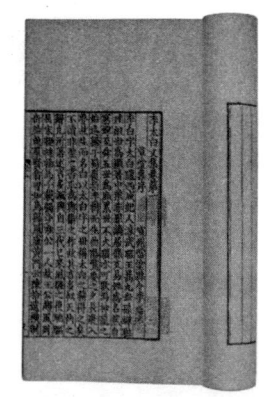
《李太白文集》书影

高 适

高适:702?—765 盛唐诗人
代表作:《燕歌行》
作品特点:反映现实,感情深挚,风格雄厚浑朴。

唐代诗人,字达夫,渤海蓨(今河北景县)人。20岁到长安,求仕不遇,遂北上蓟门,漫游燕赵,终无所得。后客居梁、宋,"混迹渔樵",过着贫困、流浪生活。天宝八年举有道科,任封丘尉,不久弃官。后入河西节度使哥舒翰幕府任书记。安史之乱时被拜为左拾遗,转监察御史,佐哥舒翰守潼关。乱后得到玄宗、肃宗重视,连续升迁,官至淮南、剑南西川节度使,最后任散骑常侍,高常侍之称即由此而来。高适性格狂放,抱负远大,"喜言王霸大略,务功名,尚节义"。其诗作多反映边地生活,与岑参并称"高岑",是唐边塞诗派的代表。他的边塞诗涉及许多问题,边地将士的游猎生活,战斗的英勇,斗争的激烈和艰苦,士卒的久戍不归,将军和士兵苦乐悬殊的生活,凡此种种,在他诗歌中都有表现。他边塞诗作的代表是《燕歌行》。此外,他还有一些描写农民疾苦,感时伤乱的咏怀诗。总之,他的诗歌主要反映现实,感情深挚,风格雄厚浑朴。其《别董大》中"莫愁前路无知己,天下谁人不识君",是人所皆知的名句。著作有《高常侍集》。

诗意图
旅馆寒灯独不眠,客心何事转凄然。
——《别董大》

崔颢

崔颢：704—754 盛唐诗人
代表作：《黄鹤楼》
作品特点：感情豪迈，热情洋溢，风骨凛然。格调朴素清新。

唐代诗人，汴州（今河南开封）人。开元进士，官司勋员外郎。少年时诗歌多写闺情，风格浮艳轻薄。后赴边塞，诗风大变，多写边塞将士报国赴难、争斗杀敌的豪迈情操，热情洋溢，风骨凛然。后游武昌，登黄鹤楼，感慨赋《黄鹤楼》，抒发了对昔人已逝而楼阁仍存的感慨，是其最为人称道的名作。全诗为："昔人已乘黄鹤去，此地空余黄鹤楼。黄鹤一去不复返，白云千载空悠悠。晴川历历汉阳树，芳草萋萋鹦鹉洲。日暮乡关何处是？烟波江上使人愁。" 相传李白登楼吟诵《黄鹤楼》后曾叹曰："眼前有景道不得，崔颢题诗在上头。"无作而去。此外他的《长干行》："君家何处住？妾住在横塘。停船暂借问，或恐是同乡"也朴素清新，为人喜爱。他诗名很大，但作品流传下来的甚少，现存诗仅40首。明人辑有《崔颢集》。

黄鹤楼图 明
日暮乡关何处是？烟波江上使人愁。

储光羲

储光羲：707—760? 盛唐诗人
代表作：《豫章行》
作品特点：朴素真切，感情真挚，但部分诗歌流露出庸俗意识。

唐代诗人，润州延陵（今江苏丹阳）人。 开元进士，为一时之秀。继而任冯翊县尉，又转汜水、安宜任县尉等职。约于二十一年辞官还乡作《游茅山五首》等诗。后入秦，隐于终南山，与王维递相唱和，遂有"储王"并称之誉，约天宝六载（747）任太祝，故世称储太祝。安史乱起，在安禄山攻陷长安后任职，乱后遂因此下狱，遭贬谪，后遇赦。储光羲是盛唐山水田园诗派的重要作家之一，《四库全书总目》评其诗"源出陶潜，质朴之中，有古雅之味"，认为他得陶诗之质朴。他的诗歌常写得朴素真切，但是有些诗歌常流露出庸俗的地主意识，如《田家杂兴》八首中"既念生子孙，方思广田畴"句。但在思想境界上是无法与陶渊明相比的。

常 建

常建：708—765？ 盛唐诗人
代表作：《题破山寺后禅院》
作品特点：多以山林、寺观为题材，在艺术上较完整，但意境非常孤僻。

唐代诗人，开元进士，大历中为盱眙尉。仕途失意，后隐居鄂州武昌。其诗多为五言，常以山林、寺观为题材，是唐代山水田园派诗人，也有部分边塞诗。其诗歌艺术上较完整，但意境非常孤僻。唐人殷璠在《河岳英灵集》中评曰："诗似初发通庄，却寻野径，百里之外，方归大道。其旨远，其兴僻。佳句辄来，惟论意表。" 明人胡应麟在《诗薮》中说他的诗"清而僻"。《题破山寺后禅院》是他的名作："清晨入古寺，初日照高林。曲径通幽处，禅房花木深。山光悦鸟性，潭影空人心。万籁此都寂，但余钟磬音。"此外，"松际露微月，清光犹为君"（《宿王昌龄隐处》）；"夜久潮侵岸，天寒月近城"（《泊舟盱眙》），都是他的名句。

> 曲径通幽处，禅房花木深。
> ——《题破山寺后禅院》

刘长卿

刘长卿：709—780？ 盛唐诗人
代表作：《疲兵篇》等
作品特点：风格含蓄温和，清雅洗练，写景抒情十分到位。

唐代诗人，字文房，河间（今河北河间）人，开元进士。大历年间，官至鄂岳转运留后，为观察使诬奏下狱。官终随州刺史，"刘随州"之称即由此而来。刘长卿在上元、宝应年间以诗驰名，其诗多表现贬谪漂流的感慨，山水隐逸的闲情，以及怀古伤今。风格含蓄温和，清雅洗练，擅长近体，尤工五律，成就卓越，曾自言"五言长城"。他在五言律诗的创作上确实有独到之处，能用严格的律诗来写景抒情，而无雕琢修饰的痕迹，达到了凝练自然、造意清新的较高艺术境界。但他思想生活比较狭窄，故而诗歌内容单薄，诗境缺乏变化。唐人高仲武曾说刘长卿的诗"十首以上，语意稍同，于落句尤甚。"也不无道理。代表诗作是《疲兵篇》、《寻南溪常山人山居》。著作有《刘随州诗集》。

刘长卿像

杜甫

> 杜甫：712—770 唐朝诗人
> 代表作：《春望》、《三吏》、《三别》
> 作品特点：杜甫是杰出的现实主义诗人，他的诗歌反映了当时的社会风貌。

唐代诗人，字子美，祖籍襄阳（今湖北襄阳），生于河南巩县（今巩义市），出身于"奉儒守官"的官僚家庭。杜甫自幼好学，7岁开始吟诗，15岁即有文名。20岁结束书斋生活，开始漫游，南及吴越，北达齐赵。这一长达十五年的漫游，充实了他的生活，扩大了他的视野和心胸，使他早期诗歌具有极浓厚的浪漫主义色彩。其后诗人应科举试不第，困居长安十年，过着"朝扣富儿门，暮随肥马尘"的屈辱生活。诗人在这种生活中得到磨炼，逐渐深入人民生活，看到人民痛苦，也看到统治阶级的罪恶，最终成为一个忧国忧民的诗人。安史之乱时，杜甫被安禄山叛兵掠至长安，后来只身逃出长安，至凤翔见肃宗，被任为左拾遗，不久触怒肃宗，几受刑戮。后屡遭贬斥，759年，杜甫弃官，经历千辛万苦，到达成都，在成都西郊筑茅屋而居，开始"漂泊西南"的生活。在蜀八年，曾任检校工部员外郎，"杜工部"之称即由此而来。770年冬，诗人死在由长沙到衡阳的船上。杜甫经历了开元盛世，也经历了安史之乱的全过程，处在唐帝国由盛而衰急剧转变的时代。他写作的大量诗歌，反映了这一时期的社会面貌，展示了唐代由盛转衰的全过程，故被称为"诗史"，杜甫则被称为"诗圣"。

杜甫像

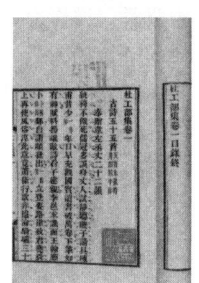

《杜工部集》书影

《三吏》《三别》

> 特点：描写细腻，通过白描手法，完整地反映了人民在战乱中遭受的痛苦。

组诗篇名，即杜甫所写的《新安吏》、《潼关吏》、《石壕吏》和《新婚别》、《垂老别》、《无家别》六首诗。乾元元年（758），为彻底平息安史之乱，唐将郭子仪等九位节度使率兵攻打被叛军占领的邺郡。乾元二年，唐军全线溃败，形势危急。为了守住洛阳、潼关一线，唐军在民间四处抓丁，连未成年人、妇女、老人都不能幸免。此时杜甫贬官从华州去洛阳，

杜甫的《三吏》用问答体，《三别》用独白体。此六首诗虽各自成篇，却同样表现了作者既同情人民又支持平叛战争的矛盾心理，且篇篇简质浑厚，深切感人。清沈德潜评曰：诸咏身所见闻事，运以古乐府理，惊心动魄，疑神疑鬼，千古而下，何人更能措手？

目睹这一切,于是把沿途所见所闻写成了这一著名组诗。这一组诗的特点是描写细致,通过白描手法,完整地反映了战乱中人民遭受的深重灾难,暴露了封建统治者的残暴,表达了作者对人民的深切同情和忧念时局的心情,同时也达到了较高的艺术成就,"眼枯即见骨,天地终无情"(《新安吏》);"仰视百鸟飞,大小必双翔。人事多错迕,与君永相望!"(《新婚别》)等都是其中感情真挚、形象生动的句子。

杜甫草堂
草堂位于四川省成都市,杜甫曾在此生活三年。

岑 参

岑参:715—770 中唐诗人
代表作:《白雪歌送武判官归京》等
作品特点:想象丰富,构思新奇,语言明快通俗,换韵自然,富有浪漫主义色彩。

唐代诗人,南阳(今属河南)人。出身于"一门三相"的显赫官僚家庭,但父亲早死,家道衰落。天宝进士,官至嘉州刺史,人称"岑嘉州"。先后两次出塞,居边塞共六年。其诗歌题材广泛,出塞前写作了许多感叹身世、赠答朋友以及描写山水的诗歌。出塞后诗歌主要题材是边地的瑰丽风光和激烈的战斗生活。其诗形式丰富多样,而最擅长七言歌行,以慷慨报国的英雄气概和不畏艰苦的乐观精神为基本特征,富有浪漫主义的特色。想象丰富,构思新奇,语言明快通俗,换韵自然。与高适并称"高岑"。《走马川行奉送出师西征》、《轮台歌奉送封大夫出师西征》、《白雪歌送武判官归京》是其边塞诗歌的代表作,"忽如一夜春风来,千树万树梨花开"更是传诵千古的名句。著作有《岑嘉州诗集》。

枕上片时春梦中,行尽江南数千里。

元 结

> 元结：719—772 中唐诗人
> 代表作：《悯荒诗》、《贫妇词》
> 作品特点：主要反映现实，情感真挚动人。不尚词华，不事雕饰，诗风朴素简淡。

唐代诗人，字次山，河南（今洛阳附近）人。早年入长安应试不第，天宝十二年始登进士第。肃宗乾元二年由国子司业苏源明推荐，上《时议》三篇，擢山南东道节度参谋，后任道州刺史。卒年五十三，赠礼部侍郎。他与杜甫同时，强调诗歌的实用功能，要求诗歌反映现实，写作有大量反映批判现实、同情人民的诗歌，情感真挚动人。他的诗歌力求摆脱声律束缚，不尚词华，不事雕饰，朴素简淡，在当时自成一格，但忽视诗歌艺术，结果艺术成就往往不高。他多写古体诗和绝句，几乎不写近体诗。代表作是《悯荒诗》、《贫妇词》、《贼退示官吏》等。同时他的散文也取得了较高成就，为韩愈、柳宗元先驱，欧阳修曾说他"笔力雄健，意气超拔"（《集古录》卷七）。

长风连日作大浪，不能废人运酒舫。
——《石鱼湖上醉歌》

韩 翃

> 韩翃：生卒年月不详，中唐诗人
> 代表作：《章台柳》
> 作品特点：诗风清新单纯，情深意挚。

唐代诗人，字君平，南阳人，天宝十三年进士，建中初，以诗受知于德宗，授驾部郎中、知制诰，后升迁中书舍人。他与钱起、卢纶等号为大历十才子。其诗歌较少反映社会动乱和人民疾苦，多数歌颂升平、吟咏山水、称道隐逸。他与柳氏的爱情故事凄美动人，广为流传，唐朝李朝威据此写成传奇《柳氏传》，孟棨写成笔记小说《本事诗》。其赠给柳氏的诗《章台柳》："章台柳，章台柳，昔日青青今在否？纵使长条似旧垂，也应攀折他人手！"清新单纯，情深意挚。柳氏复诗《杨柳枝》："杨柳枝，芳菲节，所恨年年赠离别。一叶随风忽报秋，纵使君来岂堪折？"经过波折，二人最终团圆。唐《中兴间气集》谓其诗"匠意近于史，兴致繁富，一篇一咏，朝士珍之"。

柴门流水依然在，一路寒山万木中。

钱 起

钱起：722—780？ 唐代诗人
代表作：《题玉山村叟屋壁》
作品特点：诗风清新雅致，情深意挚，表现了功名不得实现的惆怅。

　　唐代诗人，字仲文，吴兴人。天宝十年中进士，官秘书省校书郎，官终尚书考功郎中。他是大历十才子之一，曾和王维、裴迪等人唱和，诗风与王维相近。诗格新奇，理致清赡，代表诗作有《登胜果寺南楼雨中望严协律》、《题玉山村叟屋壁》等，"曲终人不见，江上数峰青"是为人称道的名句。《赠阙下裴舍人》："二月黄鹂飞上林，春城紫禁晓阴阴。长乐钟声花外尽，龙池柳色雨中深。阳和不散穷途恨，霄汉长怀捧日心。献赋十年犹未遇，羞将白发对华簪。"表现了功名不得实现的惆怅。《送僧归日本》中"惟怜一灯影，万里眼中明"；《谷口书斋寄杨补阙》中"竹怜新雨后，山爱夕阳时"，都是极佳的抒情写景诗句。

顾 况

顾况：727—815？ 中唐诗人
代表作：《华阳集》
作品特点：言辞犀利，通俗易懂，多用口语，富有创造精神。

　　唐代诗人，字逋翁，自号华阳真逸，苏州人，肃宗至德年间进士，德宗时官秘书郎。他在宰相李泌死后，写了《海鸥咏》一诗讥嘲权贵，被贬为饶州司户参军。晚年隐居茅山，以寿终。顾况是中唐时期的著名诗人，是从杜甫到白居易的重要桥梁之一。他和中唐另一诗人元结是新乐府运动的先驱，对于"新乐府"运动的理论和创作的形成与发展起了促进的作用。他们在新乐府诗歌方面的创作成就和影响仅次于白居易和元稹。顾况是个关心人民痛苦的诗人，根据《诗经》讽喻精神写成的《上古之什补亡训传十三章》，均是讽刺规劝之作，在内容、形式上给白居易写《新乐府》五十首以一定的启发和影响。他作诗敢于大胆尝试，富有创造精神，多用口语，不避俚俗。皇甫湜为其集作序，称其"骏发踔厉，出意外惊人语为快"。著作有《华阳集》。

玉楼天半起笙歌，风送宫嫔笑语和。月殿影开闻夜漏，水晶帘卷近秋河。
　　　　　　　　　　　　　　　　　　——《宫词》

张志和

张志和：730？—810？ 中唐诗人
代表作：《渔歌子》
作品特点：意境丰富，清新淡雅，意境深远，语言朴素简练。

张志和像

唐代诗人，字子同，初名龟龄，金华（今属浙江）人。16岁举明经。唐肃宗时待诏翰林，深蒙赏重，授左金吾卫录事参军，并赐名"志和"。后因事被贬，遂绝意仕进，隐居于江湖间，祭三江，泛五湖，自号玄真子，又号烟波钓徒。张志和博学多才，歌、词、诗、画俱佳。他的《渔歌子》五首，是早期文人词作，据说作于颜真卿主持的一次宴会上。《新唐书》把他列于隐逸传，本传称他"每垂钓，不设饵，志不在鱼也。"可见他的《渔歌子》乃是借渔家生活自道其隐居江湖之乐的作品，其中第一首"西塞山前白鹭飞，桃花流水鳜鱼肥。青箬笠，绿蓑衣，斜风细雨不须归。"最为知名。有《玄真子》集。

戴叔伦

戴叔伦：732—789 中唐诗人
代表作：《女耕田行》、《屯田词》
作品特点：以反映农村生活见长，艺术上情景交融，真挚动人。

山路松风图

唐代诗人，字幼公，也作次公，金坛（今江苏）人。大历时，曾应刘晏之召，在其盐铁转运使府中任职。建中元年（780），任东阳县令。此后几年，在唐宗室李皋的湖南观察使、江西节度使幕中任职。贞元四年（788）改任容州刺史，兼容管经略使，在任上去世。他在任地方官期间，关心农业生产，史称"清明仁恕"，有一定政绩。在文学创作方面，他是中唐前期写作新乐府的诗人，其诗以反映农村生活见长，艺术上情景交融，真挚动人。此外也有边塞题材的诗歌，如《边城曲》写了兵士远戍边城之苦，并以都城长安的豪华生活相对比。农村题材的代表作是《女耕田行》、《屯田词》。这些作品，大多为"即事名篇"，反映了普通下层民众的痛苦生活。有《戴叔伦集》。戴叔伦的新题乐府多反映民生疾苦，以心理刻画与白描见长，对张籍、王建一派有深远的影响。

韦应物

韦应物：737—791？ 中唐诗人
代表作：《采玉行》、《滁州西涧》
作品特点：他的诗歌语言简淡，不加雕饰，而风格秀朗，气韵澄澈。

韦应物像

唐代诗人，京兆长安人，出身关西望族，初以三卫郎侍玄宗，放浪不羁，后悔悟，折节读书。永泰中，授京兆功曹，迁洛阳丞。建中年间任滁州、江州刺史。贞元初任苏州刺史，故有"韦苏州"之称。他的部分作品对安史之乱后社会离乱、人民疾苦的现状有所反映，《采玉行》、《夏冰歌》等揭露了官吏的横行，表达了对人民的同情。他以山水田园诗歌著名，人比之为陶潜。后世以陶、韦并称，或以王、孟、韦、柳并称，都是根据这类诗歌。他的诗歌，语言简淡，绝去雕饰，而风格秀朗，气韵澄澈。《滁州西涧》最为知名："独怜幽草涧边生，上有黄鹂深树鸣。春潮带雨晚来急，野渡无人舟自横。"著作有《韦苏州集》（一称《韦江州集》）。

李益

李益：748—827 中唐诗人
代表作：《诗薮》、《从军北征》
作品特点：构思奇特，语言生动活泼，富于音乐美，但格调凄凉感伤。

唐代诗人，字君虞，陇西姑臧（今甘肃武威）人，代宗大历十年进士，授郑县尉。郁郁不得志，弃职游燕、赵间，幽州节度使刘济辟为从事。又历西北边地，参佐戎幕。宪宗时，任秘书少监，官终礼部尚书。他的诗歌吸收了乐府民歌生动活泼的精神，用俊伟轩昂的笔调和奇异独特的构思，写出实际的生活体验，意境阔远，不为篇幅所限，声调铿锵，富于音乐美，被时人谱入乐府歌唱。他擅长以七绝表现边塞生活，后人往往把他与王昌龄相提并论。中唐的国力较盛唐大为减弱，边塞已成为藩镇割据的地方，他的边塞诗歌已不复盛唐边塞诗歌乐观豪放的情调，多反映士卒对战争的厌倦，格调凄凉感伤。明代胡应麟评唐人七绝，认为他"可与太白、龙标（昌龄）竞爽"（《诗薮》卷六）。除七绝外，其他诗体也偶有佳作，如五律《喜见外弟又言别》、《夜上受降城闻笛》、《从军北征》。

十年离乱后，长大一相逢。
问姓惊初见，称名忆旧容。
别来沧海事，语罢暮天钟。
明日巴陵道，秋山又几重。

——李益《喜见外弟又言别》

韩愈

> 韩愈：768—824 中唐文学家、哲学家
> 代表作：《师说》、《马说》
> 作品特点：内容丰富，形式多样，风格雄奇奔放，感情充沛。

唐代文学家、哲学家，字退之，河阳（今河南孟县州市）人，郡望昌黎，世称韩昌黎。因官吏部侍郎，又称韩吏部。谥号"文"，又称韩文公。3岁即孤，由兄嫂抚育，25岁中进士，29岁始登仕途，在科名和仕途上屡受挫折。任监察御史时，上书论天旱人饥状，请减免赋税，贬阳山令。元和十二年，升为刑部侍郎。元和十四年，因谏迎佛骨，触怒宪宗，被贬潮州刺史。穆宗时被召回京，为兵部侍郎、吏部侍郎、京兆尹等职。韩愈思想源于儒家，以儒家正统自居，反对佛教清净寂灭、神权迷信；反对藩镇割据、宦官专权，关心人民疾苦。他与柳宗元倡导古文运动，开辟了唐以来古文的发展道路。散文内容丰富，形式多样，风格雄奇奔放，感情充沛，语言造诣很高。

韩愈像
韩愈是中国古代最杰出的散文家，主盟当时文坛。其文章气势雄阔，浑浩流转。

除散文外，韩愈又能诗，他以文为诗，引古文语言、章法、技巧入诗，开创了唐诗新领域，但也带来讲才学、发议论、追求险怪等不良风气。他工古体而近体少，但亦有律诗、绝句佳篇，如七律《左迁至蓝关示侄孙湘》、《答张十一功曹》、《题驿梁》，七绝《次潼关先寄张十二阁老》、《题楚昭王庙》等。后人对韩愈评价很高，尊他为唐宋八大家之首。杜牧把韩文与杜诗并列，称为"杜诗韩笔"；苏轼称他"文起八代之衰"。著作有《昌黎先生集》。

《昌黎先生集》书影

白居易

> 白居易：772—846 中唐诗人
> 代表作：《新乐府》、《秦中吟》、《长恨歌》
> 作品特点：反映社会现实，言辞犀利，语言明白晓畅、妇孺能诵，意境深远。

唐代继李白、杜甫后又一位大诗人，字乐天，晚年自号香山居士，后人称白香山，又曾官太子少傅，故后人又称白傅或白太傅。原籍太原，后迁下邽（今陕西渭南县）。存诗近三千首，是唐诗人中存诗最多者。倡导新乐府运动，主张"文章合为时而著，歌诗合为事而作"，认为诗歌应当反映社会现实，反对辞藻华丽而内容空虚的文风。这既是他的创作纲领，也

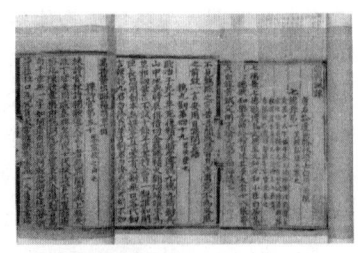

《白氏长庆集》书影

是他领导新乐府运动的纲领。他的诗作题旨鲜明,语言明白晓畅、妇孺能诵。白诗中价值极高、他本人最重视的是讽喻诗,这些诗作尖锐揭露出当时的政治黑暗,反映人民痛苦,其中《新乐府》五十首,《秦中吟》十首,更是杰作。讽喻诗首先对农民痛苦作了深刻表现,例如《观刈麦》、《采地黄者》;其次对妇女问题也有多方面反映,《井底引银瓶》、《母别子》、《上阳白发人》为其代表;另外对中唐弊政"宫市"、"进奉"也有揭露,代表诗作是《卖炭翁》、《红线毯》。除讽喻诗外,《长恨歌》、《琵琶行》是著名的长篇叙事诗。"野火烧不尽,春风吹又生",是脍炙人口的佳句。著作有《白氏长庆集》。

白居易像
白居易为中唐贞元、元和时代最杰出的诗人,时称其诗为"元和体"。

《长恨歌》

特点:全诗想象丰富,语言优美,声调优美和谐。写法上虚实结合,情节曲折,抒情写景和叙事融合无间。

唐代诗人白居易所作,写作时作者35岁。该诗写唐明皇和杨贵妃的爱情悲剧,因以悲剧结局,故以"长恨"名篇。诗歌以传说作为素材,主题具有讽刺、同情两重性。诗歌前半部分讽刺、批判唐明皇荒淫误国,后半部分充满同情地描写唐明皇对杨贵妃的缅怀思念,诗的主题思想也由批判转为对他们爱情的歌颂,这是长恨的正文。诗歌美化了帝妃爱情,使此种爱情生死不渝,达到与天地共存的地步。诗歌取得极高艺术成就,前半写实,后半有丰富的想象和大量虚构,有着曲折离奇、自具首尾的情节描写和完整鲜明的人物形象塑造,语言、声调优美和谐,便于理解和歌唱,抒情写景和叙事融合无间,当时号为"元和体",又称"千字律诗"。该诗流传极广,并为后来戏剧提供了题材,影响极为深远。

贵妃出浴图

刘禹锡

> 刘禹锡：772—842 中唐诗人、哲学家
> 代表作：《竹枝词》、《乌衣巷》等
> 作品特点：寓意深刻，言辞辛辣犀利；格调沉郁苍凉。

唐代诗人、哲学家，字梦得，洛阳（今属河南）人。贞元进士，参加王叔文政治革新集团，失败后被贬为朗州司马，迁连州刺史。后入朝作主客郎中，晚年任太子宾客，"刘宾客"之名由此而来。与柳宗元友善，人称"刘柳"；与白居易诗歌酬唱，人称"刘白"。他才力雄健，有"诗豪"之称。有三类诗歌成就最高：政治讽刺诗，寓意深刻，辛辣犀利；怀古诗，均用律绝形式，吊古伤今，沉郁苍凉，感慨无限；学习民歌的作品《竹枝词》、《杨柳枝词》、《浪淘沙词》等，新鲜活泼，健康开朗，自然流畅，尽洗文人习气。《戏赠看花诸君子》、《再游玄都观》、《西塞怀古》、《乌衣巷》等是其诗歌名作。"旧时王谢堂前燕，飞入寻常百姓家"；"沉舟侧畔千帆过，病树前头万木春"，是人所共传的名句。除诗歌外，他的散文善于析理论辩，《陋室铭》最为知名。著作有《刘梦得文集》。

刘禹锡像

自古逢秋悲寂寥，我言秋日胜春朝。
——《秋词》

柳宗元

> 柳宗元：773—819 中唐文学家，诗人
> 代表作：《封建论》、《捕蛇者说》、《黔之驴》
> 作品特点：艺术风格独特，韵味深长，在简淡格调中表现深厚的感情。

唐代文学家、哲学家，字子厚，河东解（今山西省永济市）人，世称柳河东。贞元进士，又应博学宏词科及第。参加王叔文革新集团，失败后被贬为永州司马，后迁柳州刺史，故又称"柳柳州"。柳宗元最突出的文学成就在散文上面，与韩愈共同倡导古文运动，同列"唐宋八大家"。他的散文题材多样，论说文，表达自己的政治历史观，如《封建论》；传记叙事文，多取材于下层人物，发展了《史记》以来的人物传记，如《捕蛇者说》；寓言散文，篇幅短小，寓意深刻，《黔之驴》最为著名；尤其著名的是他的山水

游记，这些作品，文笔清新秀美，富有诗情画意，代表作是《小石潭记》。柳宗元存诗较少，但他在独特生活经历和思想感受的基础上，借鉴前人经验，发挥自己才华，创造出独特的艺术风格，多传世之作。其诗歌精工密致，韵味深长，在简淡格调中表现深厚的感情。《江雪》是最为人传诵的诗歌名作。著作有《河东先生集》。

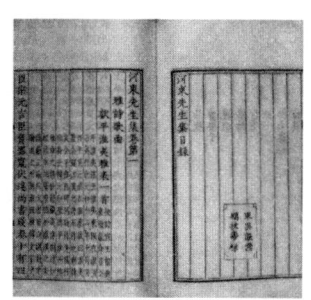

《河东先生集》书影

元 稹

元稹：779—831 中唐诗人
代表作：《乐府古题》、《行宫》
作品特点：反映现实，并能将律诗口语化。

唐代诗人，字微之，河南（今河南洛阳附近）人，幼年丧父，少经贫贱。贞元进士，曾任校书郎、左拾遗、监察御史，出使剑南东川，直言敢谏，劾奏不法官吏，为此得罪宦官权贵，遭贬。后转而依附宦官，为时论所薄。长庆二年（822），拜平章事，居相位三月。后出任武昌军节度使，卒于任上。元稹创作以诗歌成就最大，与白居易齐名，并称"元白"，同为新乐府运动的倡导者。他的乐府诗广泛反映现实，揭露统治者相当尖锐深刻，表达对普通民众痛苦的同情。有《乐府古题》19首、《新题乐府》12首。《连昌宫词》是和《长恨歌》并称的长篇叙事诗。他的悼亡诗颇负盛名，以《遣悲怀》三首为最。这些诗感情真挚，并将律诗口语化，较潘岳悼亡诗更为人爱读。此外小诗《行宫》："寥落古行宫，宫花寂寞红。白头宫女在，闲坐说玄宗。"篇幅虽小，所揭露宫女痛苦生活却触目惊心。著作有《元氏长庆集》。

元稹像

寥落古行宫，宫花寂寞红。
白头宫女在，闲坐说玄宗。
——《行宫》

李 贺

> 李贺：790—816？ 中唐诗人
> 代表作：《李凭箜篌引》、《雁门太守行》等
> 作品特点：想象丰富，构思奇特，极具浪漫主义风格，色彩艳丽浓重，语言精练，富有象征性。

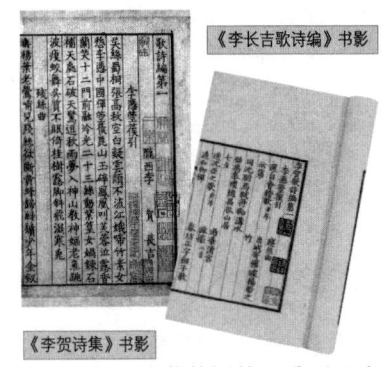

《李长吉歌诗编》书影

《李贺诗集》书影

唐代诗人，字长吉，福昌（今河南宜阳）人，唐皇室远支，少年时才能出众，却因父名"晋肃"与"进士"谐音，便不能应进士试，仅做了九品之官奉礼郎。死时年仅27岁。常与王勃等同被后人引作"天妒英才"的实例。宋代严羽《沧浪诗话》曾说："人言'太白仙才，长吉鬼才'，不然。太白天仙之词，长吉鬼仙之词尔。""鬼才"之称，由此得来。他文思敏捷，以乐府诗著称，其诗想象丰富，构思奇特，极具浪漫主义风格。他的诗歌，抒发了理想无法实现的苦闷，反映了社会的现实矛盾，揭露了统治者的荒淫堕落，表达了对人民疾苦的同情，歌颂了边塞将士的英雄气概。但也有一些作品流露出人生无常的阴郁情绪。他的诗歌特点是善用神话传说，意境新奇瑰丽，想象奇特丰富，色彩艳丽浓重，语言精练，富有象征性。他的诗歌对晚唐杜牧、李商隐、温庭筠都有影响。代表作是《李凭箜篌引》、《雁门太守行》、《金铜仙人辞汉歌》等。著作有《昌谷集》。

杜 牧

> 杜牧：803—853 晚唐文学家
> 代表作：《过华清宫三绝句》、《赤壁》等
> 作品特点：辞采清丽，画面鲜明，表现了浓厚的忧国忧民的思想感情。

杜牧像

唐代文学家，字牧之，京兆万年（今陕西西安）人。26岁中进士，因秉性耿直，被人排挤，作了十年幕僚，生活很不得意。36岁迁为京官，后受宰相李德裕排挤，出为黄州、池州刺史。李德裕失势，内调为司勋员外郎。官终中书舍人。杜牧诗歌与李商隐齐名，并称"小李杜"。他作诗重视思想内容，有些作品表现出爱国忧民的思想感情，以及诗人自己的理想和抱负。其咏史诗很著名，大体有两种倾向：借历史题材讽刺时政，如《过华清宫三绝句》；具有明显的史论特点，如《赤壁》。杜牧抒情写景的七言绝句，辞采清丽，画面鲜明，取得极高的艺术成就。他也有一些描写个人潦倒失意、带有浓厚感伤情调的诗作，及一些饮酒狎妓之作，流于颓废。除诗歌外，杜牧亦工文赋，文多谈论兵政，赋以《阿房宫赋》最著名。著作有《樊川文集》。

李商隐

李商隐：813—858 晚唐诗人
代表作：《安定城楼》、《登乐游原》等
作品特点：诗风委婉含蓄，凄迷朦胧，幽渺秾艳，神秘宁静。

李商隐像

唐代诗人，字义山，号玉溪生，怀州河内（今河南沁阳）人。初受牛党令狐楚赏识，被引为幕府巡官。后李党王茂元爱其才，任为书记，并以女嫁之。牛党执政后，遂受冷遇，遭排挤，辗转于各藩镇幕府，过着贫寒的幕僚生活，潦倒至死。他关心现实，写有许多反映宦官专权、藩镇割据的诗歌。其咏史诗，曲折讽刺帝王的荒淫误国，抒发自己怀才不遇的感慨。他最为人传诵的是爱情诗，此类诗，或名《无题》，或取篇中两字为题，写得委婉含蓄，凄迷朦胧，幽渺秾艳，神秘宁静，"春蚕到死丝方尽，蜡炬成灰泪始干"、"心有灵犀一点通"是广为传诵的名句。《安定城楼》、《登乐游原》、《有感》等都是他的代表诗作。他与杜牧并称"小李杜"，对晚唐韩偓、宋初西昆派诗人等都有影响。著作有《李义山集》。

温庭筠

温庭筠：812—870 晚唐诗人、词人
代表作：《菩萨蛮》、《望江南》
作品特点：题材狭窄，多写花前月下，闺思情怨，风格绮艳香软。

唐代诗人、词人，本名岐，字飞卿，太原祁（今山西祁县）人，唐宰相温彦博后代。他长期混迹于歌楼妓馆，为当时士人所不齿。早年才思敏捷，每入试，押官韵作赋，凡八叉手而成，时号温八叉。他以辞赋知名，韵格清拔，然屡试不第，终身困顿，晚年才任方城尉和国子监助教，世称"温方城"、"温助教"。他诗词兼善，诗歌与李商隐齐名，称"温李"，但其诗作藻饰过甚，实际是齐梁宫体诗风的延续，成就实不及李商隐。而他精通音律，熟悉词调，对词这种新的文学样式的发展起了很强的推动作用，只是题材狭窄，多写花前月下，闺思情怨，风格绮艳香软，被尊为"花间词派"鼻祖。清代刘熙载在《艺概》中说他："温飞卿词，精妙绝人，然类不出乎绮怨。"但也有人认为他词中所写的男女之情是别有寄托的。代表作是《菩萨蛮》、《望江南》、《更漏子》。

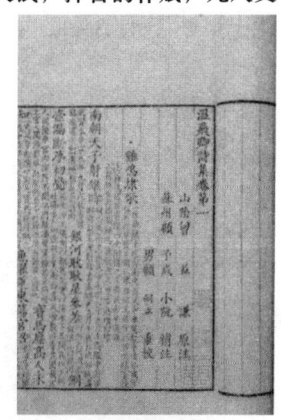

《温庭筠诗集》

罗 隐

罗隐：833—910 晚唐文学家
代表作：《秋虫赋》、《说天鸡》
作品特点：诗歌言辞通俗犀利；散文讽刺性极强，嬉笑怒骂，涉笔成趣。

唐代文学家，原名横，字昭谏，余杭（今属浙江）人。年少时即有文名，好讥讽公卿。应进士试，十年不第，于是改名为隐。后自编所作为《谗书》，更加招致统治者厌恶，只好浪迹天涯。鲁迅曾说："罗隐的《谗书》，几乎全部是抗争和愤激之谈。"（《南腔北调集·小品文的危机》）黄巢起义后，归乡避乱。后依杭州刺史钱镠，被任为钱塘令。唐亡，梁以谏议答复征，不行。钱镠称吴越王，表授给事中，世称罗给事。他的诗歌和小品文多愤世嫉俗之词，在晚唐别树一帜。他的散文成就高于诗歌，多批判性极强的讽刺文章，嬉笑怒骂，涉笔成趣，《秋虫赋》、《说天鸡》为代表。此外，他也有一些通俗犀利的诗歌流传，代表作是《雪》。著作有《罗昭谏集》。

野晴霜泊缘，
山冰雨催红。

韦 庄

韦庄：836—910 晚唐诗人、词人
代表作：《古离别》、《思帝乡》
作品特点：风格清新明朗，寓浓与淡，以清丽见长，艺术成就较高。

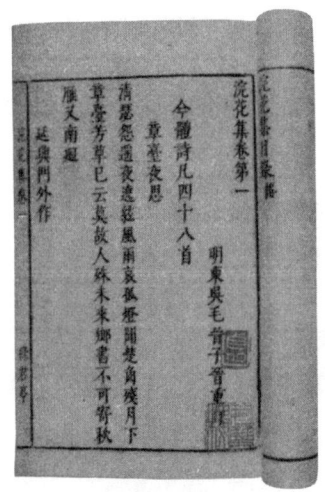

《浣花集》书影

晚唐五代诗人、词人，字端己，京兆杜陵（今陕西西安）人。乾宁元年(894)进士，曾任校书郎、右补阙等职。后入蜀，为王建书记。唐亡，王建建立前蜀，韦庄为宰相，死于蜀。他的诗词都很著名。《秦妇吟》一诗是他未第前写的一首长诗，时人曾因之称他为"秦妇吟秀才"，其中虽有嘲笑黄巢起义军之语，但客观上反映了官军的腐败无能，表达了对人民痛苦的同情。他的此种诗歌为数极少，多是抒发及时行乐、追念昔日繁华之作。较有成就的是《古离别》、《台城》。词史上，他属花间派，是花间派代表作家，与温庭筠齐名，号称"温韦"。其词风格清新明朗，寓浓与淡，以清丽见长，艺术成就较高。《思帝乡》、《女冠子》、《菩萨蛮》是其优秀代表。有《浣花集》。

司空图

> 司空图：837—908 晚唐诗人
> 代表作：《二十四诗品》等
> 作品特点：他的主要成就表现在诗歌理论上，他宣扬远离现实生活体验的超脱意境，对后代诗歌创造有消极影响。

唐代诗人，字表圣，晚年自号知非子、耐辱居士，河中虞乡（今山西省永济市）人。咸通末年进士，官至中书舍人，黄巢起义后，遁居中条山王官谷。朱温代唐后，不食而死。他是唐末著名诗人，酷好吟诗，诗风与王维接近，山水隐逸是他诗歌的主要题材，内容比较单薄。他的成就主要在诗歌理论上，写作的《二十四诗品》以及《与李生论诗书》等几封书信是中国古代重要的诗歌理论著作。《二十四诗品》是当时诗歌纯艺术论的一部集大成的著作，在这部作品中，他反复赞扬王维、韦应物的山水诗，并提出"韵味论"，主张论诗要善于"辨味"，好的诗作应有"味外之旨"。他把诗歌风格分为雄浑、冲淡、高古、典雅等24种，每格一品，每品用十二句形象化的四言韵语加以比喻说明。但其诗论缺乏严密的系统性，片面强调"韵外之致"、"味外之旨"，宣扬远离现实生活体验的超脱意境，忽视诗歌的思想内容和社会作用，对后代有消极影响。

黄釉褐蓝彩云纹瓷罐　唐

韩偓

> 韩偓：844—923 晚唐诗人
> 代表作：《七绝·寒食夜》
> 作品特点：风格清新雅致，言辞华美。

唐代诗人，字致尧，小名冬郎，自号玉樵山人，京兆万年（今陕西西安）人。曾与朱全忠的篡唐阴谋作针锋相对的斗争，因此被贬出京，两次拒绝朱全忠召复原官的邀请，在无力改变现状的情况下，采取不合作的态度，最后，寓居福建，终老山林，对李唐王朝尽了忠臣之节。他是晚唐诗词兼善的诗人，童年即能诗，曾得姨父李商隐赞赏。他是翰林学士，其诗作具有"百科全书式"的性质。《七绝·寒食夜》："恻恻轻寒剪剪风，杏花飘雪小桃红。夜深斜搭秋千索，楼阁朦胧细雨中"；《七绝·已凉》："碧阑干外绣帘垂，猩色屏风画折枝。八尺龙须方锦褥，已凉天气未寒时。"是其诗歌中的优秀之作。

陆龟蒙

> 陆龟蒙：？—881？ 晚唐文学家
> 代表作：《野庙碑》、《蚕赋》
> 作品特点：以讽刺性的散文为主，富有浓厚的现实意义。

唐代文学家，字鲁望，吴郡（今江苏苏州）人，举进士不第，隐居松江甫里，人称甫里先生，又号江湖散人。他是晚唐文学家皮日休的好友，文学主张和创作风格都与皮日休接近，并称皮陆。其文学成就主要是讽刺散文，这些作品，多愤世嫉俗之词，富有现实意义。在晚唐骈俪流行、文风衰落的时代里，他与众不同的作品表现得非常突出，鲁迅曾比之为"一塌糊涂的泥塘里的光彩和锋芒"（《南腔北调集·小品文的危机》）。这些作品，或者用比喻、寓言，借物寄讽，或者用历史故事，托古刺今，都有很强的讽刺力量。代表作是《野庙碑》、《蚕赋》等。他的某些小诗，讽刺也很尖刻，《筑城词》是代表。著有《笠泽丛书》、《甫里先生集》。

九秋风露越窑开，夺得千峰翠色来。
——《秘色越窑》
此为越窑青瓷中的精品，诗人在《秘色越窑》中对其盛赞。唐代饮茶之风盛行，尤以文人墨客为甚，把饮茶当成了一种传统。

陆龟蒙像

冯延巳

> 冯延巳：904—960 五代南唐词人
> 代表作：《女耕田行》、《屯田词》
> 作品特点：以反映农村生活见长，艺术上情景交融，真挚动人。

步溪图

五代南唐词人，字正中，广陵（今江苏扬州）人，曾官至南唐中主李璟朝宰相。遗有《阳春集》，留词一百多首。其词介于晚唐五代花间词风与北宋词风之间。与花间词人相比，虽有带浓艳色彩的词作，但总体词风已转向清新流畅、深婉含蓄，开北宋一代风气，北宋词人晏殊、张先、欧阳修等都曾受他的影响。王国维《人间词话》中说他："冯正中词虽不失五代风格，而堂庑特大，开北宋一代风气。"其词多娱宾遣兴、流连光景之作，反映了官僚士大夫闲逸的生活面貌。他善于通过自然意象与心理变化的表现来抒情，以《鹊踏枝》著名，今存14首。此外，《谒金门》一词中"风乍起，吹皱一池春水"，是广为传诵的名句。

李 煜

李煜：937—978 五代南唐词人
代表作：《虞美人》、《浪淘沙令》、《乌夜啼》
作品特点：词风情调感伤，语言明净优美，生动如画，形象鲜明，风貌天然。

李煜像

五代南唐后主、词人，字重光，世称李后主。在位15年，对宋委曲求全，苟且偷安中还不忘纵情声色。975年，南唐被宋所灭，他出降，被封为"违命侯"，成为亡国之君，过了三年囚犯般的屈辱生活。978年七夕前夕被宋太宗派人毒死。李煜在政治上荒唐无才干，但在文艺上却极具才能：工书，善画，洞晓音律。其词以南唐亡国为界，明显可分为前后两期。前期词作是南朝宫体和花间词风的继续，多写宫廷享乐生活，风格柔靡；后期主要抒发对故国的怀恋眷顾，感叹身世，情调感伤，语言明净优美，生动如画，形象鲜明，风貌天然，取得很高艺术成就，为唐、五代其他词人所不及。《虞美人》、《浪淘沙令》、《乌夜啼》是其代表作。"剪不断，理还乱，是离愁"（《乌夜啼》）；"问君能有几多愁？恰似一江春水向东流"（《虞美人》）；"流水落花春去也，天上人间！"（《浪淘沙令》）等都是他抒写优美的名句。

南唐文会图　北宋　佚名
这幅图描绘了南唐后主李煜和三位文士在庭院聚会的情形。院中李煜振笔疾书，其他三人静静围观，奴婢则直立以待。

皎 然

| 皎然：生卒年不详 中唐诗僧
| 代表作：《女耕田行》、《屯田词》
| 作品特点：诗文清新自然，充满了闲适的自然趣味。

唐代诗僧，俗姓谢，字清昼，湖州（今浙江吴兴）人。南朝诗人谢灵运十世孙，生卒年不详，大致活动于上元、贞元年间。一生居吴兴东溪草堂，与当时士大夫如颜真卿、韦应物、李阳冰、顾况等互相唱和，时称"江东名僧"。作为诗僧，皎然长于诗文，而非佛理，其主要精力和兴趣也都在诗歌上。他文章俊丽，并且写作了诗歌理论著作《诗式》。诗式，即诗的法则，全书标举论诗宗旨，也品评了具体作品，它是唐代重要的诗歌理论著作。皎然以南朝文学为标准评价当时文学，提出了意境论。他的意境论主要探讨创作主体与创作对象的关系，极富理论性，不仅在唐代诗论中极具代表性，而且在整个中国诗歌理论史上也占有重要的地位。

越窑青釉海棠式碗 唐

烹茶图　明　陈洪绶
何山尝春茗，何处弄春泉。
莫是沧浪子，悠悠一钓船。
——《访陆处士羽》

寒 山

| 寒山：生卒年不详 中唐诗僧
| 代表作：《寒山诗集》
| 作品特点：以流畅机智的语言表现人生哲理，多用村言口语，语气诙谐，机趣横溢。

唐代僧人、诗人，姓氏、籍贯、生卒年均不详。他曾在台州始丰（今浙江天台）西的寒岩（即寒山）隐居，所以自号寒山子。他与台州国清寺僧人丰干、拾得相交友善。他的诗歌，主要题材是记述山林隐逸之兴以及宣扬轮回因果之说。他糅合释、道、神仙各家的观点，思想比较复杂。但他也有关心现实的一面，写有一些讥讽时态、揭露黑暗、警励流俗的诗歌。表现方法上以教戒说理为主，多用村言口语，语气诙谐，机趣横溢。这与当时诗坛重典雅蕴藉的风气是格格不入的，故不引人注目。宋以后渐被重视，王安石就有《拟寒山拾得》19首，陆游曾称羡寒山所作楚辞体诗等。他的诗长于以流畅机智的语言表现人生哲理，故在日本、美国等很流行。寒山诗歌今存300余篇。

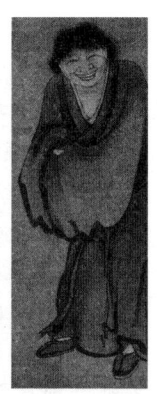

寒山拾得图

边塞诗派

作品特点：内容丰富，主要反映边塞风光，诗歌意境开阔，风格豪迈，艺术成就极高。

　　唐代诗歌流派。边塞诗派是在盛唐形成的，它的代表作家是高适和岑参，此外还有李颀、王昌龄等。通常所说的边塞诗，是一个比较宽泛的概念，凡是以边塞为题材的诗歌，都可称为边塞诗。边塞诗的内容非常丰富，有戍边将士的军旅生活，有边塞自然和人文景观，以及边塞和中土的交往。边塞诗可以作于边塞，也可以作于京华内地，前者的创作主体有边塞生活的经历，后者则是写身居中土的体验感受，并没有亲临边塞。边塞诗在唐代极为繁荣，主要是因为盛唐时期国力强盛，诗人都渴望建功立业，故而边塞对他们很有吸引力。由于当时交通很发达，这给诗人出游边塞提供了有利条件。此派诗歌多意境开阔，风格豪迈，取得了极高的艺术成就，促进了唐诗的繁荣。

山水田园诗派

作品特点：语言优美，朴实自然，描写细致，刻画逼真，状物传神，寓情于景，含蓄蕴藉。

　　唐代诗歌流派，形成于开元、天宝年间，代表作家有王维、孟浩然、储光羲、常建、祖咏、裴迪等人。盛唐山水田园诗人的出现主要是因为，老庄自然主义思想与外来佛教思想相混合，使得士大夫轻视世务，寄意于人事之外；虽不能出家，而往往自命为超出尘世，于是出现山水田园派；其次，当时社会重视隐逸，于是许多人不去应科举，却隐居山林，做隐士以博声名，于是隐逸文学自然产生。这派诗歌多歌颂山水田园生活以及自然风光，赞美山水的可爱，鼓吹乐天知命、适性自然的人生观，表现了他们寄情山水的闲情逸致，反映了他们不同流俗的清高，不同程度地存在消极避世思想。但是这派诗人在艺术上取得了较高的成就，描写细致，刻画逼真，状物传神，寓情于景，含蓄蕴藉。

移舟泊烟渚，日暮客愁新。野旷天低树，江清月近人。

——《宿建德江》·孟浩然

新乐府运动

特点：诗歌强调社会功能和讽喻作用，反映社会，关心人民疾苦。

中唐时期由白居易、元稹倡导的诗歌革新运动。"新乐府"一名是由白居易提出的。所谓新乐府，就是一种用新题写时事的乐府式的诗。从建安时代起，便有少数用乐府写时事的文人诗，但是多用古题，反映现实既受限制，题目和内容也不协调。建安后也有一些新题乐府诗，但又往往不反映现实。既用新题，又写时事的，始于杜甫，但不是所有新题都写时事。白居易等提倡的新乐府，不以入乐与否为衡量标准。这个运动强调诗歌的社会功能和讽喻作用，注重反映现实，关心人民疾苦，即白居易说的"文章合为时而著，歌诗合为事而作"。这一诗歌运动具有较大进步意义，对后来诗歌创作影响较大。

清人赵翼在《瓯北诗话》中称这类诗"多触景生情，因事起意。眼前景，口头谚，自能沁人心脾，耐人咀嚼"。新乐府运动持续的时间虽不太长，但成绩卓著，标志着唐诗发展进入了一个由衰而复兴的新阶段。

白居易《琵琶行》诗意图　明　仇英

古文运动

特点：作品抒写自由，内容充实，语言长短较自由。

唐代韩愈、柳宗元发起的文学革新运动。所谓古文，指汉以前的散体文，不仅语言长短不拘，抒写自由，而且内容充实。随着时代的发展，散文渐渐发生变化，趋向对偶、排比，出现了骈文。这是两汉以来散文和辞赋发展的结果，在六朝发展到极致，占据了文坛的主流。六朝文人以骈辞俪句掩盖他们生活内容的空虚，骈文流于对偶、声律、典故、辞藻等形式，华而不实，不合现实需要。为了反对这种文风，推广古道，复兴儒学，韩愈大力提倡古文，主张文章不应刻意追求对偶，为此他写出不少奇句单行、继承先秦两汉文体的优秀散文。他的学生和追随者纷起响应，

韩愈像

柳宗元也积极拥护，紧密配合，终于在文坛上形成了颇有声势的古文运动。从贞元到元和的二三十年间，古文逐渐压倒骈文，成为文坛的主要风尚，这就是所谓的"古文运动"。

唐传奇

特点：思想内容充实，文字浅显易懂，较接近口语，作品通过对鬼神的描述，曲折地反映了社会现实。

唐人小说，此名称始于晚唐裴铏《传奇》一书，宋以后人们概称唐人小说。历代正统文人对小说总采取鄙视的态度，而晚唐时期，许多人参加到传奇小说创作队伍中来，包括著名历史家、古文家和诗人。他们的参加充实了小说的思想内容，提高了小说的艺术水平，逐渐改变了人们对小说的传统看法，标志着中国小说发展趋于成熟。唐传奇主要有以下题材：神怪类，以《枕中记》、《南柯太守传》等为代表，它们虽然谈神说鬼，但作品中也可以看到现实的影

《柳毅传》图 元 佚名
《柳毅传》是唐传奇中的杰作，对后世影响甚大。

子，曲折地反映了现实；爱情类，以《任氏传》、《柳毅传》、《霍小玉传》、《李娃传》、《莺莺传》等为代表，它们在唐传奇中成就最高；剑侠类，以《虬髯客传》、《昆仑奴》、《聂隐娘》、《红线传》等为代表。

《柳毅传》图镜 元

《虬髯客传》

特点：描写细腻，人物刻画较为成功，语言优美，故事情节跌宕起伏，引人入胜。

　　唐代传奇作品，作者杜光庭。《虬髯客传》中有三个主要人物：红拂、李靖、虬髯客。作品以杨素宠妓红拂大胆私奔李靖的爱情故事为线索，描写隋末有志图王的虬髯客在"真命天子"李世民面前折服并出海自立的故事。作品成功塑造三人物：红拂，原为杨素府中歌妓，后来慧眼识英雄，化装夜奔李靖，从中足见红拂女非凡的见识，以及机智大方、豪爽的性格，及对自由爱情生活的热烈追求。此外，红拂不仅慧眼识李靖，更见出虬髯客的不凡。李靖是所谓"布衣之士"，器宇轩昂，曾谒见权臣杨素，以其不凡的见识及言语，使倨傲的杨素"敛容而起"，是隋末动乱之际的奇才。虬髯客豪爽慷慨，是本篇的主要人物和作者着意描写的形象。他为人豪俊卓异，疾恶如仇，一诺千金，本来胸怀大志，想在国土上一展称王霸业，但自认识"真命天子"李世民后，即把全部家财悉赠李靖，嘱咐李靖好好辅佐李世民，自己与妻带一奴，乘马而去，并在异地称王。这篇传奇成功刻画了这三个人的形象，后世因称他们三人为"风尘三侠"。

风尘三侠图　清　任颐

《虬髯客传》是唐代传奇中的名篇，也是中国武侠小说的开山之作。

《李娃传》

特点：故事结构完整，情节缠绵，细节传神，人物描写生动。

　　唐代传奇作品，作者白行简（776—826），字知退，白居易之弟。作品取材于当时民间传说《一枝花》，并进行了艺术加工。整个故事结构完整，情节缠绵，主要人物形象写得非常生动，一些细节描写极为传神。元人石君宝《李亚仙花酒曲江池》杂剧，明人薛近兖的《绣襦记》传奇，均取材于此。作品写妓女李娃与荥阳公之子某生的爱情故

取材于《李娃传》的明刊《绣襦记》插图

事,成功塑造了李娃这一女性形象。她起初顺从鸨母,欺骗某生,并在某生钱财花尽后抛弃了他。但她本性善良,在一个偶然机会巧遇饥寒交迫、沦为乞丐的某生,痛加自责,并不顾鸨母阻挠,自赎己身,尽可能调护、督促某生,安排某生重新温习学业,并最终科举及第。李娃与某生社会地位悬殊,但终得团圆,赢得幸福。作品具有强烈的反门阀制度的意义。

《南柯太守传》

特点:故事结构完整,情节曲折,人物描写生动,文笔简练质朴。

唐代传奇作品,作者李公佐(约770—850),字颛蒙,陇西人,曾中进士,所作传奇今存四篇,以《南柯太守传》成就为最高,"南柯一梦"的成语即由此而来。该作品受到刘义庆《幽明录》中"焦湖庙祝"以及干宝《搜神记》中"卢汾入蚁穴"的影响。它主要写淳于棼醉后入梦,被槐安国招为驸马,出任南柯太守,享尽荣华。后因与他国交战失败,公主又谢世,于是荣宠渐衰,最终被国王遣送出境。淳于棼醒后寻踪发掘,方知所谓槐安国,原来是蚁穴。从此他深感人生虚幻,于是栖心道门,不问世事。作者以简练质朴的文笔,暴露了封建统治阶级内部的黑暗。从技巧方面看,它不是平铺直叙地来描述梦里的一生,而是把梦境和现实结合起来,现实的一切都符合梦境,使人有真实的感觉。这篇传奇又宣扬了"浮生若梦"的观念,对后代有深刻影响。明人汤显祖的《南柯记》就是据此写成的。

南柯梦石碑 清
后人根据《南柯太守记》所立的南柯梦石碑。

《莺莺传》

特点：对人物性格刻画细致，故事情节曲折，语言优美生动。

唐代传奇作品，作者元稹（779-831），唐代诗人，字微之，河南（今河南洛阳附近）人。作品讲述了相门之女崔莺莺与张生的爱情悲剧，成功塑造了崔莺莺这一人物形象。她出身名门，面对张生于己的爱恋顾虑重重，私约张生，待张生到来，又斥责他"非礼之动"，以礼防大义训之。不久却主动乘夜至张生寓所。作品对她思想性格的矛盾刻画细致，而张生是个"始乱终弃"的文人，终于抛弃了莺莺。作品中崔张诗词互酬，"隔墙花影动，疑是玉人来"传诵甚广。《莺莺传》因写"才子佳人"的恋爱，深得后世文人喜爱。该故事对文学产生了深远影响，宋金时期有赵令畤《[商调·蝶恋花]》和董解元《西厢记诸宫调》的说唱作品，我国古典戏曲名作、元代王实甫创作的《西厢记》也以此为蓝本。

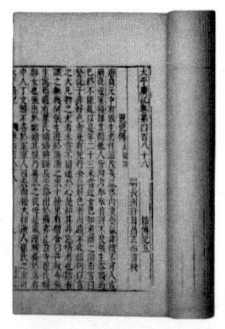

《太平广记》中的《莺莺传》文

崔莺莺造像
据元稹的《莺莺传》所作。该小说至元代，由王实甫改为杂剧《西厢记》。这里所画的是莺莺焚香拜月的情景，是剧中一个场面。

《酉阳杂俎》

特点：内容广泛，涉及多个方面，故事情节曲折，语言优美。

唐代笔记小说集，撰者段成式(803－863)，唐代小说家、骈文家，字柯古，临淄（今山东淄博东北）人。《酉阳杂俎》，酉阳，即小酉山（在今湖南沅陵），相传山下有石穴，中藏书千卷，秦时有人避乱隐居学习于此。梁元帝为湘东王时，镇荆州，好聚书，赋有"访酉阳之逸典"语。《新唐书·段成式传》称段成式"博学强记，多奇篇秘籍"，因而以家藏秘籍与酉阳逸典相比。其书内容又广泛驳杂，故以《酉阳杂俎》为名。《酉阳杂俎》所记有仙佛鬼怪、人事以至动物、植物、酒食、寺庙等等，分类编录，一部分内容属志怪传奇类，另一些记载各地与异域珍异之物，与晋张华《博物志》相类。其所记述，或采辑旧闻，或出己撰，"多诡怪不经之谈，荒渺无稽之物，而遗文秘籍，亦往往错出其中，故论者虽病其浮夸，而不能不相征引"（《四库全书总目》），具有一定史料价值。

宴饮图 中唐

初唐四杰

作品特点：文学观点一致，作品内容充实，格调健康，题材较为广泛，笔意纵横，感情真挚。

唐初四位杰出的文学家：王勃、杨炯、卢照邻、骆宾王。他们主要活动于高宗至武后初，"以文章齐名天下"。他们的社会地位都比较低下，在文学上有较一致的观点，不满齐梁绮艳的诗风，努力以自己内容充实、格调健康的作品扫荡齐梁文风。虽然他们的诗文并未脱尽齐梁风气，但是扩展了题材，笔意纵横，感情真挚，并且熟练运用了七言歌行这一诗体。声律风骨兼善的唐诗是从他们开始的。"四杰"对唐诗发展所做出的贡献大致是，在作品题材与内容上，开拓了诗歌题材：有咏史诗、咏物诗、山水诗、歌唱征人赴边远戍的、描写征夫思妇，表达对不幸妇女的同情等等。此外，初唐四杰为五言律诗奠定了基础，并且使七言古诗发展成熟。五言律诗在"四杰"之前已有出现，但作品不多。到了"四杰"的时候，五律才得到充分发挥，并在他们的作品中被逐渐固定下来。同时他们又以大量杰作把七言古诗推向了成熟阶段。

骆宾王像

王勃像

文章四友

> 作品特点：作品风格较为接近。诗的格律严整，但并无深刻的思想内涵，主要使诗歌在形式上更趋完美。

唐初至武后时代的四位宫廷诗人：崔融、李峤、苏味道、杜审言。他们四人作品风格相近，"文章四友"因此得名，其中苏味道和李峤又以苏李并称。四友的成就主要在诗歌方面，李峤和崔融的文章也颇负盛名。他们积极利用当时日益为世人所重的近体诗形式从事诗歌写作，又对近体诗格律、声病、对仗诸方面要素作了有益探讨。崔融作品多为近体诗，格律都很严整，仅有极少数作品的粘对尚未全妥。李峤在四友中存诗数量最多。七言歌行《汾阴行》是他最著名的作品。苏味道诗作留存很少，只有十几首，全为近体诗，其中以《正月十五夜》最为著名，在当时被推为绝唱。在"文章四友"中，以杜审言成就最高。"文章四友"在当时地位甚高，然而其创作不外歌功颂德、宫苑游宴，并无深刻的思想意义，主要贡献在于促进了近体诗格律形式的完成。

忽闻歌左调，归思欲沾襟。
——《和晋陵陆丞早春游望》·杜审言

韩孟诗派

> 作品特点：有较强的创新精神，主张作品应该标新立异，创作上精思独造，注重发挥作者的想象力。

唐代以韩愈、孟郊为代表的一个诗歌流派，主要作家除韩、孟外，还有李贺、贾岛、卢仝、马异等。这一诗派继承杜甫"语不惊人死不休"的精神，标新立异，洗削凡近。韩气豪，孟思深，而皆能硬语盘空，精思独造。李贺在作意奇诡、思路峭刻方面接近韩孟，而旨趣幽深、色彩秾丽等方面与韩孟不同，孕育了晚唐温、李一派的作风。贾岛吸取前人营养，而又用功于锤字炼句，形成清奇僻苦的诗风。这一诗派把怪怪奇奇的审美情趣带进诗歌中，以光怪陆离、雄奇怒突为美，以生新瘦硬为美，重视作者的主观能动性，注重发挥作者的想象力，为抒情需要，对客观事物进行甚至面目全非的改造。语言上，

孟郊像

孟郊《游子吟》诗意图 清 钱慧安

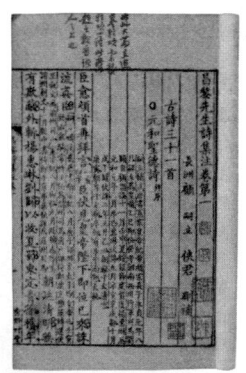

《昌黎先生集》书影

出现散文化倾向，以文为诗，打破诗歌回环往复之美，构成不对称的美。这派诗歌主要通过个人不幸写出社会黑暗，深险怪僻。

郊寒岛瘦

作品特点：创作上追求文字的精深，情感真挚动人，语言朴素，平易近人。

指唐代诗人孟郊、贾岛，二人同以"苦吟"著名，后人以"郊寒岛瘦"并称。孟郊（751—814），字东野，湖州武康（今浙江武康县）人，早年屡试不第，46岁始中进士，50岁作溧阳尉，后来辞官，贫寒至死。他关心现实，贵族的骄横淫逸，藩镇割据，内争不息，在他诗歌中都有表现。他自述贫困境遇的诗，也很动人，代表作是《秋怀》。平易近人的诗歌中最为人传诵的是《游子吟》，其中"谁言寸草心，报得三春晖？"更是名句。贾岛（779—843），字阆仙，范阳（今北京附近）人，早年为僧，法名无本。后来认识韩愈，遂还俗，举进士，曾官长江主簿。自己说《送无可上人》中的"独行潭底影，数息树边身。"是"二句三年得，一吟双泪流"。但他的诗无论思想内容还是艺术成就均不及孟郊。

贾舍人驴背敲诗图 清 任颐

贾岛像

大历十才子

作品特点：诗歌以送别酬答为主，虽然语言优美，但内容空洞，有形式主义的倾向，风格柔靡。

指唐代宗大历年间的十位诗人，究竟包括哪些诗人，一直有不同说法。《新唐书·文艺·卢纶传》则这样说："纶与吉中孚、韩翃、钱起、司空曙、苗发、崔峒、耿湋、夏侯审、李端，皆能诗，齐名，号大历十才子。"他们的诗歌很少反映社会动乱和人民疾苦，多送别酬答之作，是中唐华美雅丽、轻酬浅唱诗风的代表。他们偏重诗歌技巧，擅长五言律诗，有形式主义倾向，风格柔靡，不及盛唐诗风之浑厚。格律归整、字句精工是十才子作品中最明显的特点。其中卢纶、钱起的一些小诗在艺术上尚有一定成就。他们的作品体裁多用近体格律，很少能见到乐府歌行体。《四库全书》批评他们说："大历以还，诗格初变。开宝浑厚之气，渐远渐漓。风调相高，稍趋浮响，升降之关，十子实为之职志。"

明·王建章绘
横云岭外千重树，流水声中一雨泉。
——钱起

文学

宋与金元

柳 开

> 柳开：947—1000 北宋文学家
> 代表作：《河东先生集》
> 作品特点：文字质朴，但语句枯涩无味，内容上也空洞无物，文学成就不高。

北宋散文家，字仲涂，原名肩愈，字绍先（一作绍元），后改名开，字仲涂，意为"将开古圣贤之道于时也"（《补亡先生传》），又号补亡先生，自称东郊野夫，大名（今属河北）人。开宝进士，历任右赞善大夫、殿中丞、监察御史、殿中侍御史。他以韩愈、柳宗元的继承者自居，在沿袭五代浮靡文风的北宋初期散文中，倡言"革弊复古"，提出重道、致用、崇散、尊韩等观点，主张文章要宣传孔孟之道，作文要有助于封建教化。他提倡古文，是宋代古文运动的先驱。在《应责》里说："吾之道，孔子、孟轲、扬雄、韩愈之道；吾之文，孔子、孟轲、扬雄、韩愈之文也。"这里隐约含有道统、文统的意思，但他讲的道没有新意。其作品文字质朴，但枯涩，成就不高，他的复古提倡并没有产生重大影响。著作有《河东先生集》。

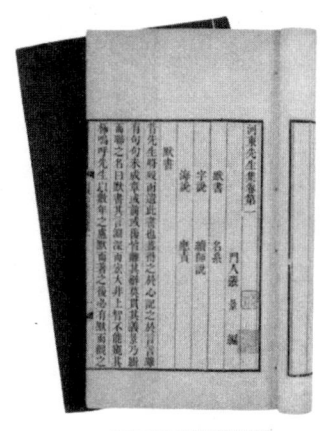

《河东先生集》书影

王禹偁

> 王禹偁：954—1001 北宋文学家
> 代表作：《对雪》、《寒食》、《黄州新建小竹楼记》
> 作品特点：文章言之有物，清丽疏朗，结构上骈散结合，抒情优美。

北宋文学家，字元之，巨野（今属山东）人，宋太宗太平兴国八年（983）进士，晚年曾任黄州地方官，后世又称"王黄州"。出身贫寒，入仕后多次遭贬谪。但为人刚直，有"兼济天下"之志，信从儒家传统的政治伦理观。有文集《小畜集》。王禹偁反对晚唐五代的浮靡文风，崇尚杜甫、白居易的诗风，《对雪》、《感流亡》等诗作反映了民间疾苦，而《村行》、《寒食》等描绘山水景物、抒发内在情怀的作品，反映出他较高的诗艺。王禹偁对北宋一代的诗歌风气具有开启意义。王禹偁的散文，言之有物，清丽疏朗，如名篇《黄州新建小竹楼记》，

郊原曳杖图 宋 马麟

骈散结合，抒情描写俱佳，是欧、苏散文的先导。他的论说文如《待漏院记》，叙事文如《唐河店妪传》等，也都是优秀的古文篇章。

林 逋

林逋：967—1028 北宋诗人
代表作：《山园小梅》
作品特点：以自然风光、隐逸为创作题材，风格淡远。

宋代诗人，字君复，钱塘（今浙江杭州）人。少时多病，未婚娶，布衣终身。40岁之前，长期漫游于江淮一带，后期隐居于杭州西湖孤山。死后赐号"和靖先生"。《宋史·隐逸传》称其"性恬淡好古，弗趋荣利"，"初放游江、淮间，久之，归杭州，结庐西湖之孤山，二十年足不及城市"。他喜爱种梅养鹤，自称"以梅为妻，以鹤为子"。他常与范仲淹、梅尧臣诗词唱和。其诗除赠答以外，以自然风光、隐逸生活为主要题材，风格淡远，长于五七言律，尤以咏梅著称，"疏影横斜水清浅，暗香浮动月黄昏"（《山园小梅》）两句被视作千古绝唱。著有《和靖先生集》，存词三首。

林逋像

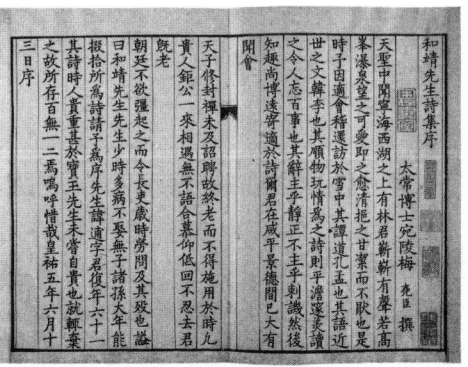

《和靖先生集》书影

柳　永

> 柳永：987？—1055　北宋词人
> 代表作：《雨霖铃》、《八声甘州》
> 作品特点：题材广泛，大量使用铺叙手法，文学通俗化、口语化。

　　北宋词人，字耆卿，初名三变。因排行第七，又称柳七。祖籍河东（今属山西），后移居崇安（今属福建）。宋仁宗朝进士，官至屯田员外郎，故世称柳屯田。为人放荡不羁，流连歌楼舞榭，为当时士人不屑。曾应试，仁宗批曰："且去填词"，故自谑"奉旨填词柳三变"。由于仕途坎坷、生活潦倒，他由追求功名转而厌倦官场，耽溺于旖旎繁华的都市生活，在"倚红偎翠"、"浅斟低唱"中寻找寄托。作为北宋第一个专力作词的词人，他不仅开拓了词的题材内容，而且制作了大量的慢词，发展了铺叙手法，使词通俗化、口语化，在词史上产生了较大影响。代表作品有《雨霖铃》、《八声甘州》，"杨柳岸，晓风残月"是人所皆知的名句。著有《乐章集》。

"杨柳岸晓风残月"词意图　清　任预
任预（1853～1901）字立凡，浙江萧山人。其画纯以天分秀出尘表，自有一种风趣。笔墨初无师承，尽变任氏宗派。其山水中加人物，树石，位置衣貌，配合尤能出新。花卉能为宋人勾勒，根叶奇崛。画女子则秀媚天然，不事绚彩，惟素面淡妆而已。柳三变《雨霖铃》一调，千古绝唱，催人泪下。置之图中，少有能尽得其意者，任立凡此作从"杨柳岸晓风残月"着手，将离别之情收于方寸之间，布置虽简，而寓意则繁，以此画尽得柳三变词中三昧。

范仲淹

> 范仲淹：989—1052　北宋文学家、政治家
> 代表作：《岳阳楼记》、《渔家傲·塞下秋来风景异》
> 作品特点：其词意境宏阔，气象雄奇；散文善于通过抒情言志。

　　宋代政治家、军事家、文学家，字希文，吴县（今属江苏）人，真宗朝进士。庆历三年（1043），授参知政事，主持庆历改革，力图刷新，因守旧派阻挠而未果。次年罢政，自请外任，历知州、邓州、杭州、青州。卒谥文正。散文、诗、词均有名篇传世。其散文多富有政治内容，《岳阳楼记》通过写景以抒情，又转而言志，颇具匠心。最后提出"先天下之忧而忧，后天下之乐而乐"，表现出作者积极有为的抱负与忧国忧民的思想，为

千古名篇。其词存世不多，仅三首比较完整，但意境宏阔，气象雄奇，以反映边塞风光和征战劳苦见长，突破了唐末五代词的绮靡风气，以《渔家傲·塞下秋来风景异》、《苏幕遮·碧云天》为代表。有《范文正公集》。

范文正公文集二十卷

张 先

张先：990—1078 北宋词人
代表作：《天仙子·水调数声持酒听》
作品特点：风格清新工巧，雅致含蓄，韵味隽永。

北宋词人，字子野，乌程（浙江吴兴县）人。晏殊任开封尹时曾辟为通判，曾任渝州知州，历官至都官郎中。晚年往来于杭州、吴兴之间，过着游历的生活。他的词与柳永齐名，而才力不如柳永，主要写当时文人诗词酬唱、樽酒交欢的生活，以及离愁别绪、自然风景。其词多用慢词形式，风格清新工巧，雅致含蓄，韵味隽永。以"云破月来花弄影"、"娇柔懒起，帘压卷花影"、"柳径无人，堕风絮无影"三句写"影"极善的句子而被称为"三影郎中"，时人称他为张三影。此外又有"不如桃杏，犹解嫁东风"名句，而或称为"桃杏嫁东风郎中"。《天仙子·水调数声持酒听》、《木兰花·龙头舴艋吴儿竞》等词最为著名。著作有《安陆词》，又名《张子野集》。

心似双丝网，
中有千千结。
——《千秋岁》

95

晏 殊

> 晏殊：991—1055 北宋词人
> 代表作：《蝶恋花·槛菊愁烟兰泣露》、《珠玉词》
> 作品特点：主要表现悠闲情致，表现细腻的心理感受，清丽疏淡，语言婉丽。

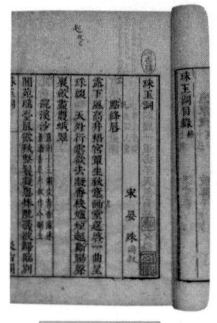

《珠玉词》书影

北宋词人，承接北宋词前期与中期的关键人物。字同叔，抚州临川（今属江西）人。少年以"神童"被荐入朝。景德中赐同进士出身，庆历中官至集贤殿大学士、同中书门下平章事兼枢密使，官至仁宗朝宰相，当时名臣范仲淹、富弼、欧阳修和词人张先等均出其门。卒谥元献。他一生生活优裕自在，志得意满，所以其词亦有一种雍容典雅的"富贵气"。擅长小令，多表现诗酒生活和悠闲情致，以及抒发伤春感时、好景不长的感慨。

"无可奈何花落去，似曾相识燕归来"词意图 明 尤求

尤求，字子求，号凤丘，长洲人，移居太仓。工写山水，兼人物，学刘松年、钱舜举而精妙不及。兼长仕女，继仇英以名世，尤擅白描。此画为仕女倚柳远思，杨柳依依，燕子双飞，池沼之中，彩鸳戏水。其笔墨或工整，或粗放，或干枯，或滋润，设色或青绿，或浅绛，称而不俗，淡而不薄，足见作者多方面的才能。

虽然其创作题材狭窄，但晏殊善于捕捉和描绘意象，表现细腻的心理感受，清丽疏淡，语言婉丽，颇受南唐冯延巳的影响。《浣溪沙》中"无可奈何花落去，似曾相识燕归来"二句，传诵颇广。此外，《蝶恋花·槛菊愁烟兰泣露》、《破阵子·燕子来时新社》等也是他的优秀词作。其诗属西昆体。著作有《珠玉词》及清人所辑《晏元献遗文》。

尹 洙

> 尹洙：954—1001 北宋文学家
> 代表作：《尹洙集》
> 作品特点：文章内容广泛，语言优美，行文简而有法。

北宋文学家，字师鲁，河南洛阳人。他自幼聪敏好学，仁宗天圣二年（1024年）进士及第，调绛州正平县主簿，历任河南府曹参军，安国军节度判官、知光泽县。后召试殿中，任馆阁校勘，迁太子中允。不久被贬郢州酒税，徙唐州。历任经略判官、集贤校理、通判州事等职，庆历七年病卒。尹洙在政治上始终与范仲淹共进退。他一生的成就主要在文学，是新古文运动的先驱，与欧阳修、梅尧臣等高举韩柳复古文的大旗，一改宋初文坛的浮靡之气，开一代文学新风。他通古知今，为文简而有法，曾称范仲淹《岳阳楼记》

为"传奇体",不满意他的描绘景物用辞藻及对偶。词仅存一首。著作有《尹洙集》。

梅尧臣

梅尧臣：1002—1060 北宋诗人
代表作：《田家四时》、《鲁山山行》
作品特点：题材广泛,内容丰富,善于以朴素的语言,描画出清切新颖的景物形象。

北宋诗人,字圣俞,宣州宣城(今属安徽)人,宣城古名宛陵,故世称宛陵先生。曾任尚书都官员外郎,后世又称"梅都官"。在北宋诗文革新运动中他与欧阳修、苏舜钦齐名,并称"梅欧"或"苏梅",与欧阳修是莫逆之交,亦曾发现并举荐苏轼。梅尧臣早年与西昆诗派过从甚密,但后期诗风发生变化,并提出了同西昆派针锋相对的诗歌理论。他强调《诗经》、《离骚》的传统,主张诗歌创作必须"因事有所激,因物兴以通"。并且提出了"状难写之景如在目前,含不尽之意见于言外"的艺术标准,倡导"平淡"的艺术境界。梅尧臣专力作诗,存诗达 2800 多首,题材广泛,内容丰富。梅尧臣创作了大量反映现实政治问题和民生疾苦的作品,如《田家四时》、《田家语》、《陶者》等。梅尧臣还善于以朴素自然的语言,描画出清切新颖的景物形象,如名篇《鲁山山行》和《东溪》等。梅尧臣以琐碎平常的生活题材入诗,寻找前人未曾注意的题材或在前人写过的题材上翻新,开创了宋诗好为新奇、力避陈熟的风气。著作有《宛陵先生文集》。

《鲁山山行》诗意图

欧阳修

> 欧阳修：1007—1072 北宋文学家
> 代表作：《对雪》、《醉翁亭记》、《黄州新建小竹楼记》
> 作品特点：文风简而有法、自然流畅，语言细腻优美，诗则风格清新婉丽。

北宋政治家、文学家、史学家，字永叔，号醉翁，晚号六一居士，卒谥文忠，吉州永丰（今属江西）人。欧阳修是北宋诗文革新运动的领袖，在诗、文两方面确立了宋代文学的基本风格；他也是唐宋八大家之一，在诗歌、散文、词等各方面都有突出成就，其中以散文最高，影响最大。他继承了韩愈古文运动的精神，提出文道并重的观点，提倡简而有法和流畅自然的文风。

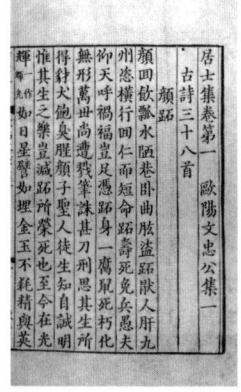

《欧阳文忠公集》书影

欧阳修像

欧阳修对赋的发展也有开拓意义，著名的《秋声赋》把无形的秋声作了形象的描绘，突出了作者内心对秋天衰飒气氛的敏感和悲哀。欧阳修还提出了很多有价值的文学批评观点，如提出诗"穷者而后工"，他的《六一诗话》是中国文学史上第一部诗话。欧阳修还擅长写词，风格婉丽，代表作有《踏莎行·候馆梅残》等。欧阳修在中国文学史上有重要的地位，他领导了北宋诗文革新运动，荐拔和指导了王安石、曾巩、苏洵、苏轼、苏辙等一大批文学家，开创了一代文风。著作有《欧阳文忠公全集》。

苏 洵

> 苏洵：1009—1066 北宋文学家
> 代表作：《六国论》
> 作品特点：行文纵厉雄奇，文笔老练而简洁，语言生动优美，哲理性强。

苏洵像

北宋文学家，字明允，又号老泉，眉州（今四川眉山市）人。他27岁始发愤向学，后来应进士试不中，于是闭门苦读，精研经史百家之书，成为著名的古文家。嘉祐年间，他携同儿子苏轼、苏辙到京师拜会当代文坛盟主欧阳修，呈上所著《权书》、《论衡》等22篇。经欧阳修推荐，一时学者竞相仿效三苏文章。遗著有《嘉祐集》、《老泉文钞》。父子三人同列"唐宋八大家"，世人称洵为老苏，轼为大苏，辙为小苏，合称"三苏"。苏洵深于《孟子》、《战国策》，擅长于史论、政论，喜谈古今形势及用兵之道，为文纵厉雄奇，文笔老练而简洁，有战国纵横家之风，以《六国论》最为知名。曾巩曾称其文："烦能不乱，肆能不流。其雄壮俊伟，若决江河而下也；其辉光明白，若引星辰而上也。"(《苏明允哀词》) 著作有《嘉祐集》。

三苏祠

祠位于三苏（苏洵、苏轼、苏辙）的故乡四川省眉县，明洪武年间由三苏故居改成祠庙，清康熙四年(1665)重建，同治、光绪年间又有所增改。其主要建筑由大门、正门、二门、大殿、启贤堂、木假山堂、来风轩等组成。大门上部匾额"三苏祠"由清代大书法家何绍基题写，左右对联为"克绍箕裘一代文章三父子，堪称模楷千秋景慕永馨香"；二门有著名的楹联"一门父子三词客，千古文章四大家"。

曾 巩

曾巩，1019—1083 北宋文学家
代表作：《宜黄县县学记》、《墨池记》
作品特点：文章言简意赅，主张写作应有自己主张。他长于议论，语言质朴，立论精辟，说理曲折尽意。

北宋散文家，唐宋八大家之一，字子固，建昌郡南丰（今属江西）人，理宗时追谥文定。幼年聪慧，十二岁即能作文，言简意赅，得到欧阳修的赞赏，名闻四方。嘉祐二年（1057）进士。历任馆阁校勘、集贤校理等职，官至中书舍人。他接受了欧阳修先道后文的古文创作主张，而且比欧阳修更着重于道。其散文在八大家中是较少情致文采的一家，但曾文长于议论，语言质朴，立论精辟，说

曾巩像

《元丰类稿》书影

理曲折尽意，文风以"古雅、平正、冲和"见称，如《上欧阳舍人书》、《上蔡学士书》等。记叙文亦常多议论，《宜黄县县学记》、《墨池记》是其代表。曾巩亦能诗，存诗400余首，以七绝成就为高，为文所掩，不大受人重视。《宋史》本传称其"为文章，上下驰骤，愈出而愈工。本源六经，斟酌司马迁、韩愈，一时工作文者，鲜能过也"。著作有《元丰类稿》。

王安石

> 王安石：1021—1086 北宋政治家、文学家
> 代表作：《答司马谏议书》、《泊船瓜洲》
> 作品特点：他的政论文针砭时弊，极有逻辑性和概括性，语言凝练朴素，有较强说服力。

北宋政治家、思想家、文学家，字介甫，晚号半山，抚州临川（今属江西）人。出身于中下层官僚地主家庭。早年任地方官期间，即改革弊政，显露出杰出的政治才干。嘉祐三年(1058)上万言书，提出变法主张，要求改变"积贫积弱"的局面，巩固地主阶级的统治。神宗熙宁二年(1069)任参知政事，次年拜相，依靠神宗实行变法。因保守派阻挠新法，熙宁七年辞相。次年再度为相，九年又辞，此后退居江宁（今江苏南京）。元丰八年，新法尽废，次年遽然病卒。封舒国公，后改封荆，世称荆公，卒谥文。他不但是中国11世纪的改革家，在文学方面也取得了突出的成就。散文成就很高，列于"唐宋八大家"，多政论文，针砭时弊，极有逻辑性和概括性，语言凝练朴素，很具说服力。《答司马谏议书》、《本朝百年无事劄子》为代表。他又兼善诗词，诗歌多反映现实，表现出对社会的忧虑；咏史怀古的诗篇也寄托他的抱负以及批判精神，风格遒劲清新。《泊船瓜洲》中"春风又绿江南岸"是炼字名句。词虽不多而风格高峻，《桂枝香·登临送目》为代表。今存《王临川集》、《临川集拾遗》。

王安石像

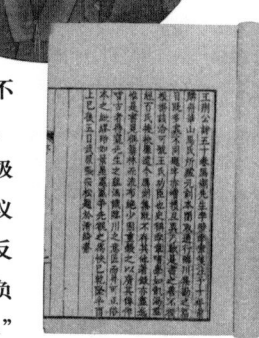

《王临川集》书影

晏几道

> 晏几道：1030—1106 北宋文学家
> 代表作：《鹧鸪天》、《小山词》
> 作品特点：措辞婉妙，感情真挚，深沉动人，语言优美、生动。

北宋词人，字叔原，号小山，抚州临川（今江西抚州）人，晏殊第七子，能文善词，与其父齐名，合称二晏。自述写词是"往者浮沉酒中，病世之歌辞不足以析酲解愠，试续南部诸贤绪余，作五、七字语，期以自娱"，受五代艳词影响而又兼"花间"之长，以小令见长，工于言情，语言

从别后，忆相逢，几回魂梦与君同。

——《鹧鸪天》

华丽，曲折轻婉。清代词论家陈廷焯在《白雨斋词话》中说他："北宋晏小山工于言情，出元献（晏殊）文忠（欧阳修）之右，然不免思涉于邪，有失风人之旨。而措词婉妙，则一时独步。"其词作多抒写人生失意之苦与男女悲欢离合之情，对歌女常怀深刻之同情，感情真挚，深沉动人，如《鹧鸪天》之"舞低杨柳楼心月，歌尽桃花扇底风。从别后，忆相逢，几回魂梦与君同。今宵剩把银釭照，犹恐相逢是梦中。"《临江仙·梦后楼台高锁》、《鹧鸪天·彩袖殷勤捧玉钟》等也是其代表作。著作有《小山词》。

沈 括

沈括：1031—1095 北宋文学家、科学家
代表作：《梦溪笔谈》
作品特点：内容丰富，文字简约，刻画生动，文学成就极高。

北宋文学家、科学家，字存中，杭州钱塘（今浙江杭州）人，其父沈周曾任苏州通判、开封府判等职，母许氏出身书香门第。沈括自幼勤奋好学，后又随父母到过许多地方，增长了见识。他历任沭阳主簿、提举司天监等职。他博学多才、成就显著，精通天文、数学、物理学、化学、生物学、地理学、农学和医学，他还是卓越的工程师、出色的军事家、外交家和政治家。《梦溪笔谈》以笔记文学体裁形式写下他多方面的成就，是科技史资料的汇编，在中国科技史上具有重要地位，英国科学史家李约瑟（Joseph Needham）博士称此书是"中国科学史上的里程碑"。它不仅内容丰富，而且文字简约，刻画生动，取得了极高文学成就。

沈括像

《梦溪笔谈》内页

苏 轼

苏轼：1037—1101 北宋文学家、书画家
代表作：《念奴娇·赤壁怀古》、《水调歌头·丙辰中秋》
作品特点：散文行文汪洋恣肆，明白畅达，文理俱健；诗则文风清新豪健，善用夸张比喻，风格独特。

苏轼像

北宋文学家、书画家，字子瞻，号东坡居士，眉州眉山（今属四川）人，苏洵子，嘉祐进士。神宗时曾任礼部员外郎，因反对王安石新法而求外职，任杭州通判，知密州、徐州、湖州。元丰二年，因"乌台诗案"发，被冤入狱，后贬黄州团练副使。哲宗时，旧党执政，任翰林学士，因与权臣不合，出知杭州、颍州、定州等。新党再次执政后，被贬谪惠州、儋州。徽宗即位，北还，第二年病死常州。南宋时追谥文忠。他在政治上属于旧党，但也有改革弊政的要求。文学上与父洵、弟辙，合称"三苏"，同为"唐宋八大家"。他具有多方面的文艺才能，是欧阳修之后北宋的文坛领袖。其文汪洋恣肆，明白畅达，文理俱健；其诗清新豪健，善用夸张比喻，独具风格。少数诗篇也能反映民间疾苦，指责统治者的奢侈骄纵。其词作开豪放一派，对后代有极大影响。其词意境开阔，豪迈奔放，《念奴娇·赤壁怀古》、《水调歌头·丙辰中秋》传诵甚广。此外，他还擅长行书、楷书，用笔丰腴跌宕，有天真烂漫之趣。与蔡襄、黄庭坚、米芾并称"宋四家"。

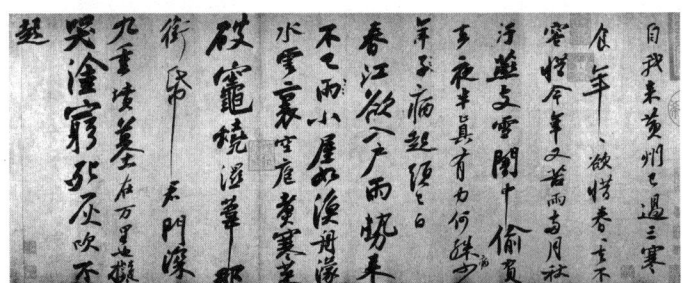

黄州寒食诗卷 宋 苏轼
东坡因与荆公不合，且改荆公之诗而被贬黄州，终见所谓"吹落黄花满地金"。心意萧瑟，何况寒食节气，此帖蕴藉非凡，不独以书胜，更是书心双合，将烦恼泻之笔端，恰见东坡"自出新意，不践古人"之论。

苏 辙

苏辙：1039—1112 北宋散文家
代表作：《黄州快哉亭记》
作品特点：文章寓情于景，句法整齐而有变化，风格淳正厚重，叙事写景饶有意趣。

北宋散文家，字子由，号颍滨遗老，眉山（今四川省眉山市）人，苏洵之子，苏轼之弟，并称"三苏"，而有"小苏"之称，与父兄同列唐宋八大家。仁宗嘉祐年间进士，

官尚书右丞、门下侍郎。神宗时，王安石行新法，与其兄苏轼力言不便。后以事忤元丰诸臣，累贬徙许州（今河南省许昌市）。徽宗时，复官大中大夫。卒谥文定。苏辙将自己的文章与兄苏轼相比，称"子瞻之文奇，余文但稳耳"（《栾城遗言》）。其为文，政论不及父兄，风格淳正厚重。但叙事写景饶有意趣，《黄州快哉亭记》是广为传诵的名篇。该文寓情于景，句法整齐而有变化。著有《诗传》、《春秋传》、《论语拾遗》、《栾城文集》等。

松下闲吟图

黄庭坚

黄庭坚：1045—1105 北宋诗人
代表作：《登快阁》、《寄竹石牧牛》
作品特点：诗风瘦硬峭拔，讲求字句来源；词风流宕豪迈。

黄庭坚像

北宋诗人、书法家，字鲁直，自号山谷道人，晚号涪翁，洪州分宁（今江西修水）人，英宗治平四年（1067）进士。哲宗时，召为校书郎、《神宗实录》检讨官，后擢起居舍人。绍圣初，新党谓其修史"多诬"，贬涪州别驾，安置黔州等地。后死于宜州（广西宜山）。工诗文，早年受知于苏轼，与张耒、晁补之、秦观并称"苏门四学士"，为四学士之首。诗与苏轼并称"苏黄"，为江西诗派开山之祖，推崇杜甫，能屏除陈言，一字一句都求其有来源，诗风瘦硬峭拔。刘克庄《江西诗话》文中称他"会萃百家句律之长，穷究历代体制之变，搜猎奇书，穿穴异闻，作为古律，自成一家"。作者重视诗法，勤苦锻炼，确有独到之处，可是过于强调步趋古人，搜寻旧典，走上脱离现实的道路，形成模拟风气。也有一些反映生活的优秀诗作，《登快阁》、《寄竹石牧牛》等为代表。词与秦观齐名。词风流宕豪迈，较接近苏，但有一些流于猥亵淫俗。又工书法，尤擅行草，是宋书法四家之一。著作有《山谷集》。

黄庭坚行书惟清道人帖页
黄庭坚不仅擅于诗词，亦为宋代四大书法家之一。其书风端稳紧结，俊健古雅。

秦 观

秦观：1049—1100，北宋词人
代表作：《淮海居士长短句》
作品特点：语言清新秀丽，明白晓畅，风格柔婉清丽。

北宋词人，字少游、太虚，号淮海居士，高邮（今属江苏）人。曾任秘书省正字兼国史院编修官等职。政治上倾向旧党，被列为元佑党人，绍圣初，新党执政，他屡遭贬谪。徽宗即位召还，中途死于滕州。其文辞为苏轼所赏识，是"苏门四学士"之一，宋词坛上的大家，取得多方面的成就。他吸取了二晏、欧阳修、苏轼词的精华，并学习民间乐曲，形成"柔婉清丽"风格。其词作语言清新秀丽，明白晓畅，很少使用典故、僻字，艺术成就较高，是婉约派的代表。内容则多写男女恋情及感叹身世。《满庭芳·山抹微云》、《踏莎行·雾失楼台》、《鹊桥仙·纤云弄巧》等是其代表词作，尤其《满庭芳》为佳，因此获得"山抹微云君"的雅号。他也写诗，诗风与词风相近。著作有《淮海集》、《淮海居士长短句》。

怎奈何，欢娱渐随流水，素弦声断，翠绡香减。
——《八六子》

秦观像
其《鹊桥仙》可称恋情诗词中的绝唱。

贺 铸

贺铸：1052—1125，北宋词人
代表作：《青玉案》、《东山词》
作品特点：题材丰富，长于语言的锤炼，用韵特严，富有音乐感和音乐美。

宋代词人，字方回，自号庆湖遗老，原籍山阴（今浙江绍兴），居卫州（今河南汲县）。长身耸目，面色铁青，人称贺鬼头。他出身贵族，少时意气豪侠，做过武官，后转文职，喜论天下事，不附权贵，因此浮沉下位，郁郁不得志。晚年退居苏州。他诗、词、文皆善，尤长于作词度曲。其词题材丰富，多刻画闺情离思，也有抒发怀才不遇之慨叹及纵酒狂放之作品。其词兼具婉约与豪放的风格，各极其妙，长于锤炼语言并善融化前人成句,是北宋后期一重要词家。用韵特严,富有节奏感和音乐美。张耒在《东山词序》中指出他词风有盛丽、妖冶、幽索、悲壮等方面。《青玉案》一词中"一川烟草,满城风絮,梅子黄时雨"是最为人称道的名句,时人皆服其工,而称他为"贺梅子"。此外,《鹧鸪天·重过阊门万事非》也是其优秀词作。著作有《庆湖遗老集》和《东山词》。

陈师道

陈师道:1053—1101 北宋文学家
代表作:《木兰花》、《西江月》
作品特点:词风简古,雄健清劲,幽邃雅淡。存在内容狭窄、词意艰涩之病。

宋代文学家,字履常,一字无己,别号后山居士,彭城(今江苏徐州)人,16岁时从师曾巩。当时朝廷用王安石经义之学取士,陈师道不以为然,不去应试。后由苏轼等推荐,为徐州教授,后历任太学博士、颍州教授、秘书省正字。家境困顿,闭门苦吟,为苏门六君子之一。他诗宗杜甫,受黄庭坚影响很深,世称黄陈,风格简古,与词风相近,为江西诗派重要作家。明代杨一清《后山诗注跋》称其"雄健清劲,幽邃雅淡,有一尘不染之气"。内容多局限于个

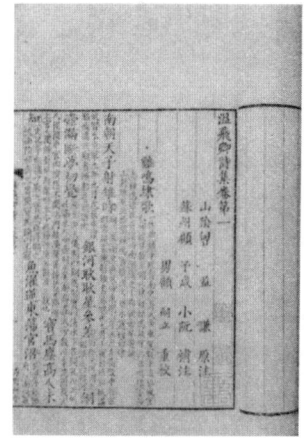

《后山先生集》书影

人生活,反映社会现实不够深广。《示三子》、《舟中》为其代表作。其词内容狭窄,以拗峭惊挺见长,存在词意艰涩之病。代表作有《木兰花》、《西江月》、《卜算子》、《南柯子》、《南乡子》、《清平乐》等。著作有《后山先生集》。

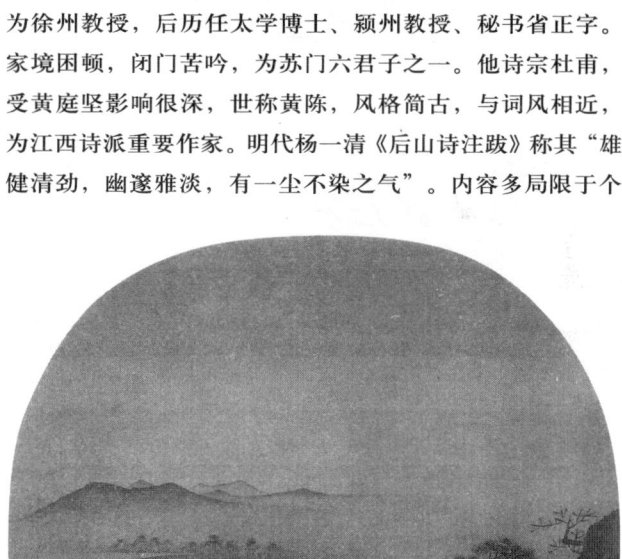

江亭揽胜图 宋 陈惟德

晁补之

晁补之：1053—1110 北宋文学家
代表作：《晁氏琴趣外篇》
作品特点：词风雄奇沉郁，格调豪放，语言清新晓畅；散文语言凝练、流畅。

宋代词人，字无咎，号归来子，济州巨野（今山东巨野）人，元丰二年（1079）进士。历仕秘书省正字、校书郎、礼部郎中及地方官职等，曾两度被贬。工书画，能诗词，善属文。与黄庭坚、秦观、张耒为"苏门四学士"。与张耒并称"晁张"。词风受苏轼影响，气象雄奇沉郁，格调豪放，语言清新晓畅，但流露出浓厚的消极归隐思想。散文语言凝练、流畅，风格近柳宗元。诗学陶渊明。著作有《鸡肋集》、《晁氏琴趣外篇》。

永夜闲阶卧桂影，露凉时，零乱多少寒螀，神京远，惟有蓝桥路近。
——《洞仙歌》

周邦彦

周邦彦：1056—1121 北宋词人
代表作：《兰陵王·柳》、《少年游·并刀如水》
作品特点：写景生动，刻画入微。语言典雅精练，词作极富节奏感与音乐美。

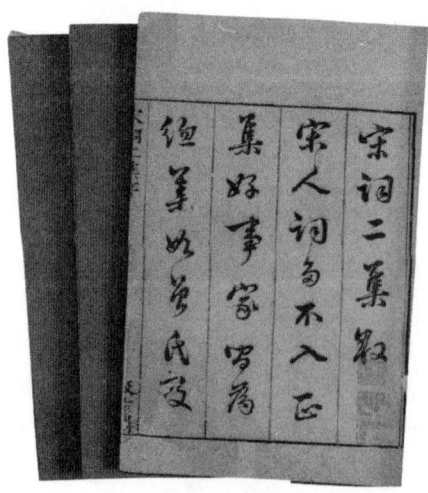

《片玉词》书影

北宋词人，字美成，号清真居士，钱塘（今浙江杭州）人。少年落魄不羁，因献《汴京赋》而得官。历官太学正、庐州教授，知溧水县等。他精通音律，徽宗时提举大晟府为皇室制乐。周邦彦继承了柳永的铺叙，舍弃其平直，施展点染、勾勒等艺术技巧，融合不同时间地点的情景，进行多层面的描写。他的写景咏物之作，刻画入微。其词语言典雅精练，注重炼字。他精通音律，为后世格律词派所宗，称之为"词家之宗"、"集大成者"，开南宋姜夔、张炎一派，影响巨大。近代著名学者王国维在《清真先生遗事》中称周邦彦为"词中老杜"，评说他"美成深远之致，不及欧、秦，惟言情体物，穷极工巧，故不失为第一流之作者；但恨创调之才多，创意之才少耳。"(《人间词话》)《兰陵王·柳》、《少年游·并刀如水》为其代表作品。著作有《清真集》。

《少年游·并刀如水》诗意图

叶梦得

叶梦得：1077—1148 北宋词人
代表作：《建康集》、《石林词》
作品特点：早期词风清新婉丽；晚期诗风简淡宏阔。

宋代词人，字少蕴，号石林居士，苏州吴县人。绍兴四年进士。翰林学士、吏部尚书、龙图阁直学士。晚年隐居湖州卞山石林谷，以读书吟咏自乐。能诗工词，词风早年婉丽，中年学东坡，南渡后多感怀国事，转向简淡宏阔，晚年简洁。著有《建康集》、《石林词》、《石林燕语》等。

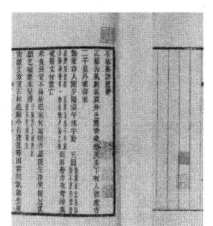

《石林燕语》书影

朱淑真

朱淑真：1079？—1131？ 北宋女诗人
代表作：《元夜》
作品特点：清新婉丽，蓄思含情，语言优美，情感真挚。

北宋女诗人，自号幽栖居士，浙江钱塘（今杭州）人，她是我国明代以前女作家中写作诗词数量最多的人。在她死后半个世纪内，宛陵（今安徽宣城）人魏仲恭（字端礼），曾因听到族人传说朱淑真诗词，感其"清新婉丽，蓄思含情，能道人意中事"，同情她一生的遭遇，遂辑集她的诗作，名曰《断肠诗集》。她的诗以《元夜》为代表："火烛银花触目红，揭天鼓吹闹春风。新欢入手愁忙里，旧事惊心忆梦中。但愿暂成人缱绻，不妨常任月朦胧。赏灯那得工夫醉，未必明年此会同。"

李清照

> 李清照：1084—约1151 南宋女词人
> 代表作：《如梦令·昨夜雨疏风骤》
> 作品特点：前期格调明快，语言清新婉丽。后期情调感伤。善用白描，刻画生动。

南宋女词人，号易安居士，济南（今属山东）人，父李格非为当时著名学者，夫赵明诚为金石考据家。早期生活优裕，与赵明诚共同致力于书画金石的搜集整理。金兵入侵中原，流寓南方，明诚病死，境遇孤苦。所作词，前期多写少女少妇的闲适生活，格调明快，语言清新婉丽；后期多悲叹身世，情调感伤，有的也流露出对中原的怀念。善用白描，刻画深刻。论词强调协律，崇尚典雅、情致，提出词"别是一家"之说，反对以作诗文之法作词。代表作有《如梦令·昨夜雨疏风骤》、《一剪梅·红藕香残玉簟秋》、《武陵春·风住尘香花已尽》。并能诗，留存不多，部分篇章感时咏史，情辞慷慨，与其词风不同。"生当作人杰，死亦为鬼雄"是为人传诵的名句。著有《易安居士文集》、《易安词》，已散佚。后人有《漱玉词》辑本。今人有《李清照集校注》。

李清照像
中国文学史上重要的一个女作家，曾写一篇《诗论》，把北宋名家一一点名批评。

陈与义

> 陈与义：1090—1138 北宋诗人
> 代表作：《雨晴》、《怀天经智老因访之》
> 作品特点：文诗风多变，以对现实的描写为主，格调前期以清新明静为主，后期变得沉郁悲壮。

宋代诗人，字去非，号简斋，洛阳人，北宋末年曾任文林郎、太学博士等职。金兵南侵，他向南流亡，经数年颠沛，才抵达南宋都城临安，历仕至参知政事。他以诗著名，是南宋初最出色的诗人，早期受黄庭坚、陈师道影响较深，原属江西诗派，故严羽说他"亦江西之派而小异"（《沧浪诗话》）。后经靖康之变，南渡，目睹亡国的惨祸，又避乱南行，经历辗转流亡的艰苦生活，诗风有明显变化，更倾向于杜甫，面对现实，多感愤沉郁之音，由清新明净变为沉郁悲壮。《雨晴》、《怀天经智老因访之》是

陈与义

其诗歌代表。也善写词,词作较少,而有一定质量,《临江仙·忆昔午桥桥上饮》为代表。

张元幹

张元幹:1091—1175? 南宋词人
代表作:《贺新郎·梦绕神州路》
作品特点:以词表达政治理想以及对现实的看法。词风豪爽奔放,情感真挚。

南宋词人,字仲宗,自号芦川居士,又号真隐山人,长乐(今福建闽侯)人。北宋末为太学生,曾被抗金名将李纲辟为属官,不久随李纲免职而被贬斥。南宋初,因"避谗"而辞官。张元幹在北宋末年即以词著称,南渡初,更以词来表达自己的政治理想,以及对现实的看法。绍兴年间,胡铨上书请斩秦桧,遭到流放,当时士大夫大都畏祸钳口,只有张元幹等几个人敢于写诗词为他送行并抒发不平之慨。这就是《贺新郎·梦绕神州路》,为南宋爱国词人开辟了广阔的创作道路。

张元幹

心期切处,更有多少凄凉,殷勤留与归时说。
到得再相逢,恰经年离别。
——《石州慢》

洪 迈

> 洪迈：1123—1202 南宋文学家
> 代表作：《容斋随笔》
> 作品特点：作品内容广泛，思想性极为深刻，富有哲理性。语言优美、生动。

南宋文学家，字景庐，别号野处，饶州鄱阳（今江西波阳县）人，洪皓第三子，绍兴十五年（1145）中进士，授两浙转运司干办公事。因受秦桧排挤，出为福州教授。淳熙十三年（1186）拜翰林学士。光宗绍熙元年焕章阁学士，知绍兴府。二年上章告老，进龙图阁学士。嘉泰二年（1202）以端明殿学士致仕。卒赠光禄大夫，谥文敏。迈学识博洽，熟悉典故，一生著述极为繁富，据《四库全书》所载有：《野处类稿》二卷、《史记法语》八卷、《经子法语》二十四卷、《南朝史精语》十卷、《夷坚志》四百二十卷、《万首唐人绝句》九十卷。还有《容斋随笔》最为著名。

溪山清远图（局部）　宋　夏圭

陆 游

> 陆游：1125—1210 南宋文学家、诗人
> 代表作：《示儿》、《游山西村》
> 作品特点：内容上贯穿着爱国主义热情，思想性极为深刻，语言优美，感情真挚。

南宋诗人，字务观，号放翁，越州山阴（今浙江绍兴）人。20岁就有"上马击狂胡，下马草军书"之志。30岁参加礼部考试，名列第一，因"喜论恢复"而遭秦桧打击，被除名。后任夔州（今四川奉节）通判和蜀州等州代理通判、知州等职。淳熙二年（1175），范成大镇蜀，邀陆游至其幕中任参议官。淳熙五年，陆游诗名日盛，受到孝宗召见，但

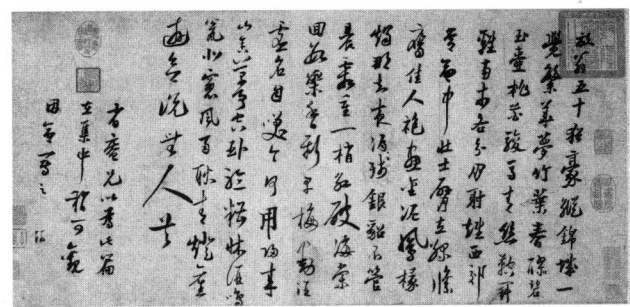

行草书怀成都十韵诗卷 宋 陆游

未得重用，孝宗只派他到福州、江西去做了两任提举常平茶盐公事，不久即罢职。光宗即位后，陆游任朝议大夫礼部郎中，连上奏章，谏劝朝廷减轻赋税，遭弹劾，再度罢官。此后，陆游长期蛰居农村，于嘉定二年（1210年）与世长辞。陆游为人旷达，不拘官场礼法，曾遭"不拘礼法，恃酒颓放"之讥，于是他干脆自号"放翁"。他存诗共约9300余首。其诗歌中始终贯穿着炽热的爱国主义精神；体制上各体兼备，古体、律诗、绝句都有出色之作，其中尤以七律写得又多又好。

范成大

范成大：1126—1193 南宋诗人
代表作：《四时田园杂兴》
作品特点：诗风格纤巧婉丽，温润精雅，富有民歌风味，语言上乡土气息较浓。

范成大像

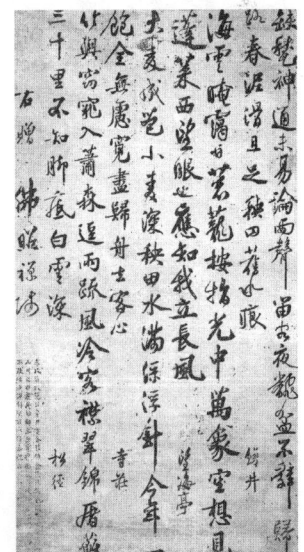

范成大书法

南宋诗人，字致能，号石湖居士，平江吴郡（今江苏苏州）人，早年境况贫寒，绍兴二十四年（1154）中进士，仕途比较顺利。任徽州司户参军，累迁礼部员外郎。后出知处州，减轻赋税，兴修水利，颇有政绩。淳熙时，官至参知政事。晚年隐居故乡石湖。他与陆游、杨万里、尤袤齐名，称"中兴四大诗人"。其诗风格纤巧婉丽，温润精雅，富有民歌风味。他写诗初从江西诗派入手，后摆脱其束缚和影响，自成一家。他的诗内容充实，有许多揭露剥削、同情农民的作品，《秋日二绝》中"莫把江山夸北客，冷烟寒水更荒凉"更是对南宋统治者炫耀半壁江山无耻行为的尖锐讽刺。他的田园诗成就也较高，富有乡土气息，更可贵的是把自然景物的描写同揭露封建剥削制度结合起来，《四时田园杂兴》等为代表。

111

尤袤

尤袤：1127—1194 南宋诗人
代表作：《青山寺》
作品特点：诗风平易自然，晓畅清新，用词通俗易懂。

宋代诗人，字廷之，小字季长，号遂初居士，晚年号乐溪、木石老逸民，无锡人。出身于书香门第，与杨万里、范成大、陆游并称"中兴四大诗人"。他的作品流传很少，就现存诗歌来看，他关心现实，在诗歌中对南宋小朝廷一意偏安、屈膝投降流露出不满情绪，对山河破碎、人民遭受异族压迫十分忧愤。诗歌写得平易自然，晓畅清新，没有华丽的辞藻，也没有生僻的典故。《青山寺》可称为他现存诗歌中的代表作。

尤袤书法 范仲淹尺牍跋

杨万里

杨万里：1127—1206 南宋诗人
代表作：《戏笔》、《檄风伯》
作品特点：语言活泼生动，诗风诙谐幽默，极富风趣，追求语言的口语化。

南宋诗人，字延秀，号诚斋，江西吉水人。与范成大、陆游、尤袤称"中兴四大诗人"。绍兴二十四年进士，历任漳州、常州等地方官，官至宝谟阁学士。后因指责朝政，得罪权贵，罢官家居15年，忧愤而死。杨万里的诗歌创作大致经历了从模仿、过渡到自成一体的过程。他作诗本从江西诗派入手，中年以后转学晚唐人空灵轻快的绝句，批判江西诗

捉柳花图 明 仇英
杨万里诗《闲居初夏午睡起》中"日长睡起无情思，闲看儿童捉柳花。"

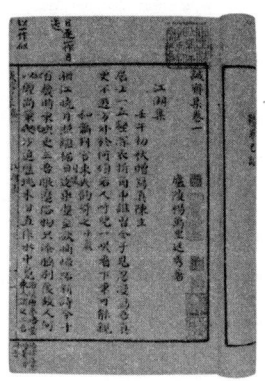

《诚斋集》书影

派,形成了自己独特的风格:诚斋体,其特点是:仔细观察世界,用活泼的语言把亲身的感受生动而巧妙地表现出来;诙谐幽默,极富风趣。为追求诗歌语言的口语化,他有意大量采用民间俗语,有时矫枉过正,出现了近乎游戏的诗句,故后人批评它"俚熟过甚",这是诚斋体中的一个败笔。但这种诗风为当时受江西诗派笼罩的诗坛试验了新的诗歌创作的可能性,引进了新的诗风。《戏笔》、《檄风伯》等是其代表作品。

张孝祥

张孝祥:1132?—1170? 南宋文学家
代表作:《六州歌头·长淮望断》
作品特点:词风以豪放著称,气概凌云,雄丽

南宋文学家,字安国,号于湖居士,历阳乌江(今安徽和县)人。绍兴二十四年中进士,考取第一名。力主抗金,屡次上书言事,几乎涉及当时所有的敏感问题。曾为岳飞辩诬,主张改革政治,整顿经济,为抗金献计献策。因此,虽然他年纪很轻,影响却大。张孝祥的诗词接近苏轼的风格,气概凌云,以雄丽著称,是南宋前期爱国词人中影响较大的一位。特别是他的词,写下了一些具有深厚爱国思想内容、反映现实的名篇,但也有一些应酬性的作品,一部分感怀时事及吟咏人生情怀、咏物纪事之类的作品很出色。《念奴娇·过洞庭》最有名。此外,《六州歌头·长淮望断》也有较高成就,陈廷焯《白雨斋词话》称赞这首词"淋漓痛快,笔饱墨酣,读之令人起舞"。著作有《于湖词》。

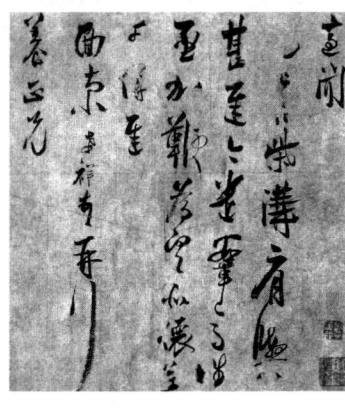

柴沟帖 张孝祥

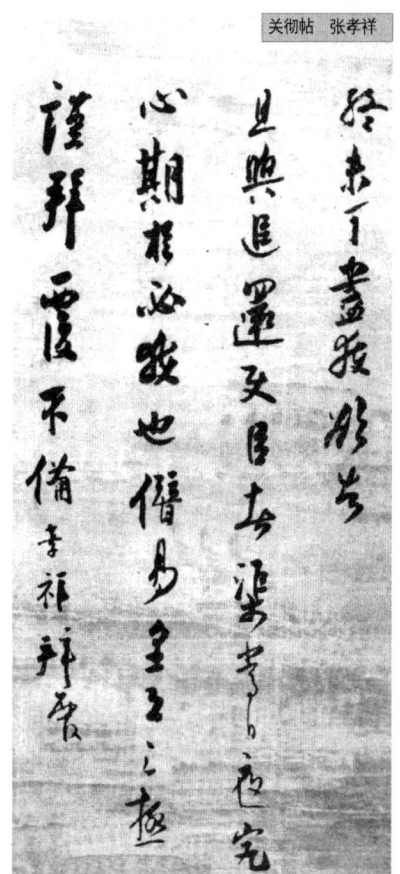

关彻帖 张孝祥

辛弃疾

> 辛弃疾：1140—1207　南宋词人
> 代表作：《永遇乐·京口北固亭怀古》、《西江月·夜行黄沙道中》
> 作品特点：词作题材广泛，风格多样，清新淳朴，语言浅近。

辛弃疾像

南宋词人，原字坦夫，改字幼安，别号稼轩居士。历城（今山东济南）人。出生前13年，家乡即已为金兵侵占。绍兴三十一年（1161）率两千民众参加北方抗金义军，次年奉表归南宋。历任湖北等地安抚史，在各地任上认真革除积弊，积极整军备战。曾进奏《美芹十论》，又上宰相《九议》，力主抗战，未得采纳和施行，闲居江西20年。后虽被起用，但壮志终于不展，抱恨而死。今存词629首，数量为宋词人之冠。词作题材广泛，风格多样，抒发对祖国统一的渴望，批判南宋统治者的苟安投降，倾诉壮志难酬的悲愤。慷慨悲壮是其词作主调，代表作有《永遇乐·京口北固亭怀古》、《水龙吟·登建康赏心亭》、《破阵子·为陈同甫赋壮词以寄之》、《菩萨蛮·书江西造口壁》等。表现闲适生活的词数量最大，这类词往往流露出无可奈何的情绪，其精神仍与爱国词一脉相通，如《沁园春·带湖新居将成》、《水调歌头·盟鸥》等许多词中都带有这种情绪。一部分写农村生活的词清新淳朴，语言浅近，如《清平乐·村居》、《鹧鸪天·戏题村舍》、《西江月·夜行黄沙道中》、《浣溪沙·常山道中即事》。辛弃疾诗今存133首，内容和风格大体上亦如其词。有《稼轩长短句》。

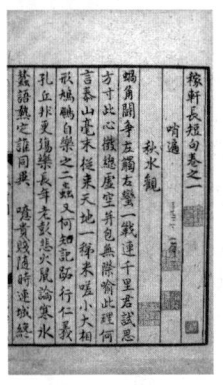

《稼轩长短句》书影

姜夔

> 姜夔：1155？—1221？　南宋词人
> 代表作：自度曲《暗香》、《疏影》，词集《白石词》
> 作品特点：词格律精严，字句雕琢，格调甚高。风格清空峭拔，幽远淳雅。

南宋词人，字尧章，号白石道人，饶州鄱阳（江西鄱阳）人。早年孤贫，生活比较艰苦，视野较广阔。他具有多方面文艺才能而屡试不第。中年后，长住杭州，渐渐厌倦江湖游士的生活，豪门清客色彩渐浓。为诗初学黄庭坚，而自拔于宋人之外，所为《诗说》，多精当之论。尤以词著称，能自度曲，格律精严，字句雕琢，其格甚高，而意境则浅。清空峭拔，幽远醇雅，"如野云孤飞，去留无迹"（《词源》），

跋王献之保母帖（部分）　姜夔

上承周邦彦，下开吴文英、张炎一派，被清初浙西词派奉为圭臬，并被后人誉为"如盛唐之有李杜"、"文中之有昌黎"、"词中之圣"等。近人王国维《人间词话》说他"古今词人格调之高，无如白石，惜不于意境上用力，故觉无言外之味，弦外之响"。《暗香》、《疏影》是其最有名的自度曲作。著作有词集《白石词》。

吴文英

吴文英：1200—1260 南宋词人
代表作：《梦窗集》
作品特点：密丽绮艳，措意深雅，意象密集，章法多变，婉转曲折。

南宋词人，字君特，号梦窗，晚又号觉翁，四明（今浙江宁波江）人。生卒年不详，主要活动于13世纪中叶。曾做过贾似道、吴潜、史宅之等显贵的门客，一生未仕。作词较多，是一位重要词人。他继承了北宋周邦彦的词风，偏于密丽绮艳。其词作多应酬唱和、伤时怀旧、咏物写景。他精通音律，注重音调安排，守律精严；同时措意深雅，意象密集，章法多变，婉转曲折，但有晦涩之病。吴文英是一个争议颇多的人，人们对他褒贬不一，往往相互冲突。南宋词人张炎曾说其词"如七宝楼台，炫人眼目。碎拆下来，不成片断"，清代周济却说"梦窗奇思壮采，腾天潜渊，反南宋之清，为北宋之秾挚"。评价矛盾至此。但客观而论，吴文英的词善用典故，体物入微，遣词清丽，实为难得。今传有《梦窗集》。

吴文英《浣溪沙》诗意图

元好问

> 元好问：1190—1257 金代诗人、史学家
> 代表作：《雁门道中书所见》
> 作品特点：题材多样，内容丰富，真实具体，富有感染力；诗风淳朴自然。

金代诗人、史学家，字裕之，号遗山，太原秀容（今山西省忻州）人，祖出北朝魏代鲜卑贵族拓跋氏，为唐诗人元结后裔。父元德明以诗知名，其师郝天挺是著名学者。他自小生活在文化教养较好的氛围之中，7岁能诗，人称"神童"。兴定五年（1221）进士及第，不就选。哀宗正大元年（1224）中博学宏词科，授儒材郎，充国史院编修。后又历任镇平、内乡、南阳市令等职。金亡不仕，潜心编纂著述，致力于保存金代文化。元宪宗七年（1257）卒。他文学创作涉及诗、词、文、散曲和笔记小说等各种题材，尤以诗的成就为最高。其诗题材多样，内容丰富，反映当时战乱现实的作品真实具体，富有感染力；述怀、咏物之作也多悲愤慷慨之气；写景诗构思奇特、描绘生动。《雁门道中书所见》等是代表作品。《论诗绝句三十首》是他文艺评论的代表作品，对建安以来的诗歌发展以诗的形式做了系统论述。他论诗喜爱淳朴自然，反对华艳雕琢。其词取法苏、辛，兼有婉约、豪放风格，被誉为金朝一代之冠，《摸鱼儿》为代表，"问世间，情是何物，直教生死相许"、"海枯石烂情缘在，幽恨不埋黄土"更是佳句。散曲今存9首，其中［双调·小圣乐·骤雨打新荷］小令号称是"变宋词为元曲"的开山之作。著作有《元遗山先生全集》，《遗山乐府》。

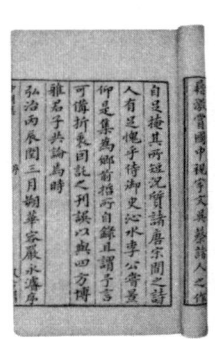

《元遗山先生全集》书影

周 密

> 周密：1232—1298 南宋文学家
> 代表作：《草窗词》、《洲渔笛谱》
> 作品特点：诗词讲究格律，风格清雅秀润，内蕴深沉。

南宋文学家，字公谨，号草窗、蘋洲，又号四水潜夫、弁洋老人、华不注山人。祖籍济南，流寓吴兴，曾出仕，入元后不仕。周密少时即以才俊见称，他具有多方面的文艺才能，能诗词书画，著书数十种，有《武林旧事》、《齐东野语》、《癸辛杂识》、《浩然斋雅谈》、《草窗词》等。其中《武林旧事》、《齐东野语》、《癸辛杂识》等多记宋元间遗闻轶事，材料丰富，见闻广博，是宋代野史中的重要文献。其词学习周邦彦、姜夔，

讲究格律，风格清雅秀润，是宋末格律词派的重要代表，有《草窗词》、《洲渔笛谱》等。其词多抒写个人身世的伤感，把心中的伤感、惆怅、空寂的内在情怀和凄清的外在情景互相交融映照，内蕴深沉。周密亦有一些有关感慨民族与国家命运的词作，如《一萼红》等，即使是这些词作，也体现出了作者忧郁、含蓄的风格。

宋杂剧《眼药酸》演出图
杂剧《眼药酸》收录于周密的《武林旧事》中。它是宫廷演出剧目。《武林旧事》共收录280个条目，许多剧目都是临场发挥编出来的。由于杂剧的盛行，以至皇帝也参与杂剧剧本的创作。

文天祥

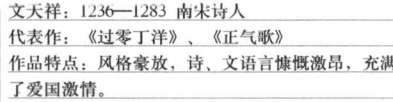

文天祥：1236—1283 南宋诗人
代表作：《过零丁洋》、《正气歌》
作品特点：风格豪放，诗、文语言慷慨激昂，充满了爱国激情。

　　南宋抗元英雄和爱国诗人，原名云孙，字宋瑞，又字履善，号文山，吉州庐陵（今江西吉安县）人。宝祐四年（1256）进士第一，因父丧未受官职。后曾任刑部郎官，知瑞州。德祐二年被任为右丞相兼枢密使，被派往元营谈判，遭扣留，不久夜亡入真州。至福建与张世杰、陆秀夫等坚持抗元。景炎二年（1277）被俘，1283年为元军杀害，年仅47岁。文天祥创作了大量诗、词和散文。诗作达百余首，成就很高，《过零丁洋》、《正气歌》是代表作。《过零丁洋》中"人生自古谁无死，留取丹心照汗青"，是千古绝唱的爱国名句。著作有《文山先生全集》。

文天祥《沁园春》诗意图
人生翕忽云亡，好轰轰烈烈做一场。
有人评价此首作品：此等作品，不可以寻常词观之也！

张 炎

张炎：1248—1320？ 南宋词人
代表作：《高阳台》、《月下笛》
作品特点：其词风格清爽疏淡，具有幽远淡雅的美感。

南宋词人，字叔夏，号玉田，晚号乐笑翁，先世凤翔（今陕西县名），寓居临安（今浙江杭州），曾祖父张俊为南渡功臣，封循王。父张枢，精音律，与周密诗词唱和为友。张炎前半生生活优裕，宋亡以后，家道中落，贫难自给，落魄而终。存词约300首。在艺术上，张炎主张"清空"、"骚雅"：淡泊而富有深味，空灵为贵。他欣赏姜夔词风，不满吴文英的质实。他的词则多写个人哀怨并长于咏物，又精通音律，常以清空之笔，写沦落之悲，风格清爽疏淡；写自己的哀愁常情景，具有幽远淡雅的美感。《南浦》、《高阳台》、《月下笛》、《解连环》、《甘州》等是他主要代表作品。他又是最早的词论家，著有《词源》。论述乐律的部分保存了有关乐词的丰富资料，是一部权威的理论专著。他强调艺术感受、艺术想象与艺术形式，有许多经验之谈，至今尚可参考。著作有《山中白云词》。

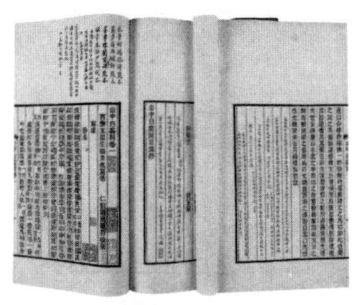

《山中白云词》书影

《南浦》诗意图
《南浦》是张炎在宋亡前驰名诗坛的成名之作，还因此获得了一个"张春水"佳名。

严 羽

严羽：生卒年不详 南宋文学理论家、文学批评家
代表作：《沧浪诗话》
作品特点：主张诗歌以写实为主，注重理性，提出"妙悟"说。

南宋文学理论家、文学批评家，字仪卿，邵武（今福建邵武市）人。其屋后有水入莒溪，名沧浪，故取别号沧浪逋客。事迹及生卒年不详，与同族参、仁，皆有诗才，号"三严"。以诗歌理论专著《沧浪诗话》闻名。他反对苏轼、黄庭坚以及当时流行的江西派诗歌多用典、多议论，"尚理而病于意"的诗风，提倡学习汉魏晋盛唐诗歌。提出学诗的方法：妙悟，以禅喻诗，认为"禅道惟在妙悟，诗道亦在妙悟"，只有"悟"才是"当行"。《沧浪诗话》影响极大。明胡应麟认为明诗之所以能"上追唐汉"，就是严羽提倡的结果。

蒋 捷

> 蒋捷：生卒年不详，宋元间词人
> 代表作：《虞美人·听雨》
> 作品特点：主要表现不同时期的心灵感受，语言风格多变，情感悲凉清俊、寂寥疏爽。

宋元间词人，生卒年不详，字胜欲，号竹山，阳羡（今江苏宜兴）人，咸淳十年进士。长于词，与周密、王沂孙、张炎并称"宋末四大家"。其词多采用"待把旧家风景，写成闲话"（[女冠子]）的方式，抒发故国之思、山河之恸，风格多样，而以悲凉清俊、寂寥疏爽为主，尤以造语奇巧之作，在宋季词坛上独标一格。其中，《虞美人·听雨》："少年听雨歌楼上，红烛昏罗帐。壮年听雨客舟中，江阔云低、断雁叫西风。而今听雨僧庐下，鬓已星星也。悲欢离合总无情，一任阶前点滴到天明。"一词通过听雨一事，展现了作者少年、壮年和晚年三个时期的不同感受，既有身世之切身感受，又隐含了家国之悲，愁苦痛切。有《竹山词》。刘熙载曾评之为"蒋竹山词未极流动自然，然洗练缜密，语多创获，其志视梅溪较贞，其思视梦窗较清。刘文房（刘长卿）为五言长城，竹山其亦长短句之长城欤"。（《艺概·词曲概》）

《一剪梅·舟过吴江》诗意图

汪元量

> 汪元量：1241—1317 宋元间诗人
> 代表作：组诗《湖州歌》
> 作品特点：以反映现实为主，情怀慷慨，韵调凄清。

南宋诗人，字大有，号水云，钱塘（今浙江杭州）人，宋度宗时，以琴师供奉内廷，元灭宋，随六宫被掳到燕京。后回杭州，为道士，来往庐山一带。他兼善诗词，以亲身体验，撰有大量纪实诗篇，情怀慷慨，韵调凄清。在燕京曾和文天祥狱中唱和，他的《生挽文丞相》是勉励文天祥尽节的作品。《湖州歌》，原作98首，杂写宋朝亡国时，母后、幼主、宫女、内侍、乐官被元兵俘虏北行事。由于他亲身经历此次事变，对亡国之苦，去国之悲，有痛切感受，所以表现在诗歌里的感情，显得十分深挚。有《水云集》、《湖山类稿》。刘辰翁评论《湖山类稿》曾云："自奉使出疆，三宫去国，凡都人忧悲叹恨无不有。及过河所历皇王帝伯之故都遗迹，凡可喜、可诧、可惊、可痛哭而流涕者，皆收拾于诗。解其囊，南吟北啸，如赋史传，自有可喜。余盖不忍观之。"评价之高如此。

关汉卿

> 关汉卿：1210？—1280？ 元代戏曲作家
> 代表作：《窦娥冤》
> 作品特点：弥漫着战斗精神和乐观主义精神，艺术表现力丰富。

元代戏曲作家，号已斋叟，大都（今北京）人，曾为太医院尹。为人倜傥风流，博学能文，滑稽多智。长期与城市戏曲艺人和书会才人为伍，倾心创作、研究戏曲，有时还亲自参加演出。在自传性质的散曲〔南吕·一枝花〕《不服老》里，自称是"响当当一粒铜豌豆"。关汉卿一生著有杂剧67部，现仅存18部。他的剧作为元杂剧

关汉卿像

元剧《鲁斋郎》及《金线池》的插图 关汉卿

的繁荣与发展打下了坚实的基础，是元代杂剧的奠基人，在世时就是戏曲界的领袖人物。现存剧作以《窦娥冤》为最重要的代表。《救风尘》、《望江亭》、《鲁斋郎》、《拜月亭》、《调风月》、《单刀会》等几部作品，也分别代表关汉卿杂剧不同方面的成就。他的作品弥漫着战斗精神和乐观主义精神，现实主义和浪漫主义也总是不同程度地结合在一起。他熟悉人民语言，吸收、提炼口头语言，丰富自己的艺术表现力，在文学语言方面开一代风气。1958年关汉卿被世界和平理事会提名为"世界文化名人"。

《窦娥冤》

> 特点：语言通俗自然、清新质朴、流畅生动，同时符合人物身份性格，曲白相生，自然熨帖。

元代杂剧，关汉卿作，世界戏剧史上的名作。全剧四折，写弱小寡妇窦娥，在无赖陷害、昏官毒打下，屈打成招，成为杀人凶手，被判斩首示众。临刑前，满腔悲愤的窦娥许下三桩誓愿：血溅白练，六月飞雪，亢旱三年。果然，窦娥冤屈感天动地，三桩誓愿一一实现。这出戏展示了下层人民任人宰割，有苦无处诉的悲惨处境，控诉了贪官草菅人命的黑暗

《窦娥冤》书影

现实，生动刻画出窦娥这个女性形象。窦娥与婆婆相依为命，她聪明机智，善良坚忍，是中国古代著名的妇女形象。该剧同时体现了关汉卿既本色又当行的语言风格，言言曲尽人情，字字当行本色。《窦娥冤》的语言通俗自然、清新质朴、生动流畅，毫无晦涩雕琢之病，同时曲白符合人物身份性格，曲白相生，自然熨帖，与关汉卿其他杂剧相比，本折曲词则更倾向于直截了当慷慨激昂地表达和抒情方式，前人评为"激厉而少蕴藉"（何良俊《四友斋丛说》）。

《窦娥冤》插图

白 朴

白朴：1226—? 元代戏曲家
代表作：《墙头马上》、《梧桐雨》
作品特点：剧情曲折，文辞华美。

白朴像

元代戏曲作家，字仁甫，一字太素，号兰谷，生于金哀宗正大三年（1226年），卒年不详。祖籍隩州（今山西河曲县），后徙居真定（今河北正定县），晚年寓居金陵（今南京市）。他出身官僚士大夫家庭，父亲白华为金宣宗进士，官至枢密院判官，又是著名文士。白家与元好问父子为世交，过从甚密。金元之际，饱经战乱，入元后终身不仕。与关汉卿、马致远、郑光祖并称为"元曲四大家"。其词和散曲常表现出故国之思、沧桑之感和身世之悲，情调凄凉低沉。他剧作见于著录的有十六种，完整留存的有《墙头马上》与《梧桐雨》两种。另有《东墙记》，经明人篡改，已非原貌。从内容看，白朴杂剧大半写男女情事。其杂剧以文采见长，《梧桐雨》文辞华美，是优美的抒情诗剧。《墙头马上》与《拜月亭》（关汉卿）、《西厢记》（王实甫）、《倩女离魂》（郑光祖）并称为元杂剧四大爱情剧。

《梧桐雨》插图
《梧桐雨》取材于白居易的叙事长诗《长恨歌》，描写唐玄宗李隆基与宠妃杨玉环的爱情悲剧。

马致远

> 马致远：约1250—1321至1324间 元代戏曲家
> 代表作：《汉宫秋》
> 作品特点：结构紧凑，有浓烈的抒情色彩，曲辞苍凉幽邈。

《汉宫秋》插图

元代戏曲家、散曲作家，晚号东篱，一说字千里，大都（今北京）人。早年热衷功名，但仕途并不显达，晚年退隐山林。马致远的杂剧享有盛名，元代周德清以关、郑、白、马并列。他有杂剧15种，今存有《破幽梦孤雁汉宫秋》、《江州司马青衫泪》、《西华山陈抟高卧》、《吕洞宾三醉岳阳楼》、《马丹阳三度任风子》、《半夜雷轰荐福碑》六种，以及和他人合写的《邯郸道省悟黄粱梦》一种（马著第一折）。其中以《汉宫秋》最有影响，作品敷演汉代王昭君和亲的历史故事，以汉元帝与王昭君的爱情故事为主线，塑造了王昭君这一完美女性形象，表现了汉元帝对于命运的无可奈何，抒写了家国之痛和悲凉的人生感受。《汉宫秋》结构紧凑，有浓烈的抒情色彩，曲辞苍凉幽邈，其中[梅花酒]一曲脍炙人口。马致远的神仙道化剧在元明杂剧中有不小的影响。马致远的散曲为元代之冠，明代贾仲明称他为"曲状元"，现存120多首，代表作有套曲[双调夜行船]《秋思》，被誉为"万中无一"，小令[天净沙]"枯藤老树昏鸦"也是咏景名篇，周德清赞其为"秋思之祖"，王国维评为"寥寥数语，深得唐人绝句妙境"。

郑光祖

> 郑光祖：生卒年不详 元代杂剧作家
> 代表作：《倩女离魂》
> 作品特点：故事情节曲折，曲词优美，情致凄婉。

元代杂剧作家，字德辉，平阳襄陵（今山西临汾附近）人，生卒年不详。周德清《中原音韵》把他与关汉卿、白朴、马致远并列，后人称为"元曲四大家"。他写过杂剧18种，今存《迷青琐倩女离魂》、《㑇梅香翰林风月》、《醉思乡王粲登楼》等8种。《倩女离魂》是其代表作。此剧据唐人陈玄祐传奇《离魂记》改编而成，写王文举与张倩女"指腹为婚"，但张母嫌文举功名未就，不许二人成婚。文举被迫上京应试，倩女忧念成疾，灵魂离开躯体去追赶王文举，与之相伴多年。王文举中状元后，携倩女魂归至张家，离魂与病卧之身重合为一，遂欢宴成亲。《王粲登楼》根据王粲《登楼赋》虚构而成，抒发了作者游子飘零，怀才不遇之感。他的杂剧曲词优美，情致凄婉。

《倩女离魂》插图

王实甫

王实甫：生卒年不详 元代杂剧作家
代表作：《西厢记》
作品特点：故事情节曲折，语言优美，辞藻华美，情感真挚。

元代杂剧作家，名德信，大都（今北京市）人，生卒年不详。生平资料极少，可能是仕途失意而混迹于教坊勾栏的文人。所作杂剧，名目可考者共13种。今存有《崔莺莺待月西厢记》、《吕蒙正风雪破窑记》和《四丞相高会丽春堂》3种，以《西厢记》艺术成就为最高，是元代杂剧中最优秀的作品之一。贾仲名《凌波仙》曾云"西厢记天下夺魁"。其曲词华美，"长亭送别"脍炙人口。《破窑记》写吕蒙正与刘月娥的爱情故事，影响比较大。此外，王实甫还有少量散曲流传：小令1首，套曲3种（其中有一残套）。小令［中吕·十二月过尧民歌］（《别情》）很有特色，辞藻绮丽，与《西厢记》曲词风格相似。

元明刊《西厢记》残页

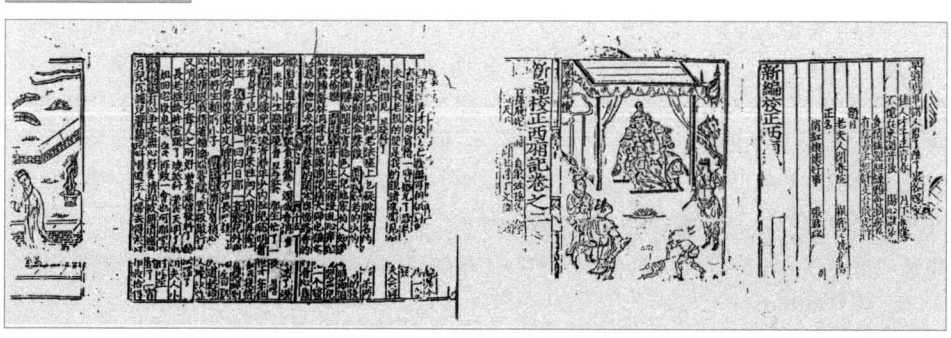

《西厢记》

> 特点：元杂剧的经典代表。对人物性格刻画细致认真，情节波澜起伏，人物个性鲜明突出。整部作品语言华美，富有诗意，情调缠绵。

元代著名杂剧剧本，中国古代的一部爱情经典，作者王实甫。主要情节是书生张珙和相国小姐崔莺莺一见钟情，在侍女红娘帮助下，经过种种波折，终于"有情人终成眷属"，描写了青年人的生活愿望与家长意志的冲突，抒发了青年男女对自由的爱情的渴望，反映了情与欲的不可遏制和正当合理。故事源于唐代元稹所作传奇《莺莺传》，北宋赵令畤改写为《商调蝶恋花》鼓子词，金代董解元改编为《西厢记诸宫调》，而王实甫的《西厢记》则进行了创造性的改编。《西厢记》关目布置巧妙，情节波澜起伏，往往山穷水尽之时能够柳暗花明。《西厢记》还成功塑造了张生、崔莺莺、红娘这三个艺术形象，个性鲜明而丰富，其中聪明美丽、机警善良的红娘形象最深入人心。《西厢记》的语言华美，富有诗意，情调缠绵，"长亭送别"一折中莺莺的两段唱词最为人称道。

《西厢记·惊梦》插图　清　任颐

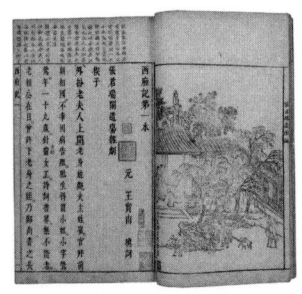

《西厢记》书影　明朱墨套印本

纪君祥

> 纪君祥：生卒年不详　元代戏曲作家
> 代表作：《赵氏孤儿》
> 作品特点：故事情节跌宕起伏、曲折；人物造型特色鲜明，剧情真实感人。

元代戏曲作家，一作纪天祥，生卒年不详，钟嗣成《录鬼簿》说他"配李寿卿、郑延玉同时"。著有杂剧6种，现仅存1种，即《赵氏孤儿冤报冤》（一作《赵氏孤儿大报仇》，简称《赵氏孤儿》）。《赵氏孤儿》是一部具有浓郁悲剧色彩的历史剧。人物形象塑造颇具特色。剧中的一批正面人物形象，作者赋予他们不畏强权，见义勇为，视死如归的崇高品格。但他们性格的完成，并不是标签式的抽象道德观念的外化，而是在剧情的展示和尖锐的矛盾冲突中加以凸现的，因而显得真实感人。另《陈文图悟道松阴梦》一剧，仅存曲词1折。

高 明

> 高明:生卒年不详 元代戏曲作家
> 代表作:《琵琶记》
> 作品特点:故事情节曲折动人,人物形象刻画细致生动。

高明,字则诚,温州瑞安人,早年在家读书,元至正五年(1345)中进士,在浙江处州、杭州等地做过几任小官。方国珍起义时他被任命为"平乱"统帅府都事,与统帅意见不合,"避不治文书",此后过着隐居著书的生活。《琵琶记》是南戏,是高明在元末避乱隐居宁波时根据民间长期流传的《赵贞女》改编而成的。《赵贞女》写蔡伯喈

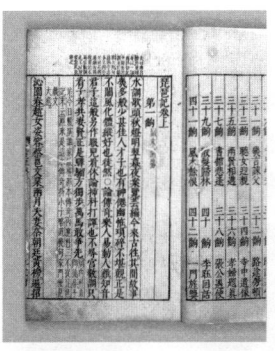

《琵琶记》书影

上京应举,长期不归,留下妻子赵五娘在家,独立奉养公婆。蔡家父母死后,赵五娘进京寻夫,伯喈不认,以马踩赵五娘,雷轰蔡伯喈结束。《琵琶记》以此故事为蓝本,但改变了故事人物形象,蔡伯喈不再是忘恩负义之人,而成为全忠全孝之人。高明的主观意图是宣扬封建道德。全剧思想内容比较复杂,但有一些情节非常动人,《糟糠自厌》是最动人的一个。

段成己

> 段成己:生卒年不详 元代词人
> 代表作:《青平乐》
> 作品特点:语言清新淡雅,意境优美。

夜凉河汉静无声,
澄澈天开万里晴。

元代词人,与词人元好问同时。其词俊逸深沉。也有诗歌留存。"夜凉河汉静无声,澄澈天开万里晴。蟾吐寒光呈校洽,桂排踩影甚分明。良宵方喜故人共,醉语那知邻舍惊。一片诗魂招不得,九霄直与月俱清。"这是段成己的一首七言律诗,《红楼梦》中"寒塘渡鹤影,冷月葬诗魂"的描写与之在格调上极其相似。

张养浩

> 张养浩：1270—1329 元代散曲作家
> 代表作：《山坡羊·潼关怀古》
> 作品特点：语言犀利，针砭时弊，感情真挚，含义深沉。

元代散曲作家，字希孟，号云庄，山东历城人，曾任礼部尚书、监察御史等职。后因上疏谏元夕放灯获罪辞官，隐居故乡。天历二年（1329），陕西大旱，他被任为陕西行省中丞，赈济灾民，同年死于任所。他宦海沉浮三十年，有许多作品抒发了想有所作为而又畏惧灾祸的矛盾心情，如《红绣鞋·失题》中"靦着脸登要路，睁着眼履危机，直到那其间谁救你？"的句子。而在陕西任上写的《山坡羊·潼关怀古》则是他最有名的作品，其中"兴，百姓苦！亡，百姓苦！"句更是饱含对人民的同情，感情真挚，含义深沉。

> 一轮飞镜谁磨？
> 照彻乾坤，
> 印透山河。
> 玉露泠泠，
> 洗秋空银汉无波，
> 比常夜清光更多，
> 尽无碍桂影婆娑。
> ——《折桂令·中秋》

张可久

> 张可久：1280—1348？ 元代散曲作家
> 代表作：《金字经·春晚》
> 作品特点：内容上以表现闲逸情怀为主，反映现实，风格典雅蕴藉。

元代散曲作家，字小山，庆元（今浙江宁波市鄞州区）人。曾任典史等小吏，做过昆山县幕僚。仕途上不很得意。平生好漫游，到过江南各地，晚年居杭州。他是元代后期著名的散曲作家，留存小令855支，套数9篇，数量为元人之冠。内容以表现闲逸情怀为主，而又包括写景、咏物、言情、赠答、送别等等，反映现实的作品不多。在表现方法上，注重格律形式的工整，多采诗词句法入典，风格典雅蕴藉，但失去了前期散曲清新、自然的本色。代表作为《金字经·春晚》。著作有《小山北曲联乐府》。

《殿前欢·离思》诗意图

萨都剌

> 萨都剌：1300？—1355？ 元代诗人
> 代表作：《过居庸关》、《芙蓉曲》等
> 作品特点：风格秾艳细腻，能反映社会现实，内容相对单薄。

　　元代诗人，字天锡，号直斋，本回族人，祖父镇代郡，遂为雁门人，泰定四年（1327）进士，官至河北廉访经历。他博学能文，兼善楷书。诗歌学习晚唐诗人，多游山玩水、归隐闲逸、慕仙礼佛、应答唱和之作，风格秾艳细腻，在当时以宫词、艳情乐府一类的诗著名。但也有一些反映现实的诗歌，表现了他反对战争的思想，这是他诗歌中的精品。《过居庸关》、《芙蓉曲》、《燕姬曲》是他诗歌代表作。词作虽不多，但颇有成就，较有影响。《满江红·金陵怀古》最为有名。他诗词缺点在于，艺术成就虽高，但是内容较单薄。有《雁门集》。

> 之子殷勤何处来，
> 清淡煮茗不论杯。
> 　　　　　——《次韵》

睢景臣

> 睢景臣：生卒年不详 元代散曲作家
> 代表作：杂剧《屈原投江》、散曲《高祖还乡》
> 作品特点：作品形象鲜明，语言泼辣，讽刺辛辣。

　　元代散曲作家，一作睢舜臣，字景贤，扬州人，生卒年不详。与张可久、乔吉同时。杂剧作品有《屈原投江》、《牡丹记》、《千里投人》，但已失传。散套[般涉调·哨遍]（《高祖还乡》）是他的代表作。该作取材于刘邦称帝后回乡的史实，通过他一个乡邻的观察与回忆，对他嬉笑怒骂，揭露了他的无赖本质，从而加以无情的嘲讽和鞭挞。作品形象鲜明，语言泼辣，讽刺辛辣，是元代散曲的优秀作品。

狩猎人物图　元　赵雍

《碾玉观音》

> 特点：情节曲折离奇，富有浪漫色彩，人物性格刻画得异常生动。

宋代话本，作者不详，冯梦龙收入《警世通言》第八卷中，题名《崔待诏生死冤家》，题下注"宋人小说，题作《碾玉观音》"。作品以碾玉观音为线索，叙述王府奴婢璩秀秀追求爱情和自由而不得的悲剧。璩秀秀是裱褙铺璩公的女儿，被咸安郡王买作养娘后爱上了碾玉匠崔宁，遂趁王府失火，双双逃往他地安家立业。后因人告密，秀秀被抓回处死。但她的鬼魂仍与崔宁同居，并最后惩处了告密者。故事取材于当时社会的现实生活，情节曲折离奇，富有浪漫色彩。秀秀热情、勇敢的性格，刻画得异常生动。作品反映了下层市民在官僚地主的高压下受到的迫害及其追求幸福生活的强烈愿望。

元代街市说唱图

《东京梦华录》

> 特点：主要记述北宋城市经济和市民文化生活。记事生动翔实，语言朴素自然。

古代笔记作品，宋代孟元老著，共10卷。书成于南宋绍兴十七年（1147），是宋室南渡后作者追忆往日汴京（今河南开封）的都市繁华之作。作品记叙了汴京的面貌、岁时、物产、风土人情、民俗生活等，反映了北宋城市经济和市民文化生活的情况，保存了徽宗时期丰富的社会经济及文化生活的资料；也记述了当时汴京的讲唱文学，对于我们今天了解北宋时期讲唱文学的情况及发展具有极为重要的史料价值。全书文字简朴，时杂方言。

清明上河图　北宋　张择端

董解元西厢记

> 特点：是今存宋金诸宫调中最完整的作品。故事情节扣人心弦，语言生动优美，人物刻画细腻。

金诸宫调作品，即董解元《西厢记诸宫调》。因说唱时用弦乐器琵琶和筝伴奏，故又称《弦索西厢》。通称《董西厢》。作者姓董，"解元"是金、元社会对读书人的敬称，其生平事迹已不可详考。《董西厢》是今存宋金诸宫调中最完整者，标志着那个时代民间文艺的最高水平。它以唐代元稹《莺莺传》传奇为基础，并吸收了宋代赵令畤［商调蝶恋花］鼓子词等作品的成就。作者

明本《董西厢》插图

把不满3000字的传奇改编为 5万多字的讲唱文学作品，从多方面进行全新的创造，尤其是在主题思想方面对《莺莺传》进行根本改变，歌颂崔张二人为爱情幸福而对封建礼教进行的斗争。它对后来王实甫《西厢记》以积极启示。

《拜月亭》

> 特点：元南戏中的代表作。情节曲折动人，语言生动优美，作者善于通过人物的心理活动来表现人物性格。

元末南戏，相传是元人施惠作，根据关汉卿同名杂剧改编，在长期演出过程中又得到不断加工，现传《幽闺记》是较好写定本。共四十出，写蒋士隆与王瑞兰的爱情故事。剧情是：书生蒋士隆父母早亡，与妹瑞莲相依为命。不久北方蒙古军队侵犯金朝，金朝无力抵抗，便迁都汴梁，士隆、瑞莲也随难民逃往南方。时兵部尚书王镇出使蒙古，夫人与女儿瑞兰无人照应，杂在难民的队伍中一起逃奔。途中士隆与瑞莲、瑞兰与母亲因逃避蒙古兵的追杀而失散。在互相寻呼中，士隆与瑞兰相遇，而瑞莲与王镇夫人相遇，被收为义女。士隆与瑞兰结伴而行，互相产生了爱慕之情，两人结为夫妇。不料士隆因路途劳顿，染病在身。瑞兰请来医生，细心调护。正在这时，王镇返回汴京，也来客店投宿，发现女儿也在此，并知道与士隆已结为夫妻，王镇大怒，不顾士隆重病在身，便逼女儿撇下士隆随自己回去。回到家里，瑞兰思念士隆，月夜，拜月祈祷与士隆早日团圆。不料被在旁偷听的瑞莲听见，道出真情，两人遂更加亲密。后士隆得中状元，经历一番波折后，夫妻兄妹终于团聚。

西昆体

特点：语言典雅精丽，委婉深密，不足之处为缺乏充实的生活感受。诗作特别注重形式，有形式主义的弊病。

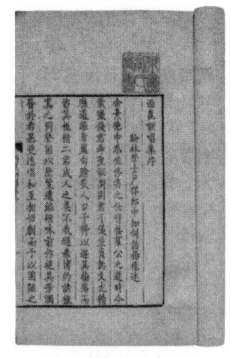

《西昆酬唱集》书影　杨亿

北宋初社会安定繁荣，宋太宗、宋真宗都奖掖文士，君臣时常唱和，蔚成风气。宋真宗景德二年到大中祥符元年（公元1005—1008年），杨亿、刘筠、钱惟演等馆阁之臣相互唱和，共得诗250首。杨亿取传统中昆仑山之丘，群玉之山，西山母之所居为策府之意，编集成《西昆酬唱集》，后人遂称之为西昆体。西昆体诗歌内容多为吟咏前代帝王和宫廷故事。西昆体作者群标榜学习李商隐，但主要拾取了李诗典雅精丽、委婉深密的艺术技巧，而缺乏充实的生活感受。西昆体诗歌在宋初诗坛影响很大，欧阳修《六一诗话》说"杨、刘风采，耸动天下"，"时人争效之，诗体一变"。

江西诗派

作品特点：写作上追求用词的新奇、险僻和大量的引用典故。缺点是忽视了诗歌的社会内容，与现实脱节。

宋代影响较大的一个诗歌流派，形成于北宋后期，以江西诗派的黄庭坚为首。北宋末，吕本中作《江西诗社宗派图》，"江西诗派"名称由此而来。但这些诗人并非都是江西人。这一诗派论诗，主张多读书，要求字字皆有来历。江西派诗人号召学杜甫，以杜甫为一祖，黄庭坚、陈师道、陈与义为三宗。江西诗派过分追求新奇、险僻、典故而忽视了诗歌的社会内容，产生很大流弊。但他们扫荡了西昆体的形式主义，值得肯定。他们也有一些较好诗歌作品。

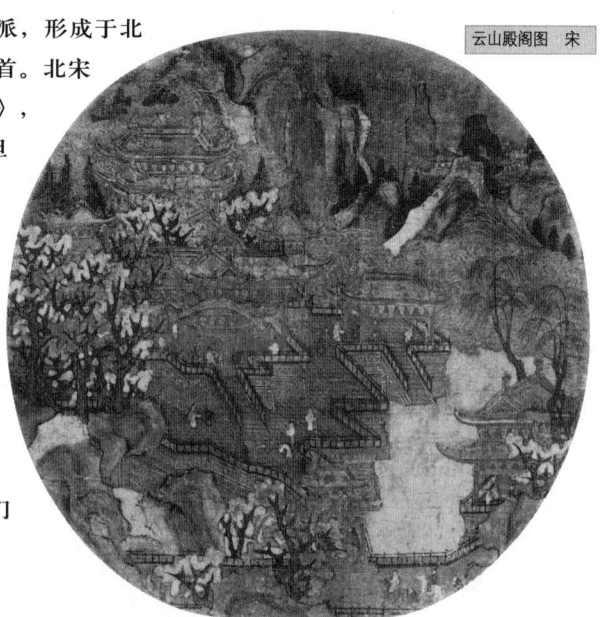

云山殿阁图　宋

诚斋体

特点：富于幽默诙谐的风趣，也往往寓深沉的思想感情，如对统治者的批判；立意新颖，想象丰富，善于捕捉自然景物的变化，用拟人的手法加以表现；语言自然活泼，通俗易晓，句法完整而意脉连贯，多采用口语、俗语入诗。

南宋诗人杨万里诗歌风格的特称，杨万里号诚斋，故得名。南宋严羽的《沧浪诗话》、宋魏庆之的《诗人玉屑》等都提及了"诚斋体"。诚斋体的特点有：富于幽默诙谐的风趣，也往往寓深沉的思想感情，如对统治者的批判；立意新颖，想象丰富，善于捕捉自然景物的变化，用拟人的手法加以表现；语言自然活泼，通俗易晓，句法完整而意脉连贯，多采用口语、俗语入诗。这种诗风为当时受江西诗派笼罩的诗坛试验了新的诗歌创作的可能性，引进了新的诗风。

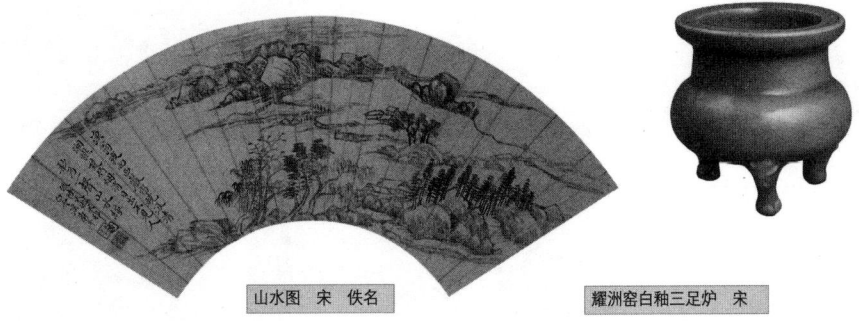

山水图　宋　佚名

耀洲窑白釉三足炉　宋

江湖诗人

作品特点：生活接触面狭窄者，作品辞藻华丽，空洞无物；生活接触面广者，其作品好高谈阔论。

南宋中叶后一些诗人。南宋中叶后杭州书商陈起陆续刻了许多同时诗人的集子，合称为《江湖集》，"江湖诗人"由此得名。所谓江湖诗人，大都是一些落第文士，由于功名上不得意，只得流传江湖，靠献诗卖艺来维持生活。他们的作品很杂，大致分为两类：生活接触面狭窄，不关心政治，希望在文艺上有所成就，以赢得时人赏识；生活面较广，关心政治，爱好高谈阔论以博时名。戴复古、刘克庄为后一类诗人的代表。

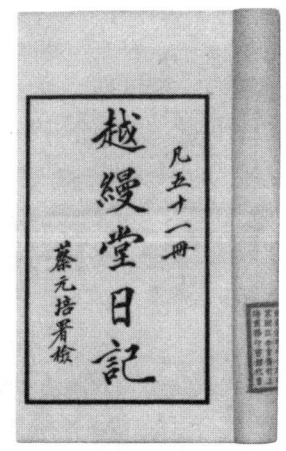

《分门纂类唐宋时千家诗卷》
刘克庄辑

诸宫调

特点：说、唱结合，以唱为主，作品内容反映社会现实，大多故事情节曲折。唱词极富有音乐感和节奏感，为元杂剧的形成奠定了基础。

宋、金、元代说唱艺术的一种，起源于北宋神宗时。语见宋王灼："熙丰、元祐间……泽州孔三传者，首创诸宫调古传，士大夫皆能诵之。"诸宫调有说有唱而以唱为主，由同一宫调和不同宫调的曲子杂缀而成，杂以说白，用以反映社会生活为主要内容，以琵琶等乐器伴奏。此后由说唱发展到舞台演出，形成杂剧。现存作品有金人作《刘知远》的残篇，金人董解元的《西厢记》和元代王伯成的《天宝遗事》的残篇等。

《西厢记》插图
诸宫调形成于黄河流域，是一种重要的民间说唱艺术形式，它的曲调格式来自佛教俗讲的"梵吹"旧音，其表演和音乐体制直接促成了中国戏曲演出体制和音乐结构的形式。这种多宫调多曲体的音乐结构，为宋代戏文和元代杂剧开了先导。

杂 剧

特点：杂剧一般由四折组成，每折必须采用同一宫调、一韵到底。剧情多采用起因、发展、高潮、结局四部分的结构形式。

杂剧是我国戏曲艺术发展到成熟阶段最早的戏曲种类。它是在金院本和诸宫调的基础上，广泛吸收多种词曲的艺术成就发展而成的戏曲形式，是一种带有科白的歌剧。杂剧一般由四折组成（少数剧目多于四折），一折相当于现在的一幕。一些杂剧还有"楔子"，即在四折之外加插一场，交代情节或贯串线索，可以放全剧之首，也可放在折与折之间。每折由多首曲子（套曲）组成，必须采用同一宫调、一韵到底，中间不能换韵。套曲的曲词就是剧中的唱词。正末主唱的戏称为"末本"，正旦主唱的戏称为"旦本"。角色分类："末"是男角，"正末"即男主角；"旦"是女角，"正旦"即女主角；"净"是花脸，扮演刚强、凶恶或滑稽的人物；"杂"是一些次要角色，如老人、小孩等；"丑"是丑角，明朝以后才有此角色名称出现。剧本由曲、白、科组成。"曲"即曲词，是唱的；"白"即宾白，就是剧中说白，有"独白"、"对白"、"旁白"、"带白"（唱曲时自己插入的说白）、"插白"（另一角色插入）多种；"科"即动作，包括演员的表情、动作和舞台效果。杂剧剧本一般有题目和正名。这是以两句或四句的对句概括全剧内容，以提出全剧纲领，总结全剧节目。习惯上摘取末句数字作为剧本名称，如《窦娥冤》的题目是"秉鉴持衡廉访法"，正名是"感天动地窦娥冤"。

关汉卿泥塑

南戏

特点：内容多取材于现实生活。剧情复杂、曲折，人物刻画细腻，语言上多采用南方方言，唱腔上以南方话为主。

南戏是南曲戏文的简称，最初流行于浙东沿海一带，称温州杂剧或永嘉杂剧。它盛行于南方，后世为跟元代北方的杂剧相区别，而称元代南戏。南戏多取材于现实，偏于爱情故事及家庭纠纷，较少历史英雄故事或农民起义战争。剧情一般较杂剧为曲折、丰富，剧中各个角色可以合唱或分唱，不像杂剧一本戏只能由一个主角演唱。高明《琵琶记》为南戏之祖，振兴了南戏，是南戏由民间文学过渡到文人创作的转折点。南戏有弋阳、余姚、海盐、昆山四大声腔。

民国《琵琶记·庙会》剪纸

唐宋八大家

> 作品特点：提倡散文，反对骈文。韩、柳二人的文章思想深刻，语言优美，宋代六人的文章语言质朴，说理明白、透彻，论证精辟。

指唐宋两代八位散文作家，即唐代韩愈、柳宗元，宋代欧阳修、苏洵、苏轼、苏辙、王安石、曾巩。明初朱右把这八大家的作品编为《八先生文集》。明中叶唐顺之纂《文编》，只取这八位散文家的文章。后来茅坤选辑他们的作品，取名为《唐宋八大家文钞》，唐宋八大家名称由此流传至今。唐宋八大家是主持古文运动的核心人物，提倡散文，反对骈文。韩愈（768—824），字退之，唐代重要的文学家、思想家，古文运动的领袖，"唐宋八大家"之首，被苏东坡誉为"文起八代之衰"，其文章针砭时弊、逻辑严整、气势宏大、豪逸奔放。柳宗元（773—819），字子厚，唐代杰出的思想家和文学家，也是唐代古文运动倡导者，反对六朝以来绮靡浮艳的文风，提倡质朴流畅的散文。欧阳修（1007—1072），字永叔，号"醉翁"、"六一居士"，宋代散文革新运动的领导者，反对浮靡雕琢、怪僻晦涩的"时文"，提倡简而有法、流畅自然的风格，其名篇《醉翁亭记》、《秋声赋》等传诵千古。苏洵，字明允，号老泉，眉州人。苏洵和其子苏轼、苏辙并称"三苏"。三苏散文各有特色，以苏轼成就最高。王安石（1021—1086），字介甫，后人称之王荆公，抚州临川（今江西抚州）人，北宋著名政治家、思想家、文学家，其文说理透辟、论证严谨且气势逼人、词锋犀利。曾巩（1019—1083），字子固，建昌军南丰县人。曾文长于议论，语言质朴，说理曲折尽意，文风以"古雅、平正、冲和"见称，如《上欧阳舍人书》、《上蔡学士书》等。

唐宋八大家

苏门四学士

作品特点：四人诗、词俱佳，但又各具特色。黄庭坚风格雄浑豪放；晁补之的散文清新流畅，诗歌清峻；秦观的词风格纤细轻柔、缠绵悱恻；张耒诗风朴素平易。

指北宋四位诗人黄庭坚、晁补之、秦观和张耒的并称，得名于元托托《宋史·黄庭坚传》："黄庭坚与张耒、晁补之、秦观等俱游苏轼门，天下称为四学士"。四人均出于苏轼门下，宋哲宗元丰年间又都在秘书省供职，称学士，故称之。黄庭坚（1045—1105），字鲁直，号山谷道人，又号涪翁，北宋著名诗人、书法家，江西诗派的开创者，其诗与苏轼齐名，并称"苏黄"。晁补之（1053—1110），字无咎，有词集《晁氏琴趣外篇》，以词著名，风格近似苏轼；散文清新流畅，诗歌清峻。秦观（1049—1100）字太虚，后改字少游，高邮（今属江苏）人，秦观是苏门文士中最为出色的词人，"愁"是其最常见的主题，风格纤细轻柔、缠绵悱恻，王国维评为"最为凄婉"，名篇有《踏莎行》、《鹊桥仙》、《满庭芳》等。张耒（1054—1114），字文潜，号柯山，楚州淮阴人，其诗风格朴素平易。

关山春雪图 宋 郭熙

元曲四大家

作品特点：四人作品都以坚强的女性为剧中主人公，都能刻画出性格鲜明的人物形象，戏曲作品都具有情节曲折的鲜明风格。

指元代关汉卿、马致远、白朴、郑光祖四位杂剧作家。明代何良俊在《四友斋丛说》中说："元人乐府称马东篱、郑德辉、关汉卿、白仁甫为四大家。"在此以前，元代周德清在《中原音韵》序中说："乐府之盛之备之难，莫如今时……其备则自关、郑、白、马，一新制作。"但是，周德清虽以四人并称，却并未命以"四大家"之名，元曲四大家的概念是逐渐形成的。四大家都是非常有名的剧作家，他们写出了很多非常优秀的作品，在中国的戏曲史上占有重要的地位，如关汉卿的《窦娥冤》、《救风尘》，马致远的《汉宫秋》，白朴的《梧桐雨》，郑光祖的《倩女离魂》、《王粲登楼》等。

清皮影人窦娥

荆刘拜杀

> 特点：四部传奇的共同特点是将复杂的历史背景同人物的遭遇紧密结合。故事情节极为复杂跌宕，生动感人。人物刻画细腻，以亲情伦理为贯穿整部作品的线索。

明本《荆钗记》插图

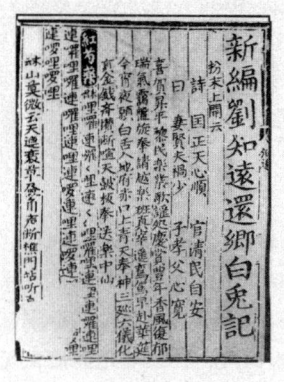

《白兔记》内文

明本《白兔记》插图

指元末明初流行的四部传奇作品：《荆钗记》、《白兔记》、《拜月亭》、《杀狗记》，合称为"四大传奇"。王骥德《曲律》曾云："古戏如'荆、刘、拜、杀'等，传之凡二、三百年，至今不衰。"王国维的《宋元戏曲史》也指出："元之南戏，以'荆刘拜杀'并称，得《琵琶》而五。"《荆钗记》，柯丹丘所作，描写了书生王十朋和钱玉莲夫妇历经种种波折终于团圆的故事。《白兔记》，则描述了刘知远发迹，其妻李三娘则身受家庭磨难，最后因其子猎兔而一家团圆的故事，曲词朴素直切，李三娘的曲词尤其凄苦动人。《拜月亭》相传为元人施惠作，根据关汉卿的同名杂剧改编，主要人物有蒋士隆、王瑞兰、王镇、王夫人、蒋瑞莲等，将复杂的历史事变背景和人物遭际结合起来，故事情节复杂跌宕。《杀狗记》，则是一出家庭伦理剧，重申了"亲睦为本"、"孝友为先"、"妻贤夫祸少"等伦理信条，但艺术上较为粗糙。

明代文学

宋 濂

> 宋濂：1310—1381 明初散文家
> 代表作：《秦士录》、《李疑传》
> 作品特点：内容上以反映社会现实为主，含有深刻的哲理，思想性较强。文笔清新，不事雕琢，言语风趣幽默。

明初散文家，字景溪，号潜溪，谥文宪，浙江金华人。自幼好学，曾师从散文大家吴莱、柳贯、黄溍等人。朱元璋称帝后，任命他为文学顾问，江南儒学提举，授太子经。他认为只有孔子之文"才称之为文"，"六籍之外当以孟子为宗，韩子次之，欧阳子又次之"（《文原》）；提倡儒家"温柔敦厚"的文章风格。其散文创作十分出色，尤以传记文成就突出，主要代表作品有《秦士录》、《王冕传》、《李疑传》等。他的写景散文风格近似欧阳修，文笔清新，不事雕琢，主要作品有《桃花涧修禊诗序》、《环翠亭记》等。由于经历了元末动荡不安的社会现实，故而他的文章具有较强的现实意义且往往含有深刻的哲理，思想性较强。他被朱元璋推为"开国文臣之首"。

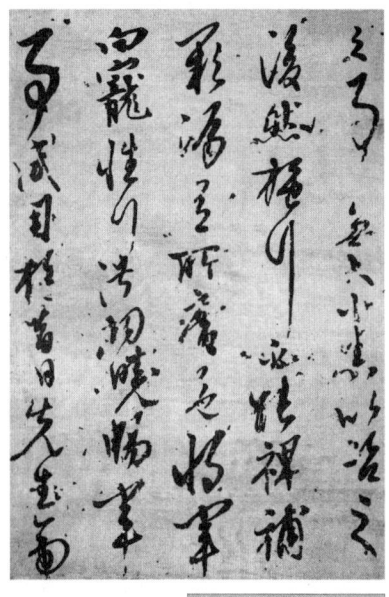

行草诸葛亮出师表　宋濂

宋濂像

刘 基

> 刘基：1311—1375 明初文学家、政治家
> 代表作：《郁离子》
> 作品特点：诗歌古朴、雄放。散文具有很强的形象性，写作手法上善铺陈、夸张，风格遒劲、锋利。

元末明初文学家、政治家，字伯温，浙江青田人。为元末进士，曾任元朝的江西高安县丞、江浙儒学副提举等官职，48岁弃官归隐，著《郁离子》抒发抱负。后帮朱元璋打天下，为明开国功臣之一。入明后，官拜御史中丞兼太史令，封为诚意伯。刘基为人耿直，屡遭猜忌排挤，终被朝廷陷害致死。他诗文兼长，著有《诚意伯文集》。其诗歌古朴、雄放，代表作品有《买马词》、《畦桑词》、《筑城词》等。散文善于铺张，遒劲锋利，同时又具有很强的形象性，其文章

刘基像

《卖柑者言》就以寓言的形式讽刺了当时的封建官僚"金玉其外，败絮其中"的腐朽本质。其寓言小品文集《郁离子》，在文坛上具有重要的影响。

《行书春兴八首诗》卷　刘基

施耐庵

施耐庵：生卒年不详　元末明初小说家
代表作：《水浒传》
作品特点：规模宏大，故事情节跌宕起伏，人物性格鲜明突出。语言生动，同时夹杂大量方言土语。

施耐庵，元末明初小说家，江苏兴化人。一般认为，他是《水浒传》的作者。施耐庵出身贫寒，曾到山东郓城任训导，因此对山东的风土人情以及宋江等人的英雄事迹都有所了解。水浒的故事在民间流传甚广，主要作品有龚开的《宋江三十六人赞》，以及元杂剧中的《双献头》、《李逵负荆》等。《水浒传》就是在民间传说、话本和戏曲的基础上写成的，是我国的四大古典名著之一。在内容上，《水浒传》主要描写了宋江起义和失败的经过，反映了北宋末年当政者横征暴敛，以致官逼民反的情形，揭露了社会的黑暗压迫，歌颂了梁山英雄的反抗精神和优秀品质。作品塑造了一系列的典型人物，如宋江、林冲、杨志、武松、李逵、鲁智深等，深受人们的喜爱。其中的一些优秀章节如"林教头风雪山神庙"、"鲁提辖拳打镇关西"、"景阳冈武松打虎"等，一直都为人们津津乐道。

施耐庵像

三打祝家庄　年画
这幅年画印自清代后期苏州，生动地展现了梁山义军与祝家庄地主豪强激战的情景。

罗贯中

> 罗贯中：生卒年不详　元末明初小说家
> 代表作：《三国演义》、《隋唐志传》
> 作品特点：整部作品构思完整，规模宏大，塑造出了一系列个性鲜明的人物形象，语言优美、生动，具有极高的艺术价值。

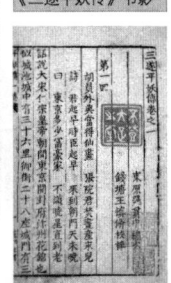

《三遂平妖传》书影

罗贯中，元末明初小说家、戏曲家，名本，字贯中，浙江杭州人，祖籍太原。传说他很有政治抱负，曾入张士诚幕，朱元璋统一天下后，转而从事小说创作。他具有多方面的创作才能，曾写过乐府隐语和戏曲，但以小说成就为主。《西湖游览志馀》称他"编撰小说数十种"。现存署名罗贯中的作品有《三国志通俗演义》、《隋唐志传》、《残唐五代史演义传》和《三遂平妖传》等，其中《三国志通俗演义》（即《三国演义》），在中国的文学史上具有重要的影响，为我国四大古典名著之一。这部作品是在历代史传、讲唱文学，以及民间传说的基础上写成的，后人常以"七实三虚"来评价这部作品。整部作品以宏观的视角、宏大的结构演义了三国时期复杂的政治军事斗争，极力宣扬了刘、关、张的义气。作品塑造了一系列的典型人物，如奸雄曹操，仁主刘备，富有智慧的诸葛亮等等，这些艺术形象各自以其不同的艺术魅力进入了人们的生活中，其中"拥刘反曹"的思想倾向，则反映了民众对于仁君的向往。

明刻本《三国志通俗演义》

高 启

> 高启：1336—1374　明代诗人
> 代表作：《青丘子歌》、《明皇秉烛夜游图》
> 作品特点：博采众家之长，性灵独具，俊逸清新。追求不受拘束的自由精神。

明代诗人，字季迪，自号青邱子，江苏常州人，为"吴中四杰"之一。曾做过张士诚幕僚。朱元璋下诏征他修《元史》，授翰林院国史编修，擢为户部侍郎，他固辞不受。洪武五年（1373年），苏州知府在张士诚宫址建府治，高启写《上梁文》，词犯朱元璋大忌，被腰斩，卒年仅39岁。高启诗文皆工，犹长于诗。其诗博采众家之长，性灵独具，俊逸清新。但因早逝，故未能伸其所长，对后世影响不大。他的诗歌《青丘子歌》、《明皇秉烛夜游图》、《登金陵雨花台望大江》等为后世所重。《青丘子歌》中的诗句如"蹡蹡厌远游，荷锄懒躬耕。有剑任羞涩，

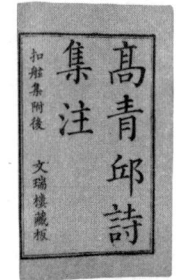

《高太史大全集》书影

有书任纵横。不肯折腰为五斗米，不肯掉舌下七十城。但好觅诗句，自吟自酬赓"，以及"不忧回也空，不慕猗氏盈。不惭被宽褐，不羡垂华缨。不问龙虎苦战斗，不管乌兔忙奔倾。向水际独坐、林中独行"等，可以说是作者自己的写照，表达了诗人不受拘束、追求自由的精神。有《高太史大全集》行世。

《青丘子歌》诗意图
不问龙虎苦战斗，不管乌兔忙奔倾。向水际独坐，林中独行。

方孝孺

方孝孺：1357—1402 明初文学家
代表作：《逊志斋集》
作品特点：文章语言犀利，说理透彻。

明代文学家，字希直，又字希古，号逊志，时人称"缑城先生"。因其在蜀任教时，蜀献王名其读书处为"正学"，所以又被称为"正学先生"。浙江宁海人。少从宋濂学，以文章、理学闻名于世，洪武间为汉中府教授，建文时为侍讲博士，建文三年（1401年）朱棣（即后来的明成祖）命他起草登基诏书，不从，被斩于市。方孝孺死后，朝廷方禁甚严，弟子王徐私藏孝孺遗稿，辑为《缑城集》，后文禁渐弛，遂有《逊志斋集》行世。

方孝孺像

默庵记卷（局部）方孝孺

朱权

> 朱权：1378—1448 明初杂剧作家
> 代表作：《大罗天》、《神奇秘谱》
> 作品特点：杂剧谈及内容广泛，故事情节曲折动人；乐谱旋律优美。

明初杂剧作家，号瞿仙、涵虚子、丹邱先生，安徽凤阳人，是朱元璋第十六子，封为宁王，谥号献，世称"宁献王"。自幼聪慧颖悟，以善谋著称，深受太祖器重。他于书无所不读，且精于义学，旁通释老，一生致力于研读著述，其中，主要以《太和正音谱》（又称《北雅》）著称，这是中国戏曲史上第一部比较完备的北曲曲谱。此外，他还著有杂剧12种，现存《大罗天》、《卓越文君私奔相如》2种；琴谱《神奇秘谱》，收琴曲63首；以及《务头集韵》、《采芝吟》、《列朝诗集》等著作共20多种。

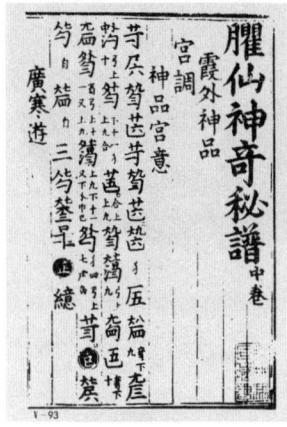

《神奇秘谱》书影

剔红对弈图椭圆盘 明永乐
椭圆形，内外均雕红漆花纹，盒心以山石、松树、古亭、曲栏构成明代庭院之景。

朱有燉

> 朱有燉：1379—1439 明代戏曲家
> 代表作：《香囊记》、《仗义疏财》
> 作品特点：杂剧在体制和乐曲上吸收了很多南戏的成分，结构匀称、语言俊朗、音律谐美的特点。

明代戏曲家，戏曲理论家，号诚斋、全阳子、全阳翁，别署全阳道人、梁园客、老狂生等，晚年号锦窠老人，是朱元璋第五子周定王朱橚长子，袭封周王，谥宪王，故世称周宪王。能辞赋，工音律。作有杂剧31种，总名《诚斋乐府》，其中，以游赏庆寿、歌舞升平、神仙道化为题材的居多，约有20种，多为消遣娱乐之作，其余的也多为宣扬封建道德之作，如《香囊记》、《仗义疏财》等作品。他的杂剧在体制和乐曲上吸收了很多南戏的成分，结构匀称、语言俊朗、音律谐美，在当时流传甚广。

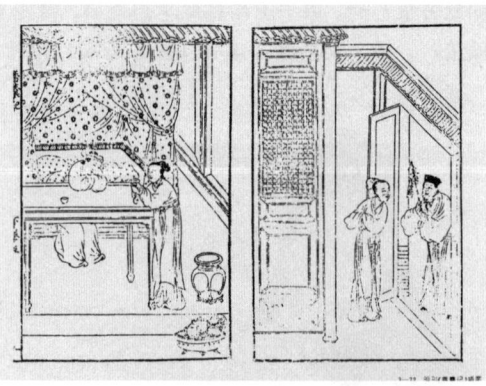

明刊《香囊记》插图

李东阳

李东阳：1447—1516 明代诗人
代表作：《诗话》、《燕对录》
作品特点：主要着眼于对诗歌格律声调的重视，形式上追求典雅工丽。

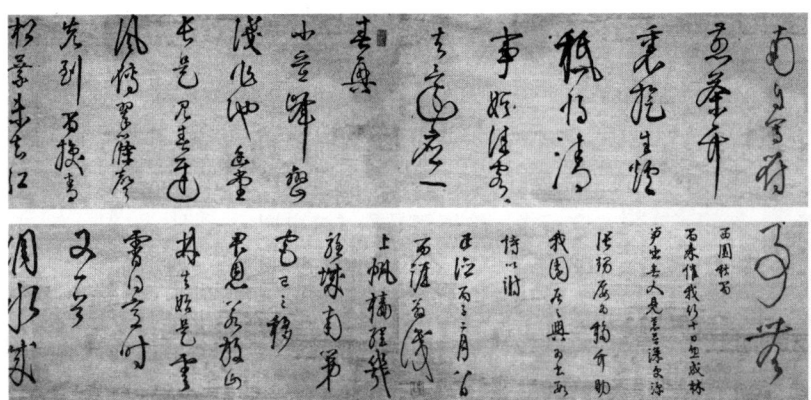

杂诗　李东阳

　　明代诗人，字宾之，号西涯，湖南茶陵人。天顺进士，官至吏部尚书、华盖殿大学士，是"茶陵派"的代表人物。茶陵派是由台阁体向拟古主义过渡的一个文学流派，李东阳的一些主张与努力冲击了台阁体的垄断地位。在诗论上，他主张宗法杜甫，但多着眼于杜诗的格律声调，而不是杜诗的现实主义精神。他的诗歌多应酬题赠与模拟之作，形式上追求典雅工丽。李东阳的理论与创作对后来的前后七子的拟古主义具有很深的影响。他的作品主要有《怀麓堂集》、《诗话》、《燕对录》等。

王九思

王九思：1468—1551 明代文学家、戏曲作家
代表作：《曲江春》、《中山狼》
作品特点：采用借古讽今的形式，曲折地反映现实社会的黑暗。

　　明代文学家、戏曲作家，字敬夫，号渼陂，别署紫阁山人，陕西鄠县人，为"前七子"之一。弘治年间进士，曾任翰林院检讨、吏部郎中等职，宦官刘瑾垮台后，被列名阉党，屡遭贬斥。他的著作主要有杂剧《沽酒游春》（又名《杜甫游春》、《曲江春》）、《中山狼》，散曲集《碧山乐府》，诗文集《渼陂集》等。《杜甫游春》描写杜甫春游长安城郊，见宫室荒芜，村落萧条，因而痛斥李林甫"嫉贤妒能，坏了朝纲"。作者在此是有意借杜甫之口来骂当朝权贵，借古讽今，表现了对当权者的不满。

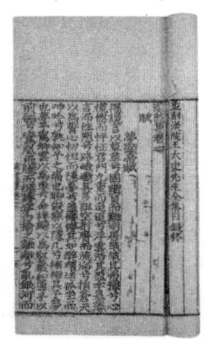

《渼陂集》书影

唐寅

唐寅：1470—1523 明代书画家、文学家
代表作：《山坡羊·潼关怀古》
作品特点：诗词真切平易，不拘成法，大量运用口语；绘画则形象生动；书法俊逸超群，独具风格。

唐寅像

明代书画家、文学家，字伯虎，更字子畏，号桃花庵主、鲁国唐生、逃禅仙史、南京解元等，江苏吴县人。被誉为明中叶江南第一才子，与祝允明、文征徵、徐祯卿号称"吴中四才子"。他博学多能，吟诗作曲，能书善画，曾因科场舞弊案受牵连，功名受挫，自此"任逸不羁，颇嗜声色"，采取了玩世的生活方式。唐寅以卖文鬻画闻名天下。他的诗词真切平易，不拘成法，大量采用口语入诗，意境警拔清新，具有独创的成就。他的画从山水到人物、仕女、神仙故事以及写意花鸟等都十分精到，他的书法也俊逸超群，在书画史上具有重要的地位。

渡头帘影图轴　唐寅
此画绘水乡山村旅人待渡的情景。整幅画侧重于描绘景色，而人物着笔不多，却显示了浓重的生活气息。

李梦阳

李梦阳：1472—1530 明代文学家
代表作：《空同集》
作品特点：文章强调用真情实感，思想上主要表现对人生的操求，缺点是艺术上缺乏独创性。

明代文学家，字天赐，又字献吉，号空同，甘肃庆阳人。弘治年间进士，曾任户部郎中，因反对宦官刘瑾而下狱，瑾败之后，迁江西提学副使，为"前七子"代表人物之一。他精通古文词，在文学上与"前七子"的理论主张一样，提倡"文必秦汉，诗必盛唐"的文学主张，强调真情，倡言复古，这对于反对文坛上虚浮散文"台阁体"文风具有很大的冲击作用。此外他对民歌在文学上的价值也

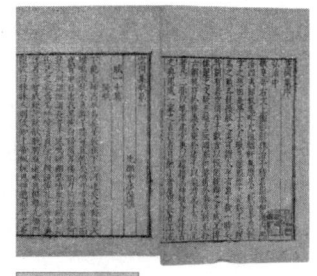

《空同集》书影

有所肯定。他的诗作中不少是抚时感事、不满弊政之作，有些作品也表现了对人生的探求，但总的说来，在艺术上还是缺乏独创性。其著作主要有《空同集》。

何景明

> 何景明：1483—1521 明代诗文家
> 代表作：《大复集》、《仲默集》
> 作品特点：提倡学习唐、宋的古文运动，但不够深入，仅限于形式，诗文缺乏艺术特色。

明代诗文家，字仲默，号白坡，又号大复山人，河南信阳人。幼聪慧，20岁即中进士，授中书舍人，后因上书指控宦官刘瑾，被免官。正德六年(1511)复职，十二年升吏部员外郎，十三年迁陕西提学副使，十六年病故。何景明是明代"前七子"的代表人物之一，地位仅次于李梦阳，《明史·何景明传》："天下语诗文，必并称何李。"在文学上，他主张文宗秦汉，古诗宗汉魏，近体诗宗盛唐。他的文学主张在打击明代前期盛行的台阁体诗文及八股文上，具有一定积极作用。但是，他的复古主张单纯从形式上着眼，并没有实际的生活内容，虽有不满于政治的作品，但大多数思想贫乏，艺术上也缺乏特色。他的作品有诗文集《大复集》、《仲默集》等。

明轩
此轩完美地继承了明代江南文人小园的艺术精义，亦可由此一窥明代文人所居之雅致。

吴承恩

> 吴承恩：1500—1582 明代小说家
> 代表作：《西游记》
> 作品特点：以幻想的形式向人们展现了一个神奇的神话世界，塑造了唐僧、孙悟空、猪八戒、沙僧等人物，影响极其广泛。

明代小说家，字汝忠，号射阳山人，怀安山阳（江苏淮安）人。自幼聪明过人，喜欢读野言稗史，熟悉古代神话和民间传说。科场的失意与生活的困顿，使他对科举制度和黑暗的社会现实深为不满，因此常以志怪小说的形式来表达心中的愤懑，他曾说："虽然吾书名为志怪，盖不专明鬼，实记人间变异，亦微有鉴戒寓焉。"《西游记》是其代表作品，为中国四大古典名著之一。作者以唐玄奘西天取经的事件为素材，同时参考整理了《大唐西域记》、《大唐慈恩寺三藏法师传》等作品以及各种民间传说，以此为基础上写成了《西游记》。整部作品以幻想的形式，向人们展现了一个神奇的神话世界，塑造了唐僧、孙悟空、猪八戒、沙僧等人物，影响极其广泛。作者借这种想象和虚幻的形式，曲折地表达了他对现实的批评和不满。吴承恩还有很多诗文，后人辑为《射阳先生存稿》。

吴承恩故居

《西游记》内文　明刻本

兰陵笑笑生

> 兰陵笑笑生：生卒年月不可考
> 　　　　　　真实姓名不可考
> 代表作：《金瓶梅》

《金瓶梅》的作者"兰陵笑笑生"，生世存疑。1617年的刻本《金瓶梅词话》开卷欣欣子序第一句话说"窃谓兰陵笑笑生作《金瓶梅传》"，该序最后一句话是"吾故曰：'笑笑生作此传者，盖有所谓也。'"因此，后人考证"兰陵"是郡望，"笑笑生"是作者。据明沈德符《万

《金瓶梅》故事图　清
此是清初人依据《金瓶梅词话》第六十三回所绘的图画。画面中央艺人正在表演，右下方的伴奏乐队有胡琴、三弦、笙、笛、云锣等乐器，两旁是饮酒看戏的宾客。

历野获编》中所说"嘉靖间大名士手笔",以及《金瓶梅跋》中所说的"《金瓶梅传》,为世庙时一巨公寓言"等零碎的线索来看,"笑笑生"应是明嘉靖年间人士。研究者根据以上这些零星的线索去推测"笑笑生"的真实身份,现今推测出了一百多人而且名单还在不断地加长,其中最主要的有王世贞说、贾三近说、屠隆说、李开先说、徐渭说、王稚登说等等,不一而足。但各说均属间接推论,并无直接证据,这使"笑笑生"成为一个悬案,要解决这一问题只有等待更新的资料出现。

《金瓶梅》

特点:整部作品规模宏大,反映了当时社会生活的方方面面。内容丰富,思想深邃,人物塑造细腻逼真。

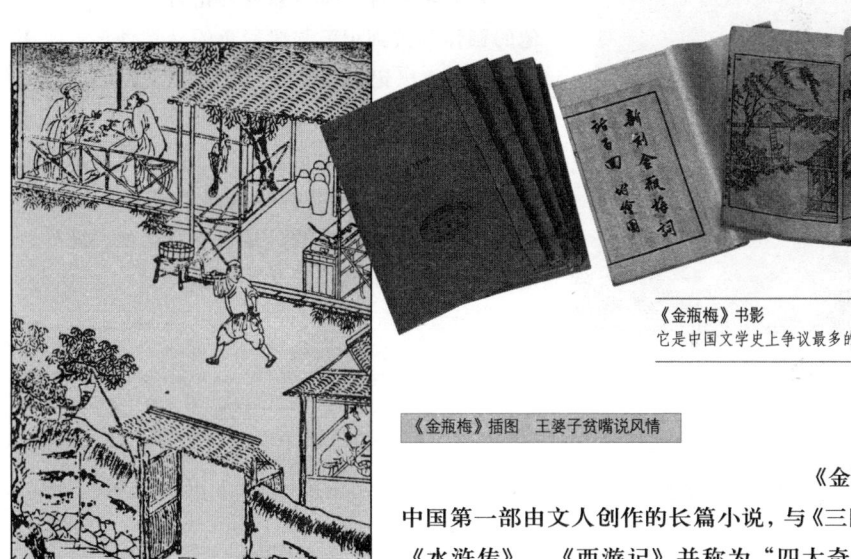

《金瓶梅》书影
它是中国文学史上争议最多的一部作品。

《金瓶梅》插图 王婆子贪嘴说风情

《金瓶梅》是中国第一部由文人创作的长篇小说,与《三国演义》、《水浒传》、《西游记》并称为"四大奇书"。因其中有很多淫秽的描写,自其诞生以来屡遭禁毁。其情节主要从《水浒传》中的武松杀嫂的故事衍化而来,书名是书中的三个女性主要人物潘金莲、李瓶儿、庞春梅的缩写。这部作品以一个家庭为出发点,通过对西门庆一家暴发与衰落的描写,反映了当时社会生活的各个方面,如政治制度的腐朽、妻妾相妒、主仆相争的家庭婚姻制度以及奴婢制度的罪恶等等,内容丰富,思想深邃,可以说是一部明代中后期社会的百科全书。《金瓶梅》的产生对于小说的发展具有重要的影响,它产生之后出现了很多的续书和模拟之作,但作品的格调更为低劣。《红楼梦》在小说的构思以及人物的塑造等各方面也受到了《金瓶梅》的影响,这两部小说可以说是代表了俗和雅的两个极端。

李开先

> 李开先：1502—1568 明代文学家、戏曲家
> 代表作：《宝剑记》
> 作品特点：传奇剧具有浓厚的道德说教色彩，作品唱词工丽，但雕琢不深，结构松散。

李开先画像

明代文学家、戏曲家，字伯华，号中麓，自称中麓子、中麓山人或中麓放客，济南章丘人。自幼聪慧，琴棋书画无所不通，为嘉靖年间进士，官至太常寺少卿，后为权臣所忌，被削职罢官。他喜藏书，好交友，与王慎中、唐顺之等人并称为"嘉靖八才子"。他具有多方面的成就，曾改定元人杂剧数百卷，用金元院本形式写成杂剧《园林午梦》等六种，撰有戏曲理论著作《词谑》。他的剧作《宝剑记》与梁辰鱼的《浣纱记》、王士贞的《鸣凤记》一起被称为明代"三大传奇"。《宝剑记》写的是林冲被逼上梁山的故事。与《水浒传》中林冲的故事不同，这部传奇具有浓厚的道德说教色彩。作品的唱词虽然工丽，但雕琢不深，结构也比较松散，是为不足之处。此外，他还作有诗文集《闲居集》等。

归有光

> 归有光：1506—1571 明代散文家
> 代表作：《项脊轩志》
> 作品特点：散文朴素简洁，语言清新淡雅，情感真挚动人。

明代散文家，字熙甫，号项脊生，人称震川先生，江苏昆山人。生于寒儒之家。少好学，9岁即能作文，20岁时尽通五经三史和唐宋八大家文。35岁乡试中举，但到60岁才中进士。嘉靖二十一年（1542）迁居嘉定安亭江上（四川乐山），读书讲学，远近从学者常达数百人。中第后，初任浙江长兴县令，就因得罪豪门与上司，调任顺德（河北邢台）通判。后因大学士高拱推荐，任南京太仆寺丞，参与撰修了《世宗实录》，以致积劳成疾，卒于南京。在明代的文坛上，各种拟古复古的诗文流派十分流行，尤以前后七子为代表。归有光对这种倾向极为不满，他提倡唐宋

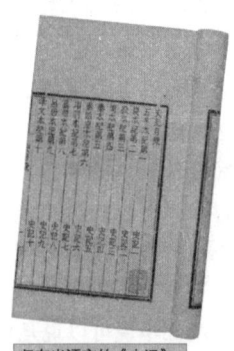

归有光评定的《史记》

古文，所作散文也朴素简洁。与王慎之、唐顺之、茅坤等被称为"唐宋派"。其著作有《三吴水利录》、《马政志》、《易图论》、《震川文集》和《震川尺牍》等。

李攀龙

李攀龙：1514—1570 明代诗人
代表作：《沧溟集》
作品特点：提倡学习古人，主张文以记实，反对华靡卑弱之文风。

明代诗人，字于麟，号沧溟，济南历城人。他家贫而好学，才高而气锐，时人谓之狂生。嘉靖二十三年（1544）中进士，曾先后任刑部主事、员外郎、郎中等职。在明代文坛上他是一位很有名望的人物，与王世贞等人被称誉为"后七子"，是后七子的代表人物。在学术上，李攀龙十分推崇"前七子"的主要代表人物李梦阳，并继承了他的"文必秦汉，诗必盛唐"复古主义文学主张，对转变当时华靡卑弱之文风，起了一定的积极作用。但由于崇尚模拟仿古，也对文学发展产生过消极影响。他的诗文创作收入《沧溟集》。

梁辰鱼

梁辰鱼：1521？—1594？ 明代戏曲家
代表作：《江东白苎》、《浣纱记》
作品特点：剧作故事复杂，情感真挚动人，充满哀婉凄凉之风。

明代戏曲家，字伯龙，号少白、仇池外史，苏州昆山人。平生任侠好游，因失意于功名，而寄情于声乐。他的作品主要有散曲集《江东白苎》、传奇《浣纱记》以及杂剧《红线女》。其中，《浣纱记》是昆腔兴起后出现的第一个昆曲剧本，也是他的代表作品。这部剧作取材于《吴越春秋》，以范蠡和西施的爱情故事为线索，描写了吴越的兴亡，赞扬了为国家利益牺牲个人爱情和幸福的行为。但是与一味宣扬封建伦理的作品不同，这部剧作也渲染了西施在成为政治的牺牲品时所感受到的悲哀，令人十分感动。

《浣纱记》插图

徐 渭

> 徐渭：1521—1593 明代文学家、书画家
> 代表作：杂剧《四声猿》
> 作品特点：戏曲情感真挚，语言生动、活泼；书画作品笔法精到，细腻传神。

徐渭像

明代戏曲家、文学家、书画家，初字文清，改字文长，号天池山人、青藤道士，浙江山阴（今绍兴）人。自幼聪慧，胸有大志，但一生遭遇却十分坎坷，曾一度精神失常，晚年以卖画为生。徐渭多才多艺，诗、文、词、曲、音乐、书、画俱工，有《文长集》三十卷留世。他的作品《南词叙录》是中国戏曲史上研究南戏的一部重要的专著。他的杂剧《四声猿》在中国戏曲史上也占有很高的地位。此外，还有一部讽刺闹剧《歌代啸》相传也是他的作品。

葡萄图轴　徐渭
徐渭擅画花鸟，对后世写意花卉影响很大。这幅画上，徐渭自题诗："半生落魄已成翁，独立书斋啸晚风，笔底明珠无处卖，闲抛闲掷野藤中。"

四声猿

> 特点：情节奇幻瑰丽，风格豪放豁达。用调上南腔北调兼具，还时而杂以民间小调。语言则不假雕饰，才气飞扬。

明代戏曲家徐渭的杂剧，其名称来源于杜诗"听猿实下三声泪"或古语"巴东三峡巫峡长，猿鸣三声泪沾裳。"《四声猿》共四出，主要由四个短剧组成，分别是《狂鼓吏渔阳三弄》、《玉禅师翠乡一梦》、《雌木兰替父从军》以及《女状元辞凰得凤》。《四声猿》在中国戏曲史上具有很重要的地位，它的情节奇幻瑰丽，风格豪放豁达。表现在创作上，剧作长短无定制，所用曲调有时为北曲大套，有时为南北兼用，有时还采

用民间小调，不受陈规的束缚，具有一种狂傲的浪漫主义精神。语言上也是不假雕饰、才气飞扬。明代戏曲评论家王骥德在《曲律》中评价其为"天地间一种奇绝文字"。

《四声猿》插图　明万历刊本

渔阳三弄

作品特点：故事情节异怪离奇，用阴间事影射当时的社会现实。语言辛辣、犀利。人物刻画细腻传神，生动鲜活。

又称作《狂鼓吏渔阳三弄》，是明代剧作家徐渭的杂剧《四声猿》中的一出。这部作品以历史上祢衡击鼓骂曹的故事为素材而写成的。主要写曹操死后，阴司判官拘了曹操之魂，请祢衡重演生前击鼓骂曹的故事。揭露了曹操虚伪、狠毒、奸险、狡诈的本质和残害忠良、无恶不作的罪行。在此，作者以曹操影射当朝宰相严嵩，同时借祢衡之口骂之，具有一定的社会意义。同时也表现了作者惊世骇俗、桀骜不驯的倔强个性。这一剧作深受当时许多文人的喜爱，评价颇高。

明刊《狂鼓吏渔阳三弄》插图

王世贞

> 王世贞：1526—1590 明代文学家、史学家
> 代表作：《艺苑卮言》、《燕山堂别集》
> 作品特点：诗文气势雄宏，风格粗犷豪放。语言、辞采华丽优美。

明代文学家、史学家，字元美，号凤洲，又号燕州山人、太仓人，为嘉靖年间进士。官至刑部尚书，为官清正，不附权贵，曾做长诗《袁江流钤山冈》和《太保歌》等，揭露严嵩父子的罪恶。他博学多才，文名誉满天下，是"后七子"中的主要代表人物之一。李攀龙去世后，他独领文坛二十年，《明史》中称他"才最高、地望最显、声华意气、笼盖海内"。他还是一个史学家，在收集和整理明代史料方面，做出了重要贡献，后人称赞他"负两司马之才"。对戏曲艺术他也颇有研究并在其著作《艺苑卮言》中提出了很多独到的见解。他的作品主要有《燕州山人四部稿》、《续稿》、《燕山堂别集》、《皇明名臣琬琰录》等。

小莲庄院景
此园林小景充满了人与自然交流的情意，成为文人雅客们聚诗游吟之地。

李贽

> 李贽：1527—1602 明代思想家、文学家
> 代表作：《焚书》、《藏书》等
> 作品特点：主要体现民主思想和人文观念。主张以社会的认知而不是孔孟之道作为评判是非的标准。

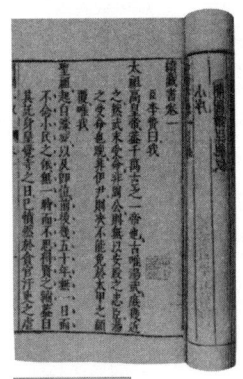

《续藏书》书影

明代思想家、文学家、史学家，字宏甫，号卓吾，又号温陵居士，福建泉州晋江人。26岁时乡试中举，官至云南姚安府知府，54岁时辞官，晚年专事于著书讲学。因其思想异端，且对封建的假道学、程朱理学的抨击引起了当权者的不满，被以"敢倡乱道，惑世诬民"的罪名逮捕，卒于狱中。他倡导"童心说"，反对孔孟之道，即反对以孔子的是非观为是非标准。此外，他的思想中还有民主性的因素，认为"尧舜与途人一，圣人与凡人一"。其思想对晚明社会和文学创作具有重大影响。他的著作主要有《焚书》、《续焚书》、《藏书》、《续藏书》等。

汤显祖

汤显祖：1550—1616 明代戏曲家
代表作：《牡丹亭》、《邯郸记》等
作品特点：有很强的哲学性，反对程朱理学，崇尚真性情，主张戏曲创作应该写人的真情实感。

明代戏曲家，字义仍，号若士，自署清远道人，晚号茧翁，祖籍江西临川。少年即有诗名，万历年间进士，历任南京太常博士、詹事府主簿、礼部祠祭司主事等职，与顾宪成等东林党关系密切。49岁辞官回家，专事于戏曲创作。他的传奇作品《牡丹亭》、《邯郸记》、《南柯记》、《紫钗记》被称为"玉茗堂四梦"或"临川四梦"，以他为代表的这一戏曲派别被称为"临川派"或"玉茗堂派"。在哲学上，他受王学左派的影响，崇尚真性情，反对程朱理学。在戏剧创作上，他提倡文采，主张抒写人的真情实感，不受格律的限制。《牡丹亭》是其代表作品，文采斐然，具有很高的文学性和思想性，代表了明代戏曲创作的最高峰。除戏曲创作外，他还著有诗集《红泉逸草》、《问棘邮草》和诗文集《玉茗堂全集》。

汤显祖像

明末刻本《邯郸记》插图
这部根据唐传奇小说《枕中记》改编的戏，写卢生在邯郸道上卧仙人所授之枕入梦，在梦中封官拜相，享尽荣华富贵，梦醒时发现旅舍主人蒸的黄粱饭方熟，于是看破红尘，出家当了道士。

玉茗堂四梦

特点：揭露和批判了当时封建社会和封建制度。以梦作为联系人物的纽带，具有强烈的抒情性和艺术性。

指的是明代戏曲家汤显祖的四部剧作《紫钗记》、《牡丹亭》、《南柯记》与《邯郸记》，因四剧皆有梦境，故合称为"玉茗堂四梦"，又因为他的籍贯是临川，因此又称这四部作品为"临川四梦"。玉茗堂是汤显祖的书斋名。汤显祖曾为官数载，辞官归里后其思想上又接受了佛、道教的影响，这也对他的创作产生很大的影响，他以梦幻的形式，表现官场上的黑暗、抨击封建礼教就是一例。《紫钗记》在题材上取材于唐传奇《霍小玉传》。《牡丹亭》通过杜丽娘与柳梦梅的爱情故事，赞颂了真正的爱情，揭露了礼教的虚伪。《南柯记》与《邯郸记》则揭露了封建官僚制度与科举考试制度的丑恶。"玉茗堂四梦"深刻地揭露和批判了当时的封建社会和封建制度，是中国戏曲史上的杰作。

《牡丹亭》

> 特点：辞采斐然，具有强烈的抒情性与艺术性。语言优美，故事情节离奇曲折，生动感人。

全称《牡丹亭还魂记》，根据当时的话本小说《杜丽娘慕色还魂》改编，是汤显祖的代表作品，也是我国古代戏曲史上最伟大的作品之一。这部作品通过南安太守之女杜丽娘与书生柳梦梅之间生死离合的爱情故事，歌颂了杜丽娘敢于反对封建礼教、追求自由幸福的叛逆精神。此外，这部作品辞采斐然，具有强烈的抒情性和艺术性，如《游园·惊梦》就是历来被人们所称道的经典。《牡丹亭》自其问世之日起就轰动了文坛，时人评价说："汤义仍《牡丹亭梦》一出，家传户诵，几令《西厢》减价。"由于汤显祖过于注重文采，因此剧作中有很多地方任意用韵与曲谱不合，是为白璧微瑕，但是并不影响它的文学价值。

游园图

《牡丹亭》问世以后，以其巨大的艺术力量震撼着历代观众，尤其是青年男女们。著名女伶人商小伶因此剧伤心而亡。清曹雪芹曾有"牡丹亭艳曲警芳心"的赞叹。

胡应麟

> 胡应麟：1551—1602 明末文学家
> 代表作：《四部正讹》
> 作品特点：辞藻华丽，语言优美，说理深入浅出。

晚明文学家，字元瑞，号少室山人，又号石单生、明瑞，浙江兰溪人。少聪慧，幼年即能作诗，后以诗文见长。在为学上，与当时"束书不观"的性理派和不读汉以后的作品的复古派不同，他主张又精又博的学问，他说"凡著述贵博而尤贵精，浅闻吵见，易兔空疏；夸多炫靡，类失卤莽。博也而精。精也而博，世难其人"，并且身体力行。其《四部正讹》一书就是功力极深的一部古书辨伪著作。所作《诗薮》是很有影响的诗歌批评著作。

他的作品主要收在《少室山房全集》中。

剔红文会图小几
此几所绘图案为明代文人相聚的场景。

沈 璟

沈璟：1553—1610 明代戏曲家
代表作：《红蕖记》、《埋剑记》
作品特点：情节曲折离奇，人物刻画较为成功，注重作品内容，反对形式主义。

明代戏曲家，字伯英，号宁庵、词隐，江苏吴江人，为万历初年进士，历任兵部、礼部、吏部诸司主事、员外郎等职。后因仕途挫折，中年即告病还乡，专力于戏曲创作及研究。他著有传奇 17 种，合称为《属玉堂传奇》，其中较为著名的是《红蕖记》、《埋剑记》、《双鱼记》等作品，这些作品情节曲折离奇，重视舞台效果，对后来的戏剧创作有一定影响。他的戏曲理论著作《南九宫十三调曲谱》在前人著述的基础上，对南曲中七百多个曲牌进行了考订，为后人的研究提供了方便。在戏曲理论上，他主要推崇格律和本色的语言，他说："名为乐府，须教合律依腔。宁使时人不鉴赏，无使人挠喉捩嗓。"这种主张对于纠正传奇中过于偏重骈辞俪藻的倾向有一定的意义，但是过于注重格律而忽略了抒情写意，是其不足之处。

明刊《红蕖记》插图

明刊《红蕖记》插图

沈　璟　大部分作品取材于元杂剧、唐宋小说和社会传闻。尽管沈璟在明代剧坛有一定地位和影响，但汤显祖在许多观点上与其针锋相对，并展开了激烈的争论。

袁宏道

袁宏道：1568—1610 明末文学家
代表作：《锦帆集》、《广陵集》、
作品特点：反对盲目拟古，主张文应随时变；写作手法上抒写灵感，去伪存真，努力提倡民间文学。

惠山寺
江南名刹之一。袁宏道曾记游惠山寺：山中僧房极迷邃，周围曲折，窈若深洞，秋声阁远眺尤佳。

明代文学家，字中郎，号石公，湖北公安人，与兄宗道、弟中道并称"三袁"，开创了文学创作中的"公安派"。万历二十年（1592年）进士，但不喜做官，好游山玩水、诗酒自娱。袁宏道是明代文坛上的重要作家，他的文学主张成为公安派文学的纲领。首先，他反对盲目拟古，主张文随时变，"世道既变，文亦因之。今之不必摹古者也，亦势也"。其次，主张诗文要抒写性灵，去伪存真，"独抒性灵，不拘格套，非从自己胸臆流出，不肯下笔"。再次，他提倡民间文学，认为那才是"无闻无识"的真声。袁宏道的文章清晰明畅，卓然自成一家。其著作有《敝箧集》、《锦帆集》、《解脱集》、《广陵集》、《瓶花斋集》、《潇碧堂集》、《破砚斋集》、《华嵩游草》等，今人钱伯城整理有《袁宏道集笺校》。

钟惺

钟惺：1574—1624 明末文学家
代表作：《隐秀轩文集》
作品特点：主张抒写人的性灵，要求写作应标新立异，反对亦步亦趋。

明代文学家，字伯敬，竟陵（今湖北省天门市）人，万历年进士，为竟陵派代表人物之一。提倡抒写性灵，在理论上接受了公安派"独抒性灵"的口号，同时又企图以幽深峭拔的风格对公安派的浮浅之弊加以修正。他认为："真诗者，精神所为也。察其幽情单绪，孤行静寄

山水图 明 项圣谟

于喧杂之中,而乃以其虚怀定力,独往冥游于寥廓之外。"同时主张标新立异,反对亦步亦趋,正所谓"势有穷而必变,物有孤而为奇"。他的主张在反对前后七子的拟古主义以及矫正公安派的流弊方面,具有一定的作用。就他自己的创作来说,过度追求形式,大部分作品冷僻苦涩,是为不足之处。著有《隐秀轩文集》。

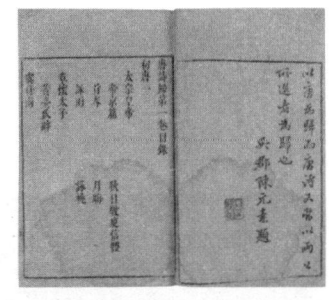

钟惺所辑《唐诗归》

冯梦龙

冯梦龙:1574—1646 明代通俗文学家、戏曲家
代表作:"三言"、《精忠旗》
作品特点:小说涉及面广,内容生动,扣人心弦,用民间白话写成,是通俗文学的集大成者。

明代通俗文学家、戏曲家,字犹龙,一字耳犹,号姑苏民奴、顾曲散人、墨憨斋主人、墨憨子、茂苑野史民、龙子犹等,江苏长洲人。少有才气,与兄冯梦桂、弟冯梦熊并称"吴下三冯"。在科举上,冯梦龙一生不得意,遂将主要精力集中于搜集、整理通俗文学上。他的代表作品是《喻世明言》(旧题《古今小说》)、《警世通言》、《醒世恒言》等小说,世称"三言",代表了明代拟话本小说的成就。此外,他还增补了长篇小说《平妖传》,将其改为《新列国志》,编辑了《古今谭概》、《情史》等笔记故事,并鉴定了《有商志传》、《有夏志传》、《盘古至唐虞传》等。民歌方面,他搜集、整理了《挂枝儿》、《山歌》两种民歌集。他还是一位戏曲家,曾经改定过《精忠旗》、《酒家佣》等曲本,编纂了散曲集《太霞新奏》,并且创作了《双雄记》和《万事足》两部剧本。由于其在通俗文学方面的巨大贡献,被称为"民间文学整理人"。

明天启本《警世通言》插图

明本《喻世明言》插图

凌濛初

> 凌濛初：1580—1644 明末文学家
> 代表作："二拍"、《虬髯翁》
> 作品特点：具有强烈的市民社会意识，故事情节曲折生动。

明代文学家，字玄房，别号空空道人，浙江乌程人。早年曾过着风流才子、浪荡文人的生活，晚年做过地方官。他的著作，除"二拍"外，还有戏曲《虬髯翁》、《红拂》等多种。"二拍"即《初刻拍案惊奇》、《二刻拍案惊奇》，与冯梦龙的三言合称为"三言二拍"，是明代拟话本小说的杰出代表。"二拍"是作者据野史笔记、文言小说和当时社会传闻创作的，因而具有强烈的市民社会意识。书中有很多宣扬封建道德与迷信思想的作品，也有露骨的色情描写，其中较为亮丽的是反映商人的经济活动、市民的人生观念，以及爱情与婚姻的一些作品，如《转运汉巧遇洞庭红》、《叠居奇程客得助》、《满少卿饥附饱扬》等。但总的来说，在文学成就上"二拍"远逊于"三言"。

焦文姬生仇死报
《二刻拍案惊奇》插图，明崇祯尚友堂刻本，现由日本国立公文书馆藏。

明刊《红拂》插图

张岱

> 张岱：1597—1679 明末清初文学家
> 代表作：《陶庵梦忆》、《西湖梦寻》
> 作品特点：文章雄浑大气，卓然自成一体，清新流丽，情趣斐然。

明代文学家，字宗子，又字石公，号陶庵，别号蝶庵居士，浙江山阴人，出身于仕宦之家。早岁生活优裕，清兵入关之后，避居山中。一生落拓不羁，淡泊功名。兴趣广泛，喜游山水，深谙园林布置之法，懂音乐、善品茗、好收藏、精戏曲，前人评价说："吾越有明一代，才人称徐文长、张陶庵，徐以奇警胜，先生以雄浑胜。"张岱的散文，融和公安、竟陵的长处，卓然自成一体，清新秀丽、情趣斐然。其名篇《西湖七月半》，以诗为文，神思摇荡。他的著作主要有《琅嬛文集》、《陶庵梦忆》、《西

《陶庵梦忆》书影

湖梦寻》等,其中后两部作品以"梦忆"和"梦寻"的形式,表达了作者追怀故园的情思,同时抒发了国家灭亡的感慨。

张 溥

张溥:1602—1641 明末文学家
代表作:《五人墓碑记》
作品特点:主张学习古人要为今人之用,为现实服务,抨击时政的文章文笔犀利、风格浑厚。

明末文学家,"复社"创始人,字天如,号西铭,江苏太仓人。师事徐光启,明崇祯年间进士,之后乞假归家,不再出仕。张溥自幼刻苦,所读书必手抄,有"七录七焚"的佳话。他诗文敏捷,与同乡张采齐名,合称"娄东二张"。针对明末文坛空疏无为的时弊,他提出了"复兴古学,务为有用"的主张,强调"居今之世"要"为今之言",古学要为现实服务。他有很多抨击时政的文章,文笔犀利、风格浑厚,其代表作品是《五人墓碑记》。他著有《七录斋集》,并辑有《汉魏六朝百三名家集》、《宋史纪事本末》、《周易注疏大全合纂》等。

青花郊游图瓶 明崇祯
此瓶图案描绘了明代文人郊游出行的场景。人物刻画随意生动,构图饱满。

《封神演义》

特点:明代神魔小说的典型代表。整部书规模宏大,人物众多,作者对人物刻画十分成功。想象丰富,故事曲折离奇,语言也十分优美、生动。

明代中后叶神魔小说,共一百回,一般认为其作者是钟山逸叟许仲琳。明代后期荒诞离奇的神魔小说十分流行,《封神演义》就是其中的代表。姜子牙辅佐武王伐纣的故事,流传久远,是民间说书的重要材料,元代也有《新刊全相武王伐纣平话》的话本。这部小说就是在民间传说和宋元话本的基础上改编而成的,它以商周易代作为历史背景,写了姜子牙顺应天意民心助武王伐纣的故事。天上的神仙也分为两派卷入了这场战争之中,最后纣王自焚,姜子牙将双方重要的人物一一封神。这部小说,以历史观念、政治观念作为支撑全书的思想框架,掺杂了很多荒诞无稽的想象和幻想,表现出对于仁君贤主的拥护和赞诵以及对于无道昏君的不满和反抗。

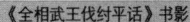

《全相武王伐纣平话》书影

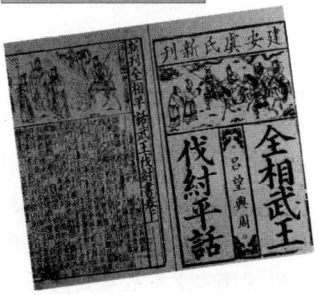

台阁体

> 特点：诗文辞藻华丽，但缺点是内容空洞无物，脱离社会现实，故而缺乏生命力。

明代文学流派，主要存在于明永乐至成化年间，代表人物为杨士奇、杨荣、杨溥，号称"三杨"。杨士奇（1365－1444），名寓，字士奇，泰和（今江西泰和县）人，官至华盖殿大学士。杨荣（1371－1440），字勉仁，建安（今属福建）人，官至文渊阁大学士。杨溥（1372－1446），字弘济，石首人，官至武英殿大学士。"三杨"都是当时的台阁重臣，故他们的诗文有"台阁体"之称。永乐成化年间，是明朝的"太平盛世"，因此他们的诗文多粉饰太平、歌功颂德的"应制"和应酬之作，脱离社会生活缺乏实际内容。这种文风由于由统治者提倡，因此一时模仿成风，千篇一律称成为流弊。后来这种萎靡的文风渐为时代所不容，在后起的茶陵派、前七子等流派的冲击下，渐渐退出了文坛。

杨士奇图
为人善知博，居官廉洁，为天下最。有《奏封录》、《文渊阁书目》、《东里集》等。

剪越江秋图　明项圣谟

唐宋派

> 作品特点：主张写作要自为其言，直抒胸臆，创作上要求文从字顺，平易自然，成就最高。

明代文学流派，代表人物主要有嘉靖年间的王慎中、唐顺之、茅坤和归有光等。与前七子"文必秦汉"的文学主张不同，他们推崇和提倡唐宋八大家的散文，因而被称为"唐宋派"。在理论上，他们主张"自为其言"、"直抒胸臆"，王慎中提出文章要能"道其中之所欲言"，唐顺之也认为"文字工拙在心源"。他们的散文创作文从字顺，平易自然，成就最高，其代表作品主要有归有光的《项脊轩志》、《寒花葬志》，唐顺之的《答茅鹿门知县二》等一系列的作品。此外，茅坤编有《唐宋八大家文钞》164卷，对于肯定和提倡唐宋文具有重要的贡献，影响也十分深远。

临川派

作品特点：注重情辞，强调格律对情辞的依附性。在语言上讲究机神情趣，既要本色，又要有文采。

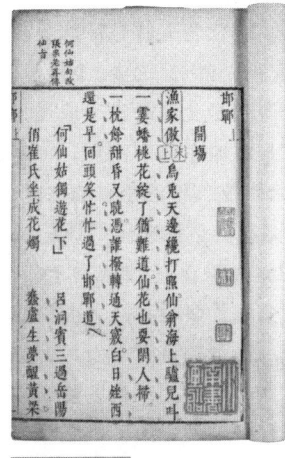
《邯郸记》书影

明刊《牡丹亭》插图及书影

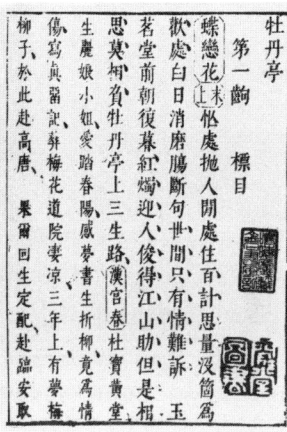

王骥德评汤显祖的作品：婉丽妖冶，语动刺骨，尽管后来阮大铖、吴炳等亦步亦趋地模仿汤显祖，也仅得皮毛而已，与其相差甚远。

明代戏曲文学流派，其领袖人物是汤显祖。因其书房名为玉茗堂，因此，世人往往将他的剧作《紫钗记》、《牡丹亭》、《南柯记》与《邯郸记》称为"玉茗堂四梦"或曰"临川四梦"，"临川派"和"玉茗堂派"因此得名。向来被认为属于此派的戏曲家还有阮大铖、吴炳、孟称舜、凌濛初等人。在戏剧理论上，这派戏曲家首重情辞，强调格律对情辞的依附性，反对格律约束情辞。汤显祖说："凡文以意、趣、神色为主"，其至还说"余意所致，不访拗折天下人嗓子"。他还强调"曲意"，主张"意趣说"，反对吴江作家"按字模声"、"宁协律而不工"的主张。在语言上，讲究"机神情趣"，既要本色，又要有文采。

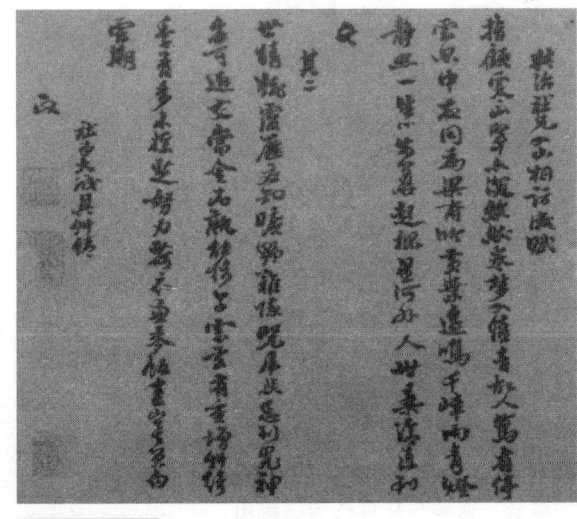
感赋帖 阮大铖书

吴江派

> 作品特点：重音韵格律，讲求戏曲的演唱效果，语言朴实自然，文风清新雅致。

明代万历年间戏曲文学流派，又称属玉堂派或格律派，其代表人物是江苏吴江人沈璟，曲学名家顾大典、吕天成、卜世臣、王骥德、叶宪祖等也是此派的重要成员。在戏剧理论上，吴江派主要有两点，一是强调作曲要"合律依腔"，即注重音韵格律，讲求戏曲的演唱效果，主张宁肯"不工"，也要"协律"。二是在语言上"僻好本色"，这对于反对明初文坛的骈俪辞风，有积极的影响。但是，过于强调音律，引用大量"俗言俚语"入戏也产生了不良的影响，为时人所诟病。在戏剧理论上，吴江派著述颇丰，贡献甚大，主要代表作品有沈璟的《南九宫十三调曲谱》、吕天成的《曲品》、王骥德的《曲律》等。

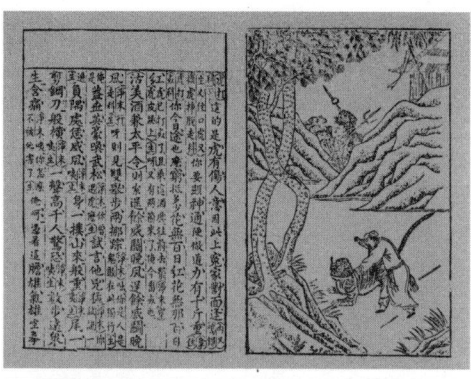

明刊《侠义记》书影
此书取材于《水浒》。沈璟的创作为后世传奇的创作奠定了格律框范，使之走上了规范化的道路。

公安派

> 作品特点：在创作上主张文应通变，认为文学应随时代的发展而变化；要独抒性灵不拘格套。小品文或秀逸清新，或活泼诙谐，可谓自成一家。

明代文学流派，其成员主要生活在明万历时期，代表人物为袁宗道（1560—1600）、袁宏道（1568—1610）、袁中道（1570—1623）三兄弟，因其皆为湖广公安（今属湖北）人，故世人称之为"公安派"。与前后七子的"文必秦汉，诗必盛唐"、"大历以后书勿读"的复古论调不同，他们反对剿袭，主张通变，认为文学应随时代的发展而变化，"世道改变，文亦因之；今之不必摹古者，亦势也"（袁宏道《与江进之》）。其次，他们认为文章要独抒性灵不拘格套，强调非从自己胸臆流出，则不下笔。此外他们还提倡通俗文

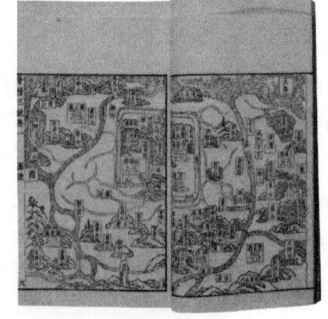

《会稽三赋》　陶望龄点评

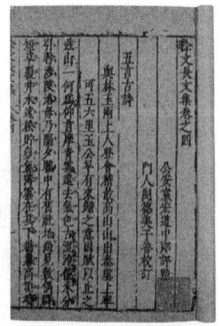

《徐文长文集》　袁宏道点评

学，尤为重视民歌小说的创作，从民间文学中吸取养料。其重要成员还有江盈科、陶望龄、黄辉、雷思霈等人。可以说公安派对于文体的解放是有贡献的，他们的游记、尺牍、小品文等很有特色，或秀逸清新，或活泼诙谐，可谓自成一家。但他们文学主张的理论意义往往超过他们的创作实践，是为不足之处。

竟陵派

> 作品特点：追求文风的新奇，字义的深奥，因而形成了刻意雕琢字句，语言佶屈、艰涩隐晦，难以理解的缺点。

明代后期文学流派，其创始人钟惺、谭元春都是竟陵人，因而得名，他们的文章体式也因此被称为竟陵体或钟谭体。竟陵派继承了公安派"独抒性灵"的主张，反对拟古之风，同时又用一种"幽深孤峭"风格对"公安"作品的俚俗、浮浅加以匡正。他们认为"古人精神"是"幽情单绪"和"孤行静寄"，因此他们所谓"性灵"是指学习古人诗词中的"精神"。在文章的风格上，他们追求文风的新奇，字义的深奥，因此刻意雕琢字句，语言佶屈、艰涩隐晦。竟陵派的文学主张以及创作对晚明及以后小品文大量产生有一定促进作用，但作品题材狭窄，语言艰涩，又同时束缚了他们的发展。这派的追随者还有蔡复一、张泽、华淑等人，但是受竟陵派影响而较有成就的是刘侗，他的《帝京景物略》成为竟陵体语言风格代表作品之一。

《帝京景物略》刘侗撰

陈洪绶 杂画册 明

几社

作品特点：主张写作应反映社会现实和人民的疾苦，语言浅显直白，抒发了强烈、真挚的爱国精神。

明朝末年一爱国文社，主要由陈子龙、夏允彝、徐孚远、王光承等人发起，与复社相呼应。杜春登的《社事始末》中说，"几者，绝学有再兴之几，而得知几其神之义也"。这也是一个以复兴古学相号召的流派，他们也具有明显的政治倾向性，即试图挽救明王朝的危亡。明亡之后他们还继续从事抗清斗争。陈子龙是几社的代表人物，字卧子，松江华亭人。他自幼喜欢议论时政，在文学上他赞同"七子"的主张，反对公安派和竟陵派。

《南中繁会图》 明人绘制

但是与前人不同，他的作品并没有脱离现实生活，他写了很多反映民生疾苦的诗篇，如《辽事杂诗》、《小车行》、《卖儿行》等。明亡后，他也在抗清斗争中以身殉国。总之，几社在当时的文坛上具有重要的影响，其成员都有着真挚的爱国精神，试图为晚明王朝尽最后一分力。

复社

作品特点：主张写作应学习古人的长处。用通俗浅显易懂的语言抒发真情实感。他们的作品都具有强烈的爱国精神。

明末文社，也是明末清初江南地区部分士大夫的政治集团，其主要领导者有张溥、张采等。复社是继东林党人之后的又一个进步社团，兴起于明崇祯年间，是由张溥、孙淳等联合几社、闻社、南社、匡社等结成，清初被取缔。他们以复兴古学为号召，主张"兴复古学，将使异日者务为有用"，因此名之曰"复社"（陆世仪《复社纪略》）。这也是一个带有浓厚政治色彩的社团，"从之游者几万余人"，影响十分广泛深远。因其在政治上继承了东林党，继续反对阉党的

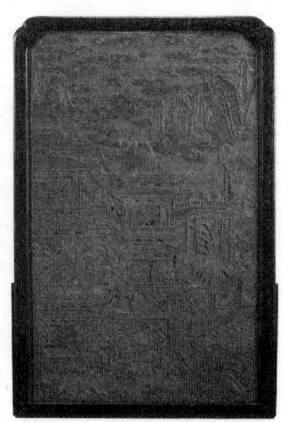

剔红楼阁人物座屏　明弘治
此座屏展现了明代楼阁林立的街景。雕刻精致，楼阁、马匹、人物均清晰真切。

腐败政治，故时人称之为小东林。复社的举动也引起原阉党及其他派别人物如马士英、阮大铖等人的仇恨。南明弘光时期，掌权的阮大铖、马士英等人对复社成员大肆打击，迫使侯朝宗、黄宗羲等人逃亡，复社也从此一蹶不振。

> 复社成员的文学观受先后七子复古主义影响很深，在创作实践中都能注重反映现实生活，感情激越，具有强烈的现实主义倾向。顾炎武、黄宗羲入清后继续倡导经世致用之学，关心和研究社会问题，开创清代学术研究的新风气。

拟话本

特点：涉及面广，情节曲折动人；语言生动优美，主要由市民白话构成。代表了明代白话短篇小说的最高成就。

话本即"说话艺人"的底本。宋元以来的说话艺术深受世人的喜爱，话本的大量刊行，逐渐引起文人注意，他们由对话本的编辑、加工，转而变为模拟话本进行创作，这就是拟话本。与传统的话本娱乐说唱的功能不同，拟话本主要是由文人创作，供世人案头阅读的作品，因此在语言、情节以及思想等各个方面，都与传统的话本小说有很大的不同。明代拟话本的主要代表就是"三言二拍"，即冯梦龙的《喻世明言》、《警世通言》、《醒世恒言》与凌濛初的《初刻拍案惊奇》、《刻拍案惊奇》等，"三言二拍"代表了明代白话短篇小说创作的最高成就。

《宪宗行乐图》明人绘制
此图是明成化二十一年京城内元宵佳节时歌舞表演的场面，反映出当时社会的风俗习惯。

吴中四杰

> 作品特点：杨基诗风绮丽新巧；张羽诗音节谐畅，情喻幽深；徐贲诗词采遒丽，风韵凄朗。

指的是元朝末年聚居在江苏吴县的四位诗人，他们分别是杨基、张羽、徐贲、高启。因四人皆在明初期去世，所以历来都将他们划入明代文坛。杨基，字孟载，精于诗律，诗风绮丽新巧，他的成名作是仿效元末大诗人杨维桢所作的《铁笛歌》，深为杨所称道。张羽，字来仪。他的诗音节谐畅，情喻幽深，著有《静居集》。徐贲，字幼文。他的诗"词采遒丽，风韵凄朗"，但是在"四杰"中只居于末位。高启，字季迪，为"四杰"之首，才华横溢，诗歌现存两千余首，内容丰富形式多样，《四库全书总目提要》中评价他"天才高逸，实居明一代诗人之上"。"四杰"分别以他们的创作为明代诗坛做出了贡献。

高启《偶睡》诗意图
一榻茶烟成偶睡，晚来犹把读残书。

高启像
警敏有文武之才，书无不读，尤善群史，诗雄健浑涵，自成一家。有《大山集》、《凫藻集》《缶鸣集》。

前七子

> 作品特点：强调文章学习秦汉，古诗学习汉魏，近体诗学习盛唐。缺点是过分重视模拟，因而缺乏创新，远离社会生活，很快便失去生命力。

明弘治、正德年间文学流派，以李梦阳、何景明为首，包括徐祯卿、边贡、康海、王九思、王廷相等七人，为把他们与后来嘉靖、隆庆年间出现的李攀龙、王世贞等七人相区别，世称"前七子"。在文学上，他们反对"台阁体"的虚靡文风，提出了"文必秦汉，诗必盛唐"的口号，强调文章学习秦汉，古诗推崇汉魏，近体宗法盛唐，从而掀起了一场文学复古运动。但是他们的文学创作以模拟为盛且尤以模拟形式为主，语言诘屈聱牙，远离社会生活，从而使文学走入了另一个死胡同。这种倾向，引起了文坛的不满，出现了唐宋派、公安派等一些反对派别。

茅亭
古文人素善园林亭台开敞，与自然融为一片，人们可以自由自在的赏景饮酒作诗

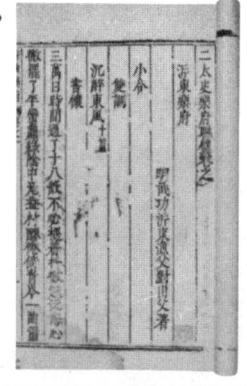

《二太史乐府联璧》
康海、王九思撰

后七子

作品特点：提倡作文复古，效仿古人，但由于在复古的道路上走得更远，没有属于自己的东西，所以很快也在文坛上消失。

明代嘉靖、隆庆年间文学流派，以李攀龙、王世贞为首，主要由谢榛、宗臣、梁有誉、吴国伦和徐中行等人组成。因他们在李梦阳、何景明等前七子之后，故世人以后七子称之。在文学上，他们继承了前七子"文必秦汉、诗必盛唐"的主张，继续提倡复古，却走得更远。在他们看来，"西京之文实，东京之文弱，犹未离实也。六朝之文浮，离实矣。唐之文庸，犹未离浮也。宋之文陋，离浮矣，愈下矣。元无文"（王世贞《艺苑卮言》），否定了汉以后的全部文章。在诗歌方面，则极力颂扬盛唐，认为盛唐之诗"其声铿以平，其色丽以雅，其力沈而雄，其意融而无迹"，为诗歌之极致。尽管在公安、竟陵等派别的攻击下，后七子在文坛的影响不如前七子，但是他们的很多主张仍为世人所接受。

《诗家直说》 谢榛

门彩高士纹杯　明成化
此杯图饰丰满，人物色彩鲜艳，乃罕见之珍品。

三言二拍

特点：在内容上，主要描写的是市民的生活，反映了市民的思想感情；在艺术上，则保留了口头文学故事性强、曲折生动、描写细腻的优点。

《醒世恒言》插图

明代拟话本小说的代表，其中，三言指的是冯梦龙辑撰的三个短篇小说集《喻世明言》、《警世通言》和《醒世恒言》的合称，二拍指的是凌濛初的两个短篇小说集《初刻拍案惊奇》、《二初刻拍案惊奇》的合称。三言是冯梦龙在广泛收集宋元明三代500年间的话本和拟话本的基础上整理编选润色加工而成的，而二拍则是作者个人的拟话本创作，二拍深受三言的影响，但就其艺术成就来说逊于三言。三言二拍的创作标志着中国古代白话短篇小说的成熟。在内容上，三言二拍主要描写的是市民的生活，反映了市民的思想感情，以及他们的道德观、价值观、爱情观等，具有鲜明的时代特色。在艺术上，它们则保留了口头文学故事性强、曲折生动、描写细腻的优点，在中国的小说史上占有重要的地位。

金玉奴棒打薄情郎年画

四大奇书

特点：语言生动，多采用地方方言，文白夹杂故事情节曲折动人；人物刻画极为成功，个性鲜明，特点突出；思想深邃，都在一定程度上抨击了现实社会的黑暗。

明代是中国长篇小说创作最为兴盛的时期，出现了《三国演义》、《水浒传》、《金瓶梅》和《西游记》等一系列优秀小说，明代文学家冯梦龙将它们称为"四大奇书"。其中《三国演义》、《水浒传》与《西游记》都是在民间传说和史传的基础上，经由一些文人加以润饰、考证、整理而成的。《金瓶梅》是我国第一部由文人创作的长篇小说。四部作品，在中国的文学史上都具有很重要的地位，《三国演义》描写三国时代战争英雄的风云际会与斗争；《水浒传》主要描写了北宋末年一百〇八条好汉聚义梁山泊的故事；而《西游记》则是唐僧师徒四人西天取经的故事，这些小说自从其诞生以来，一直为人们所喜爱。《金瓶梅》主要从《水浒传》潘金莲与西门庆的故事敷衍而来，自古以来颇受非议，如今人们已经认识到了这部作品的价值，对它进行了专门的研究。

清代与近代

钱谦益

> 钱谦益：1582—1664 清初诗人、散文家
> 代表作：《初学集》、《有学集》等
> 作品特点：主张诗文应该写个人真情实感，反对无病呻吟。

明末清初散文家、诗人，字受之，号牧斋，晚号蒙叟、东涧老人，江苏常熟人。明万历进士，曾参与过东林党人的活动。入清后，被授予内秘书院学士兼礼部右侍郎的官职，充《明史》馆副总裁。后称病返回乡里，晚年隐居农村，著述至终，并筑绛云楼以藏书检校著述。钱谦益学问渊博，泛览子、史、文籍与佛藏。论文为诗，他提倡"情真"、"情至"，倡导学问，反对空疏。他的诗文在当时极负盛名，东南一带将其奉为"文宗"。他的著作有《初学集》、《有学集》、《投笔集》、《苦海集》等，此外还编选了《列朝诗集》、《吾炙集》等作品。

钱谦益像

钱谦益《吾炙集》书影

钱谦益《有学集》书影

李 玉

> 李玉：1591？—1671？ 明、清时戏剧作家
> 代表作：《一捧雪》、《千忠戮》
> 作品特点：作品取材于历史故事，采用杂剧与南戏相结合的形式；唱腔上以南曲为主。

明清易代之际的戏剧作家，字玄玉，亦作元玉，号苏门啸侣，又号笠庵著人，吴县（今苏州市）人。李玉是苏州剧坛的领袖，其创作十分丰富，所作传奇有40种，现存18种。此外他还编辑了《北词广正谱》18卷，是北曲曲谱中最为完备的著作。他的戏曲创作可分为明亡以前和清初两个时期，他前期作品以《一捧雪》、《人兽关》、《永团圆》、《占花魁》等闻名于剧坛；后期，又创作了《千忠戮》、《清忠谱》等一系列优秀的作品。其中，《千钟戮》写的是明建文帝遭靖难之变而化装成和尚流亡湖广的故事。《清忠谱》反映当时苏州两次大规模的市民运动，为作家的代表作品。

傅 山

傅山：1607—1684 明末清初文学家
代表作：《霜红龛集》、《两汉人名韵》
作品特点：散文内容广泛，风格豪放洒脱；书画笔力遒劲。

明末清初文学家，初名鼎臣，字青竹，后改青主，别号颇多，如公之宅、石道人、啬庐侨黄、侨松等，不一而足，山西阳泉人。出身于官宦书香之家，家学渊远，自幼就受到了严格的家庭教育，他博闻强记，读书数遍，即能背诵。曾得山西提学袁继咸的指导和教诲，并投于袁氏门下。后袁得罪权贵魏忠贤，含冤入狱。傅山联系百余人联名上书为其请愿，袁终于沉冤得雪，傅山也名扬海内。明亡之后，他出家为道。傅山博学多才，经史子集、佛经、道经等都曾精心览读，在诗文书画等方面，皆有造诣。他一生著述甚丰，可惜大都散佚，留存于世的仅《霜红龛集》和《两汉人名韵》两部作品。

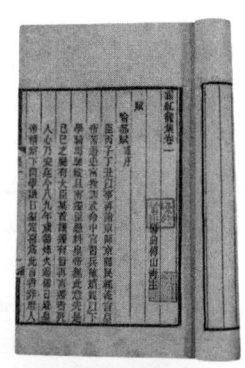

《霜红龛集》书影

金人瑞

金人瑞：1608—1661 明末清初文学家、文学批评家
代表作：《沉吟楼诗选》
作品特点：文学批评以独特的观点和审美取向而著称。

明末清初文学家、文学批评家，原名采，字若采，明亡后更名人瑞，法号圣叹。少有才名，著有《沉吟楼诗选》。其最大的成就还是在对历代文学名著的批注品评上，他对《离骚》、《庄子》、《史记》、"杜诗"、《水浒》与《西厢记》进行批注，提出了很多独到的见解，因此他批注的这六种著作被称为"六才子书"，其中较为出名的是他对《西厢记》和《水浒传》的批改。他将《西厢记》的第五折删去，使故事止于"惊梦"，将大团圆的结局改为悲剧，体现了他独特的观点和审美取向。《水浒传》中，他将招安、打方腊等内容删去，增入卢俊义梦见梁山头领全被捕杀的情节以结束全书，其见解更是独到、深刻。金评本《水浒传》在学术界具有重要的价值与地位。此外，他的很多理论与主张都潜藏于他的评点中，在中国文学批评史上占有重要的地位。

溪山游艇图 清 高翔

吴伟业

吴伟业：1609—1672 明末清初诗人
代表作：诗《圆圆曲》、杂剧《通天台》
作品特点：诗风俊朗清丽，辞采华丽；风格上激楚苍凉。

明末清初诗人，字骏公，号梅村，江苏太仓人。明崇祯四年（1631）进士，官左庶子，入清后，官国子监祭酒，后以母丧告假归里。与钱谦益、龚鼎孳并称为"江左三大家"。他的诗歌现存1000多首，《四库全书总目》评价他说："其少作大抵才华艳发，吐纳风流，有藻思绮合、清丽芊眠之致。及乎遭逢丧乱，阅历兴亡，激楚苍凉，风骨弥为遒上"，颇能概括他的创作特色。他的诗在学习白居易的"长庆体"的基础上又自成一体，后人称之为"梅村体"。《圆圆曲》是其代表作品，在文坛上具有重要的影响。其著作主要有《梅村家藏稿》，《梅村诗馀》，传奇《秣陵春》，杂剧《通天台》、《临春阁》以及史乘《绥寇纪略》等。

吴伟业像

黄宗羲

黄宗羲：1610—1695 明末清初思想家、文学家
代表作：《明儒学案》、《明夷待访录》
作品特点：创作上主张言之有物，抒发真实情感。

明末清初思想家、文学家、史学家，字太冲，号南雷，学者称梨洲先生，浙江余姚人。自幼受东林党人的影响，重气节，轻生死，严操守，后为东林子弟之领袖。清兵南下时曾组织起兵抗击，失败后，穷毕生精力从事著述。曾受业于刘宗周，学问渊博，对经史百家以及天文、算术、乐律、释道等，都有研究，与孙奇逢、李颙并称三大儒。他的"为天下之大害者，君而已矣"，以及"天下之治乱，不在一姓之兴亡，而在万民之忧乐"等思想具有鲜明的民主特色。在文学上，他主要主张言之有物。一生著述颇丰，其著作主要有《明儒学案》、《宋元学案》、《明夷待访录》、《律吕新义》、《易学象数论》、《黄梨洲文集》、《黄梨洲诗集》、《行朝录》等。

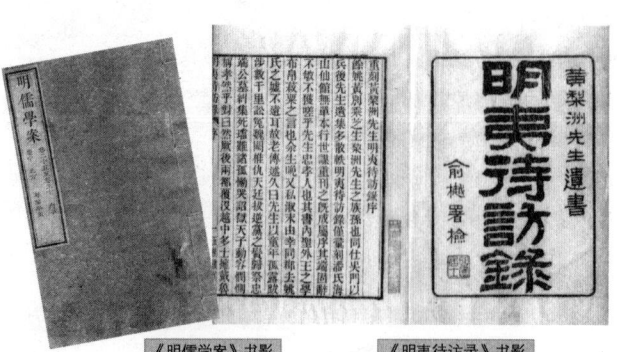

《明儒学案》书影　　《明夷待访录》书影

李渔

李渔：1611—1679 清代戏曲理论家、戏剧作家
代表作：传奇喜剧集《笠翁十种曲》、评话小说《十二楼》
作品特点：戏剧语言浅显，塑造人物要求个性突出；在题材和情节安排上强调"奇"与"新"。

清代戏曲理论家、戏剧作家，字笠鸿、谪凡，号笠翁，浙江兰溪人。早年屡试不第，后家境败落，遂以开书铺、办戏班维持生活。李渔是我国第一个专门从事喜剧创作的剧作家，创作有传奇喜剧集《笠翁十种曲》。他还创作了《闲情偶寄》、评话小说《十二楼》、《无声戏》等作品。在戏曲理论方面，他也颇有建树，其论述比较全面系统。他的理论以戏曲的社会性和舞台性为出发点，强调作品的结构，语言的浅显和人物的个性化，在题材和情节安排上强调"奇"与"新"。一般认为，他的戏曲理论的贡献超过了他的戏曲创作。其作品《闲情偶寄》在内容上包含了戏曲理论、饮食、营造、园艺、养生等多个方面，被誉为古代生活艺术大全，为"中国名士八大奇著"之一。

李渔像

顾炎武

顾炎武：1613—1682 清初文学家、思想家
代表作：《日知录》、《音学五书》
作品特点：继承了杜甫、白居易等人的现实主义创作精神。著作内容丰富，思想深刻，影响深远。

明末清初著名经学家、思想家、文学家，原名绛，字忠清，明亡后改名炎武，字宁人，自署蒋山佣，因居亭林镇，又号亭林，学者尊称亭林先生，江苏昆山人。少年时曾参加"复社"反宦官权贵斗争，明亡后一直致力于反清事业，至死不事清廷。学问极其渊博，对典制掌故、天文地理、经史、金石、书法、音律、训诂学等都很精通，著有《音学五书》、《求古录》等诸多文集。他写了很多爱国诗文，表明了自己的志向。就创作而言，他的诗继承了杜甫、白居易等人的现实主义创作精神，在诗风上专宗盛唐，作为清初的主唐音者，居于开一代诗风的地位。《日知录》是他的代表作品，其书名取之于《论语·子张篇》："日知其所亡，月无忘其所能，可谓好学也已矣。"表明了作者的笃学之志。如作者所说《日知录》是"稽古有得，随时札记，久而类次成书"，共32卷，内容丰富，贯通古今，具有很深远的影响。

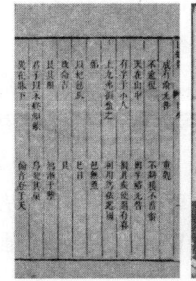

《日知录》书影

尤侗

> 尤侗：1617—1704 清代文学家
> 代表作：《百末词》六卷、杂剧《钧天乐》、《桃花源》等
> 作品特点：诗文谐谑幽默，同时又反映现实。

尤侗画像石刻　　《悔庵年谱图》 尤侗撰

清代文学家，字同人，一字展成，号西堂，江苏苏州人。少有才名，补诸生，以乡贡除直隶永平府推官。康熙十八年（1679）举博学鸿儒，授翰林院检讨，参与了《明史》的编修。他的诗文谐谑幽默，多新警之思，曾撰《西堂杂俎》，多为游戏之作，格调不高。在诗论方面，他将唐宋诗歌置于平等的地位，说："平而论之，二代之诗美恶不相掩也。"他的诗作以才华取胜，也有很多反映时事的作品。在词曲创作方面，著有《百末词》六卷。此外他还创作有杂剧传奇《钧天乐》、《读离骚》、《吊琵琶》、《桃花源》、《黑白卫》、《清平调》等，被收入《西堂曲腋》，流传甚广。他的创作大都被收入《西堂全集》和《馀集》中，共135卷，其晚年作品《鹤栖堂集》收入诗、文各3卷。

侯方域

> 侯方域：1618—1654 明末清初散文家
> 代表作：《壮悔堂文集》、《李姬传》
> 作品特点：作品借鉴了《史记》和传奇小说的手法，人物形象鲜明，文笔简洁流畅，情节曲折。

明末清初散文家，字朝宗，河南商丘人。为明末复社"四公子"之一，曾受到阉党马士英、阮大铖的忌恨和迫害。入清后参加乡试中副榜。侯方域早年以才气著称，曾以诗与时文闻名海内，晚年致力于古文，著有《壮悔堂全集》、《四忆堂诗集》等。他与魏禧、汪琬被称为清初散文"三大家"，在文坛上具有重要的影响。他的故事曾被戏曲家孔尚任写入《桃花扇》中，影响深远。他的文章中，最出色的是传记散文，代表作品有《李姬传》、《马伶传》等。这些作品借鉴了《史记》和传奇小说的手法，人物形象鲜明，文笔简洁流畅，情节曲折，显示了他文章的长处和特色。

侯方域像

王夫之

> 王夫之：1619—1692 清代哲学家、思想家、文学家
> 代表作：《周易外传》、《尚书引义》等
> 作品特点：提倡效法古人的散文写作方法，但要写出作者的真实感受；文章中表现出了唯物主义思想。

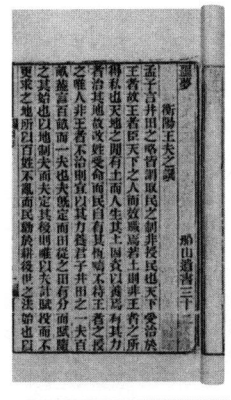

《噩梦》 王夫之
该书对当时社会的田制、赋税、吏治和科举制度提出改革的设想，主张土地归耕者所有，表现了进步的思想倾向。

明末清初哲学家、思想家、文学家，字而农，号薑斋，湖南衡阳人。因晚年隐居于衡阳石船山，故后人又称之为船山先生。善诗文，会词曲，对于天文、历法、数学、舆地诸学均有研究，尤精经史与文学。著作主要有《周易外传》、《尚书引义》、《读四书大全说》、《张子正蒙注》、《黄书》、《读通鉴论》等。邓显鹤等人将他的作品集刊为《船山遗书》。其贡献主要在哲学方面。王夫之是一名唯物主义者，认为世界上的一切事物都是客观存在的实体，即"天下惟器而已"，认为主观的认识是由客观的对象引起的。在人性论方面，他承认"人欲"，认为其存在是合乎"天理"的，提出"求天理于人欲之中"，主张将两者统一起来。他在论诗方面也有很多独到的成就。

王夫之像
他建立了超越前人的唯物主义思想体系。

汪 琬

> 汪琬：1624—1690 明末清初文学家
> 代表作：《江天一传》、《周忠介公遗事》
> 作品特点：散文文笔简洁、朴实流畅；长于传记文的创作，叙事有法，真挚感人。

明末清初文学家，字苕文，号钝翁、尧峰，江苏长洲（今苏州）人。顺治年间进士，曾任刑部郎中，户部主事等职，后辞官归里在太湖之尧峰山，闭户撰述，研究六经，不问世事。著有《尧峰文抄》。他的成就主要集中于散文创作方面，其散文文笔简洁、朴实流畅，如《送王进士之任扬州序》，仅一百余字，却写得委婉曲折、文情并茂。尤长于传记文的创作，代表作品主要有《江天一传》、《周忠介公遗事》等，叙事有法，真挚感人。他与侯方域、魏禧一起被称为清初三大家。

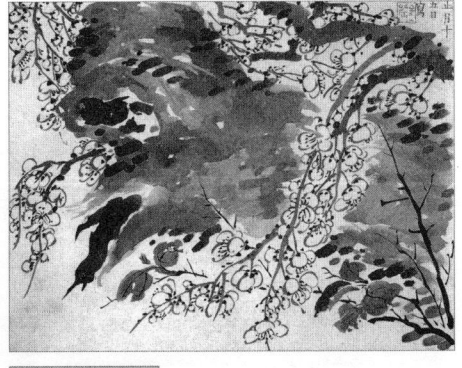

梅花图 清 金农

魏禧

魏禧:1624—1681 清散文家
代表作:《大铁椎传》
作品特点:散文凌厉雄浑,充满刚劲慷慨之气。

清初散文家,字叔子,一字冰叔,号裕斋,亦号勺庭先生,江西宁都县人。他的散文凌厉雄浑,充满刚劲慷慨之气。散文中较为著名的是他的传记文,通过作传涉及社会生活的各个方面,有的抨击朝政,有的批判官吏的凶狠残暴,而较为主要的是他为抗敌殉国和坚持志节的志士们做的传记,如《江天一传》、《明御史何公家传》等。他还写有很多山林隐士、侠客壮士们的义行异事的传记,如《高士汪风传》、《大铁椎传》等。他的著作主要收在《魏叔子文集》中。

陈维崧

陈维崧:1625—1682 清代词人、骈文作家
代表作:诗集《湖海楼词》、骈文《苍梧词序》
作品特点:词气魄绝大,骨力绝遒;骈文跌宕悱恻,感人心魄。

清代词人、骈文作家,字其年,号迦陵,江苏宜兴人,出身于文学世家。其文思敏捷,词采瑰玮,曾被吴伟业誉之为"江左凤凰"。康熙十八年(1679)举博学鸿词,授翰林院检讨,参与修纂《明史》。陈维崧是阳羡词派的创始人,他的词追法苏轼、辛弃疾,同时兼有周邦彦、秦观之长,自成一家。其词作数量惊人,现存《湖海楼词》中尚有1600多首。陈廷焯在《白雨斋词话》中评价说:"迦陵词气魄绝大,骨力绝遒,填词之富,古今无两。"他的词以"才气大,骨力遒"

陈维崧像

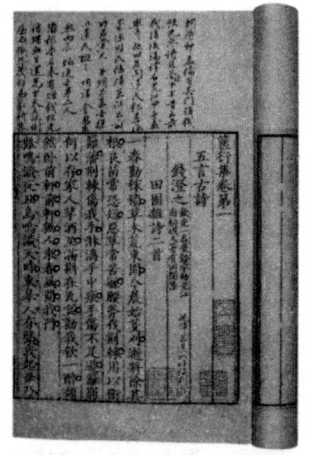

《箧衍集》书影

见称,小令、中调、长调无不兼通,艺术手法多样。他的骈文以《与芝麓先生书》、《余鸿客金陵咏古诗序》、《苍梧词序》等为代表,跌宕悱恻,感人心魄。著作有《湖海楼诗文词全集》54卷存世。

朱彝尊

> 朱彝尊：1629—1709 清代词人
> 代表作：《曝书亭集》
> 作品特点：词讲求字句声律，内容以言情咏物为主；词风典雅清丽。

清代词人，字锡鬯，号竹垞，晚号小长芦钓师，又号金风亭长，浙江秀水（今嘉兴县）人。少家贫，学习刻苦，博学多才，康熙时，以布衣入博学鸿词科，授翰林院检讨，修《明史》。诗文兼工，犹善于词，曾编纂唐宋五代宋金元词五百家辑为《词综》，并著有《曝书亭集》。作为浙西词派的领袖人物，在作词方面他主张以南宋的姜夔、张炎为宗，讲求字句声律，曾言"不师秦七（秦观），不师黄九（黄庭坚），倚新声玉田（张炎）差近"。他的词多言情咏物之作，风格典雅清丽，但大都精巧有余而沉厚不足。

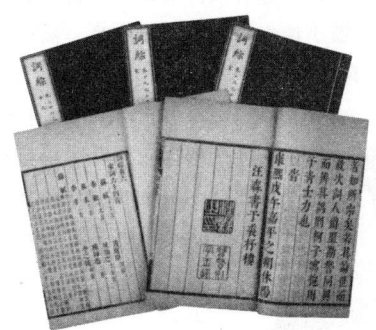
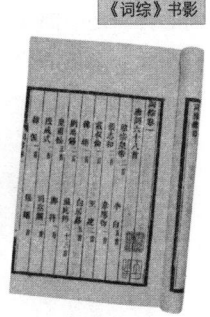

《词综》书影

王士禛

> 王士禛：1634—1711 清代文学家
> 代表作：《阮亭诗钞》
> 作品特点：提倡写作应有"神韵"，诗文风格淡雅；缺点是脱离社会现实，缺乏实际内容。

清代文学家，字贻上，号阮亭，又号渔洋山人，山东新城人，顺治年间进士，官至刑部尚书。他少年即有诗名，在诗论上他提出了"神韵说"，以"不著一字，尽得风流"为诗的最高境界。"神韵说"在理论上主要来源于严羽的"妙悟"、"兴趣"之说。他反对当时依附盛唐的诗人专学"万国衣冠"的高帽子，而选录了王维等人的诗作为《唐贤三昧集》，目的是"剔除盛唐真面目与世人看"。他还反对艳丽的诗风，提倡澄淡，推崇王孟韦柳。他自己的诗作也是按照这条路子而走的，具有一定的成就。但是，过于强调神韵兴趣，也使诗歌脱离了现实，缺乏社会内容，对诗歌的发展产生消极的影响。

王士禛坐像

蒲松龄

蒲松龄：11640—1715 清代小说家
代表作：《聊斋志异》、《农桑经》、《日用俗字》等

清代小说家，字留仙，一字剑臣，别号柳泉居士，山东淄川人。出身于小地主商人家庭，才华横溢，热衷于科举，但屡试不第，直到71岁才援例当了一名贡生。他一生穷愁潦倒，饱尝世情，对于社会世态有很深的认识。他所著《聊斋志异》是一部文言短篇小说集，是其代表作品。蒲松龄是一个多才多艺的作家，除《聊斋志异》外，他还有俚曲14种，诗歌千余首，词90多阕，文400余篇，戏曲3出，还编了《农桑经》、《日用俗字》等一些农村社会日常生活需用之书。

蒲松龄故居
故居位于山东省淄川县蒲家庄。蒲松龄一生几乎都在家乡度过，设馆教书。图为蒲松龄故居北院的正房内景，是他的诞生之地，也是他后来的书房"聊斋"。

蒲松龄像
此像为其临终前两年所绘，自题云："尔貌则寝，尔躯则修，行年七十有四，此两万五千余日所成何事，而忽白头？奕世对尔孙子，亦孔之羞。"颇见其性格。

《聊斋志异》

特点：以鬼神等虚幻的世界曲折地反映社会现实。整部书故事感人，人物刻画生动传神，行文风趣幽默，是一部浪漫主义的杰作。

《聊斋志异》是一部文言短篇小说集，共有短篇小说431篇，是清代著名小说家蒲松龄的代表作品。在内容上，这部小说首先揭露、嘲讽了贪官污吏、恶霸豪绅贪婪狠毒的嘴脸，抨击了封建政治的制度，如《促织》、《席方平》、《商三官》等作品。其次是无情地揭开了封建科举制度的黑幕，反映了科举制度对知识分子灵魂

《聊斋志异》
人、神、鬼、狐共在一处的奇幻之书。

的禁锢与毒害，如《司文郎》、《考弊司》、《书痴》等作品。再次，小说中也有很多赞诵人间坚贞、纯洁的爱情的篇章，如《鸦头》、《细侯》等。此外还有一些阐释伦理道德的寓意故事，如《画皮》、《崂山道士》等。这是一部浪漫主义的杰作，作者借花妖狐魅、神灵鬼怪等一些形象，曲折地表达了作者的理想与愿望，揭露了现实的黑暗与不公。

《聊斋志异图》册页之《画皮》
郭沫若曾评曰："写鬼写妖高人一筹，刺贪刺疟入骨三分。"

洪 昇

洪昇：1645—1704 清代戏剧家
代表作：诗作《啸月楼集》、传奇《长生殿》
作品特点：其传奇是现实主义与浪漫主义结合的杰作，作品情节曲折、场面壮丽，语言清丽流畅，充满了诗意。

洪昇，字昉思，号稗畦，又号南平樵者，浙江钱塘人。出身于仕宦之家，后家境败落，科场也一直不得意。他交游甚广，曾向王世祯、施润章学诗，并与朱彝尊、赵执信等名士有往来，这对洪昇的创作有重要的影响。洪昇在诗歌方面较为擅长，有诗作《稗畦集》、《啸月楼集》。他还嗜好音律，有多部戏曲作品，其中著名的是杂剧《四婵娟》与传奇《长生殿》。《长生殿》代表了作者的最高文学成就，这部传奇前后历时十余年，"三易其稿而始成"。作品以李隆基、杨玉环的爱情为经，

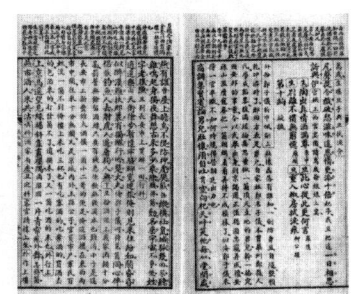

《长生殿》书影

以社会政治演变为纬来结构全剧，现实主义与浪漫主义有机地结合到了一起，情节曲折、场面壮丽、语言清丽流畅，充满了诗意。在思想上，作者既同情李、杨的遭遇，赞美他们的爱情，又揭露了其后果，流露出了作者对家国兴亡的感伤情绪。

明皇游月宫图　明　周臣
唐明皇李隆基游月宫的故事在唐代已广为流传。后代的众多文学家、书画家更是将这一故事作为常用的表现题材，唐代白居易的《长恨歌》、元代白朴的《梧桐雨》就是其中的代表作。在清代，洪昇对前代有关的文学作品润色加工并加以创造，衍生成戏剧《长生殿》。

孔尚任

孔尚任：1648—1718 清初诗人、戏曲作家
代表作：《桃花扇》
作品特点：作品以李香君与侯方域之间的悲欢离合为主线，借儿女之情抒发了作者的兴亡之感，很好地处理了艺术真实与历史真实之间的关系。

孔尚任像

清初诗人、戏曲作家，字聘之，又字季重，号东塘、岸堂，又号云亭山人，山东曲阜人，为孔子第64代孙。自幼便继承了儒家的思想传统与学术，并留意礼、乐、兵、农等各种学问，还考证过乐律。康熙皇帝南巡北归时到曲阜祭孔，孔尚任在御前讲《论语》受到褒奖，被任命为国子监博士，为此，他写了一篇《出山异数记》表示他的感激之情。他在京城的生活十分闲散，因此常以读书和搜集古物来填补无聊的日子，此时他开始了《桃花扇》的创作。这部剧作以李香君与侯方域之间的悲欢离合为主线，借儿女之情抒发了作者的兴亡之感，全面地反映了晚明社会的各种现实。这部作品很好地处理了艺术真实和历史真实之间的关系，是一部优秀的作品，在中国的戏曲史上占有重要的地位。

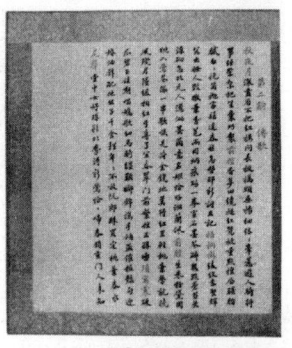

彩绘本《桃花扇》插图 清 这本带有插图的《桃花扇》笔录成，是清代同治年的彩绘精品，反映了当时人们对《桃花扇》的认识和艺术体现，同时这些绘画也可以一窥同治年间中国士人的生活状态。

纳兰性德

纳兰性德：1655—1685 清代词人
代表作：词集《纳兰词》
作品特点：词直抒胸臆，自然清新。

清代词人，原名成德，字容若，号楞伽山人，满洲正黄旗人，大学士明珠之子。善骑射，好读书，经史百家无所不窥，谙悉中国传统的学术文化，尤好填词。18岁中举，22岁赐

进士出身,官一等侍卫,其才干深得康熙赏识。其词直抒胸臆,自然清新,风格近似李后主,尤以小令见长。曾多次奉命出征,因此写有不少描写边塞生活的小令,颇具特色,如《[朔风吹散三更雪]菩萨蛮》、《[万帐穹庐人醉]如梦令》等。亦能诗,但成就不如词。有词集《纳兰词》,此外还辑有《全唐诗选》和《词韵正略》等。

方 苞

方苞:1668—1749 清代散文家
代表作:《周官集注》、《集外文》
作品特点:主张行文应言之有物,并注意行文的技巧和方法,将形式与内容有机结合。

清代散文家,字凤九,一字灵皋,晚年号望溪,安徽桐城人,被称为桐城派的鼻祖。自幼聪慧,24岁至京城,入国子监,以文会友,名声大振。康熙四十五年(1706)进士及第。后因给《南山集》作序案发,被株连下江宁县监狱。在狱中著成《礼记析疑》和《丧礼或问》。后康熙帝亲笔批示"方苞学问天

花卉图 清 金农

下莫不闻",方苞免死出狱,并以平民身份入南书房作帝的文学侍从。雍正年间提升为内阁学士,官至礼部侍郎。乾隆七年(1742),告病还乡。在文学上,方苞首创"义法"说。所谓"义"即"言有物",指文章的思想内容;所谓"法"即"言有序",指文章的形式技巧。"义法"说也就是倡导"道"与"文"、形式与内容的统一,为桐城派散文理论奠定了基础。后来桐城派的理论,皆是对"义法"说的完善和发展。方苞一生著述丰富,有《周官集注》、《周官析疑》、《集外文》、《补遗》等,还删订了《通志堂宋元经解》。

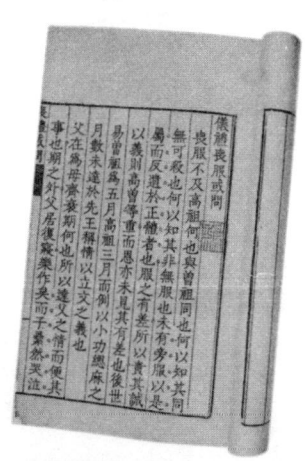

方苞《丧礼或问》书影

沈德潜

> 沈德潜：1673—1769 清代诗人、诗论家
> 代表作：《说诗晬语》
> 作品特点：主张写诗要学习儒家"温柔敦厚"，怨而不怒的诗学传统，讲究格律、声韵，重视体式。

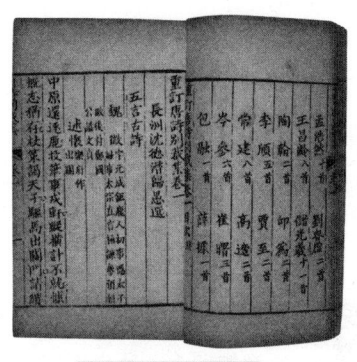
《唐诗别裁》沈德潜选

清代诗人、诗论家，字确士，号归愚，谥文悫，长洲（今江苏苏州）人。他热衷于功名，为乾隆年间进士，官至内阁学士兼礼部侍郎。在清中叶诗坛上，他是"格调派"的主要倡导者。他强调写诗必须讲究格律声调，"诗贵性情，亦须论法"。"性情"主要指儒家"温柔敦厚"、怨而不怒的诗学传统，所谓"论法"主要指讲究格律、声韵，重视体式，学古而不泥古。他的诗歌现存2300余首，有很多是歌功颂德之作。他的著作主要有《说诗晬语》、《沈归愚诗全集》，编选有《唐诗别裁》、《明诗别裁》、《清诗别裁》等。

郑燮

> 郑燮：1693—1765 清代文学家、书画家
> 代表作：《悍吏》、《私刑恶》等。
> 作品特点：诗情感真挚，语言朴实，散文直抒胸臆，自然豁达；书画则险绝古怪。

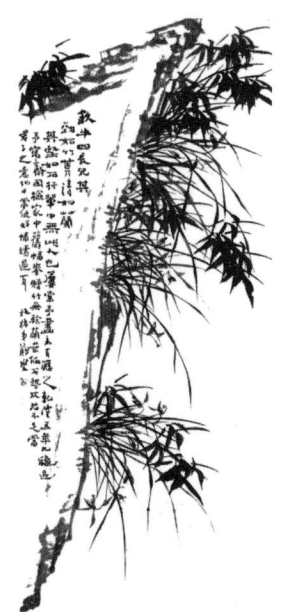

清代文学家、书画家，字克柔，号板桥，江苏兴化人。他出身贫苦，深知民间疾苦，曾发出"天地间第一等人只有农夫，而士为四民之末"的大胆议论。乾隆年间中进士，曾官山东潍县知县，为官清廉，有政声。他的诗作没有沾染拟古主义和形式主义，而是真挚素朴由心而发。他写有很多关心民生疾苦、痛斥贪官污吏的诗作，如《悍吏》、《私刑恶》、《逃荒行》等。他推崇杜甫爱国爱民的思想。他的散文创作也是独具一格。他反对模拟古人，强调作文须直达肺腑，"作文必欲法前古，婢学夫人徒自苦"。他的创作与主张在各种学说盛行的清代文坛可以说是独树一帜的，体现了诗人不随流俗的高尚品格。

郑燮《兰竹石图》
郑燮擅绘兰、竹、石，运笔秀劲洒脱，多以书法笔意入画，别具一格。

刘大櫆

刘大櫆：1698—1780 清代文学家
代表作：《海峰诗文集》
作品特点：论文侧重于艺术规律的探讨；散文风格清俊。

清代文学家，字才甫，一字耕南，号海峰，安徽桐城人。他才华出众，方苞初见其文章即为叹服，说"如苞何足算哉！邑子刘生乃国士耳！"一时名满京城。他师事方苞，又是姚鼐的老师，故为"桐城派三祖"之一。他在继承方苞的"义法"理论的基础上，又对其进行了补充，进一步探讨了行文之道。他的论文侧重于艺术规律的探讨，即研究"神气"与"音节"、"字句"的关系，他在《论文偶记》中说"义理、书卷、经济者"，是"行文之实"，是"匠人之材料"，而"神、气、音节者"是"匠人之能事"。他的神气音节的论文，在中国古代散文艺术理论上是一个新的发展。他的文章风格清俊。其著作有《海峰诗文集》。

山水图 清 金农

吴敬梓

吴敬梓：1701—1754 清代小说家
代表作：《儒林外史》
作品特点：小说真实地反映了现实，人物刻画生动传神，语言辛辣、精练、准确。

《儒林外史》书影
此书是中国古典讽刺小说的杰作。

清代小说家，字敏轩，一字文木，安徽全椒县人，出身于官僚仕宦之家。自幼聪颖，才识过人，少时曾随父宦游大江南北，对于官场内幕有很深的认识，无心于仕途功名。父亲去世后，由于他不善治生，又慷慨好施、挥霍无度，家境迅速败落，直到去世一直都过着清贫的生活。《儒林外史》是其代表作品，这部小说以批判科举制度和功名富贵为中心，反映了封建社会末期种种弊端和腐败的社会现实，塑造了范进、杜少卿等典型人物。这部小说在艺术上最大的特点是讽刺，语言精练、准确，是一部非常优秀的小说，在中国文学史上占有重要的地位。吴敬梓晚年爱好治经，著有《诗说》七卷（已佚），此外还有《文木山房集》十二卷。

毛宗岗

> 毛宗岗：1632—？ 清代文学批评家
> 代表作：评点《三国演义》
> 作品特点：对长篇历史小说的结构、艺术规律和情节安排进行了有益探讨，提出了建设性的意见和观点。

清代文学批评家，字序始，江苏长州（今苏州）人。其父毛纶，号声山，字德音，也是著名的批评家。他们父子二人共同评点、修正了《三国演义》，在文坛上具有重要的影响，今天所刊刻流行的《三国演义》就是他们的评点本。毛宗岗在对《三国演义》的评点中隐晦地表达了自己的政治见解。他从封建正统的伦理观念出发，强化了作品中拥刘贬曹的政治倾向，表达了对清统治者的不满和反抗。他还对长篇历史小说的结构、艺术规律和情节的安排进行了探讨，提出了富有建设性的意见和观点，在我国的文学批评史上占有重要的地位。

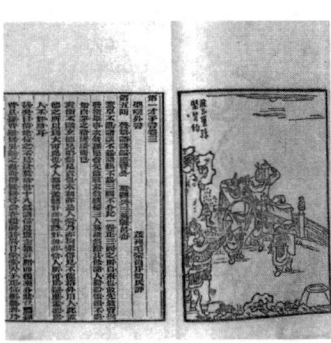

毛宗岗评点的《三国演义》

毛宗岗评点的《镜看图》

曹雪芹

> 曹雪芹：1715？—1764？ 清代小说家
> 代表作：《红楼梦》
> 作品特点：规模宏大，气势雄浑，故事情节曲折动人，人物个性突出，语言极富个性，文笔优美，在思想和艺术上都具有很高成就。

曹霑，清代小说家，字梦阮，号雪芹，又号芹圃、芹溪，是我国古典名著《红楼梦》的作者。曹雪芹自幼得到良好的教育，但曹家后期败落，深刻影响了曹雪芹的思想和心理，形成了他愤世傲世的叛逆性格。曹雪芹晚年贫困潦倒，长期靠朋友救济和卖画为生。曹雪芹多才多艺，工诗善画，时人评价其"诗笔有奇气"。《红楼梦》是他的代表作品，也是我国最杰出的古典文学名著之一。在艰难的环境中，他"披阅十载，增删五次"而成《红楼梦》。"满纸荒唐言，一把辛酸泪，都云作者痴，谁解其中味"，可以说概括了

曹雪芹像

作者一生的辛酸。《红楼梦》原名《石头记》，此外还有《金陵十二钗》、《风月宝鉴》等名，小说以贾宝玉、林黛玉的爱情为主线，以贾、王、史、薛四大家族的兴衰败亡为背景，揭示了封建礼教对人的束缚与残害。《红楼梦》是一部集大成之作，文笔优美，融汇了作者对人生和社会的思考，在思想和艺术上都具有很高的成就。

袁枚

> 袁枚：1716—1797 清代诗人、小说家、戏曲理论家
> 代表作：《随园诗话》、小说集《子不语》
> 作品特点：诗抒写性情、遭际和灵感；小说文笔流畅，叙事简洁。

清代诗人、小说家、戏曲理论家，字子才，号简斋，又号随园老人，浙江钱塘（今浙江杭州市）人。乾隆四年（1739）进士，曾任溧水、江浦、江宁等地知县。后辞官定居江宁，在小仓山下购筑"随园"，自号随园老人。袁枚的思想与晚明的李贽一脉相承，对当时学术界的汉宋学派不满，尤为反对考据学。在诗论上，他提出了"性灵说"，提倡抒写性情、遭际和灵感，开创了性灵派。他的诗文对当时文坛的拟古和形式主义文风有极大的冲击，但抒发闲情逸致，流连风花雪月，只是士大夫的情致，缺少社会生活内容，也限制了他的成就。其著作主要有《小仓山房诗文集》，《随园诗话》以及笔记体志怪小说专集《子不语》。《随园诗话》是他的代表作品，在论诗方面，提出了很多独到的见解，具有重要的影响。其小说集《子不语》文笔流畅，叙事简洁，在文坛上也具有重要的地位，其中有很多为人们所称道的名篇，如《黄生借书说》、《书鲁亮侪》等。

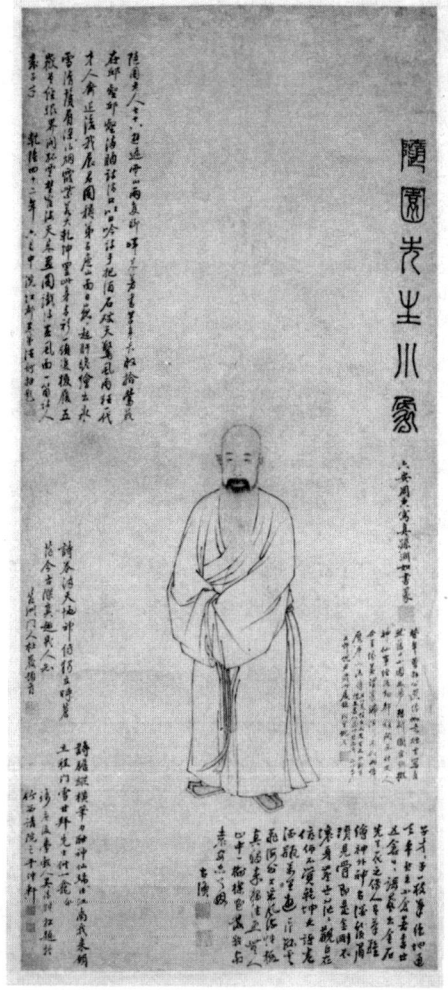

袁枚像轴
时与纪昀齐名，有"南袁北纪之称"。

四大谴责小说

> 作品特点：小说主要都是暴露社会黑暗和抨击官场腐败。这些作品在思想上具有一致性，即反映时代并与现实紧密联系。

清末中国的小说创作出现了较为繁荣的景象，形式多样，内容也各具特色，其中以暴露社会黑暗和抨击官场腐败为内容的小说，被称为"谴责小说"。所谓晚清四大谴责小说主要指的是李伯元（1867—1906）的《官场现形记》，吴趼人（1866—1910）的《二十年目睹之怪现状》，刘鹗（1857—1909）的《老残游记》以及曾朴（1872—1935）的《孽海花》。

《官场现形记》是最早也是最具有代表性的一部，在结构上，这本书模仿《儒林外史》，全书没有中心人物，是由一个个小故事连缀而成，通过对晚清官场的描写，揭露了封建社会崩溃时期，统治集团内部的腐朽状况。《二十年目睹之怪现状》在结构上与《官场现形记》相似，但全书有九死一生这个人物贯穿始终，反映了1884年至1904年20年间的官场、商场、洋场以及社会各个角落的污浊现象。《老残游记》是站在洋务派的立场来谴责现实，虽主张改革，但反对革命。《孽海花》虽对现实有揭露，但也是站在改良派的立场。四大谴责小说是鲁迅的评价，这些作品的产生与时代是密切相关的，在小说的发展史上也占有重要的地位。

近代四大词人

> 作品特点：该派词人作品都以反映现实为主，词都注重格律，并且都具有辞藻华丽、清深味浓的特点。

又名"清末四大词人"，他们是王鹏运、郑文焯、朱祖谋、况周颐。他们虽不以常州派相标榜，当仍受其影响。在理论上，他们大多本意内言外之旨与审韵持律之说，以立意为本，以守律为用，在词的创作上取得了较高的成就。王鹏运（1849—1904），字佑遐，自号半塘老人，广西桂林人，为近代四大词人之冠，他自幼聪慧，曾官内阁中书、江西道御史等职，著有《碧瀣词》、《宋词赏心录》等。在词的创作上，他主张反映现实，强调词要"明于音律"，对于词的发展有一定影响；郑文焯（1856—1918），字俊臣，号小坡、书问，晚自署大鹤山人、冷红词客，生于世代官宦之家，官至内阁中书，著有《樵风乐府》、《词源斠律》。他十分重视音律，在考校宫调乐律方面有贡献；朱祖谋（1857—1931），字古微，号沤尹、彊村，浙江归安（今湖州）人，生于官宦之家，官至吏部、礼部司郎，著有《彊村弃稿》、《彊村语业》等。他的词格律精严，情深味浓，是学人之词，稍欠自然；况周颐（1859—1926），原名周仪，字夔笙，号蕙风，广西桂林人，官至内阁中书，著有《存悔词》、《蕙风词话》等。他的词风早年"才情藻丽，思致渊深"，晚年哀怨凄凉。他的《蕙风词话》是一部近代词论专著，向来为学界所珍。

现代当代文学

鲁 迅

鲁迅：1881—1936 现代文学家、思想家、教育家、革命家
代表作：翻译作《域外小说集》；《呐喊》、《彷徨》、《朝花夕拾》，小说集《故事新编》；散文诗集《野草》、

现代文学家、思想家、教育家、革命家，原名周树人，字豫才，浙江绍兴人。1902年去日本学医，后弃医从文，希望用以改变国民精神。1909年，翻译《域外小说集》，介绍弱小民族文学。1918年，发表中国现代文学史上第一篇白话小说《狂人日记》，奠定了新文学运动的基石。参加《新青年》杂志工作，成为"五四"新文化运动的主将。1921年发表了中篇小说《阿Q正传》。1930年起，先后参加中国自由运动大同盟、中国左翼作家联盟等。先后参与主编了《莽原》、《语丝》等文艺期刊。著有杂文集《而已集》、《三闲集》等，小说集《呐喊》、《坟》等，散文集《野草》、《朝花夕拾》等，编著《中国小说史略》、《小说旧闻钞》等。

鲁迅旧照
这是他逝世之日报刊上刊登的遗照。鲁迅把自己的写作称为"摇坑"："不过埋葬的是自己"。

《呐喊》

特点：小说充满了反封建热情，描写生动具体；人物刻画细腻逼真；塑造了像阿Q等一批典型文学形象。

鲁迅的第一部短篇小说集，1923年出版。共收了鲁迅在1918—1922年间写的14篇小说。它的出版对"五四"新文学的开创和启发，对于整整一代新文学创缔者的激励，以及对于几代中国作家的培养，都产生了深远巨大的影响。小说具有充沛的反封建热情，从总体倾向到具体描写，都和"五四"时代精神一致，表现了文化革命和思想革命的特色。其中以《狂人日记》和《阿Q正传》为其代表。《狂人日记》是现代文学的第一篇白话小说，描写了一个"迫害狂"患者的精神状态和心理活动。小说的艺术构思非常巧妙，揭示了封建社会吃人的本质。《阿Q正传》以辛亥革命前后落后的农村小镇未庄为背景，塑造了一个从物质到精神都受到严重伤害的农民的典型。小说集另外还包括名篇《孔乙己》、《药》、《故乡》等。

电影《阿Q正传》中的阿Q(严顺开饰)

《彷徨》

特点：表达了作者彻底不妥协地反封建精神。语言辛辣、犀利，讽刺含而不露，人物刻画生动、真实，思想内涵极为深刻。

继《呐喊》之后鲁迅出版的第二部小说集，于1926年8月出版。集中共收了《祝福》、《在酒楼上》、《伤逝》等11篇小说。作品表达了作者彻底的不妥协地反对封建主义的精神，是中国革命思想的镜子。作品主要包括农民和知识分子两类题材。前者以《祝福》和《示众》为代表，后者以《在酒楼上》和《孤独者》为代表。《祝福》中的祥林嫂是一个在封建的政权、族权、神权和夫权下遭受残酷的精神虐杀的劳动妇女，她的遭遇体现了封建宗法制度和思想体系对劳动人民精神奴役的残酷性。《示众》中的看客把别人的痛苦和不幸当作自己的娱乐和安慰，体现了中国农民的"愚昧"、"麻木"和"无知"。《在酒楼上》中的吕纬甫和《孤独者》中的魏连殳，则是那个时代知识分子的代表。《彷徨》和《呐喊》两部小说集是中国新小说的成熟之作，为中国白话小说的发展奠定了基础。

《彷徨》原版封面

《朝花夕拾》

特点：作品采用夹叙夹议的方式，生动真实地描写了农村、城镇人民的生活风貌。整部作品舒展通脱，流畅清新，将抒情与讽刺有机地结合。

鲁迅的散文集，原名《旧事重提》，1927年结集成书的时候，改名为《朝花夕拾》。在这组文章里，作者用夹叙夹议的方式，以少年时代生活经历为线索，真实而动人地抒写了从农村到城镇、从家庭到社会、从国内到国外的一组生活。整部作品侧重继承传统散文写人记事的长处，舒展通脱，以流畅清新取胜。《二十四孝图》、《无常》两篇议论与叙述并重，隐寓作者对社会生活的针砭。《五猖会》、《从百草园到三味书屋》、《琐记》等，则以亲切动人的笔墨，各自记录了社会生活的一面。《藤野先生》和《范爱农》既追怀昔日师友，又写出了海外生活和革命运动的片断，境界开广。作品中所写的事和人，往往饱含着作家强烈的爱憎，闪烁着社会批判的锋芒，在平淡的叙述中寓有褒贬，在简洁的描写中分清是非，使回忆与感想、抒情与讽刺和谐地结合起来。

鲁迅的断发照
(1902年于日本)

《故事新编》

特点：将历史与现实交叉应用于作品之中，人物形象塑造生动传神，故事叙事生动曲折，整部作品思想深邃，反映出了三十年代形形色色的现代人的灵魂。

　　鲁迅的历史小说集，出版于1936年，共收入小说8篇。作品取材于历史、神话和传说中的人物及事件，在历史与现实的互映中，歌颂了中华民族的正气，鞭挞了民族败类的丑恶行径。《补天》取材于女娲炼石补天的神话传说，塑造了东方圣母的崇高形象。《奔月》取材于"嫦娥奔月"的神话故事，反映了羿的英雄气概、正直性格和孤寂落寞的心境。《铸剑》通过眉间尺反暴复仇的故事，鞭挞了专制君主的暴行。后五篇（《理水》、《非攻》等）的内容则更为深广，色彩更为明朗。作者热烈颂扬了身心健全的中华民族的英雄，对那些腐败邪恶的坏种则采取"刨祖坟"的方法，将孽种丑态暴露于光天化日之下。作者以极俭省的笔墨，勾出了传说中的形象，用其照出了"五四"以后特别是三十年代形形色色的现代人的灵魂。

鲁迅与进步文学青年在一起

鲁迅是中国新文化运动的主将之一，一生著作近1000万字，笔下许多人均成为典型形象。《故事新编》大胆地突破了小说的常规，运用时空的交错，古今杂糅，将古代神话传统置于世俗的环境中，显示出悲哀、无聊与滑稽，是一本现代奇书。

《野草》

特点：作品以内心抒发为主，交织着严肃的自剖和不倦的战斗、艰苦的探索。作品的想象奇诡超迈，文字深醇隽美。

　　鲁迅的散文诗集，写于1924年至1926年之间，共收作品23篇。作品以内心抒发为主，交织着严肃的自剖和不倦的战斗，探索艰苦，感受深切。《野草》的篇章贯穿着理想与现实的冲突，也体现了存在于作者自己思想里的同样的冲突。他感到黑暗势力的浓重；同时又觉得战斗之不能松懈，坚持顽强不屈的精神。作品以想象的奇诡超迈和文字的深醇隽美而成为艺术的精品,为散文诗的创作奠定了基础。既有寄情于物,托物言志的《雪》、《秋夜》,也有鞭笞人性泯灭者的《颓败线的颤动》,更有《好的故事》等名篇,使用象征或隐喻的手法,暗示心灵的归趋,至于《失掉的好地狱》、《复仇之二》、《过客》、《死后》等,更以构想奇妙,造语精致,在突破生死界域、融通心灵与现实的过程中启示着某种超凡的哲理风味。

鲁迅散文集《野草》初版封面
"我自爱我的野草,但我憎恶这以野草作装饰的地面"(鲁迅)
《野草》是孤独的行进者鲁迅的"独语",是为自己而营造的,与现实对立的陌生的艺术世界,并表达了鲁迅作为一个斗士不屈不挠的意志。《野草》以其个性化与创造性的语言,开创了现代文学的真正本质。

欧阳予倩

欧阳予倩:1889—1962 现代戏剧、电影艺术家
代表作:电影《天涯歌女》、历史剧《桃花扇》
作品特点:电影思想深邃,艺术感染力强;戏剧借古喻今,表现了强烈的爱国热情。

戏剧、戏曲、电影艺术家,中国话剧运动和电影事业的开拓者之一。原名立袁,艺名兰容等,湖南浏阳人。1902年赴日本留学。在日本参加了新剧团体——春柳社。1911年回国后,参与组织新剧同志会、春柳剧场。1914年开始从事京剧创作与演出,表演方面,他大胆进行演出形式的革新,与梅兰芳齐名,有"北梅南欧"之誉。1926年进入电影界,编写了《玉洁冰清》、《天涯歌女》等影片。1929年创办广东戏剧研究所,出版大型刊物《戏剧》等。抗日战争期间改编的历史剧《桃花扇》和《忠王李秀成》,借古喻今,表现爱国抗日的主题,在当时影响很大。

欧阳予倩像

著有京剧剧本《人面桃花》、《孔雀东南飞》等,话剧剧本《潘金莲》等,桂剧剧本《木兰从军》等,评论集《予倩论剧》,《欧阳予倩剧作选》等。

欧阳予倩故居

胡适

胡适：1891—1962 现代学者、诗人
代表作：《白话文学史》、《中国哲学史大纲》
作品特点：作品提倡写作使用白话文，语言浅显明了，从普遍民众中汲取语言营养。

中国现代学者、诗人，原名胡洪，字适之，安徽绩溪人。1910年留学美国。1914年在康奈尔大学获文学士学位后，入哥伦比亚大学读哲学，师从杜威，深受其实验主义哲学的影响。1917年回国，任北京大学教授，积极参加新文化运动和文学革命运动，是新文化运动中最有影响力的人物之一。1917年发表《文学改良刍议》，猛烈抨击了封建文学，是反对文言文、提倡白话文的首篇正式宣言。参加编辑《新青年》。1920年出版中国文学史上第一部白话诗集《尝试集》。1923年与徐志摩等组织新月社。1924年与陈西滢等创办《现代评论》周刊。1946年任北京大学校长。胡适一生在哲学、文学、史学、古典文学考证诸方面都有很大成就。另著有《五十年来之中国文学》、《胡适文存》、《白话文学史》、《中国哲学史大纲》等。

胡适旧照

刘半农

刘半农：1891—1934 现代文学家、语言学家、教育家
代表作：《扬鞭集》
作品特点：提倡效法古人的散文写作方法，但要写出作者的真实感受；文章中表现出了唯物主义思想。

中国文学家、语言学家、教育家，"五四"新文化运动的先驱之一，原名刘复，江苏淮阴人。1911年参加辛亥革命。1917年到北京大学任法科预科教授，并参与《新青年》杂志的编辑工作。积极投身文学革命，发表了许多震惊文坛的进步论著，成为新文化运动中一位"斗士"和"闯将"。1920年到英国伦敦大学的文学院学习实验语音学。同年创作了一首题为《教我如何不想她》的新诗。1921年转入法国巴黎大学学习。1925年获法国国家文学博士学位。1925年秋回国，任北京大学国文系教授，讲授语音学。他

刘半农旧照

刘半农书法·隶礼

是白话诗歌的拓荒者,现代民歌研究的带头人,具有开拓精神的杂文家。他又是中国语言学及摄影理论奠基人,是中国第一个获"康士坦丁语言学专奖"的语言学家。著有诗集《扬鞭集》、《瓦釜集》等。

郭沫若

郭沫若:1892—1978 现代学者
代表作:诗集《女神》,历史剧《屈原》、《虎符》、
作品特点:用白话写现代诗歌,对现代民歌研究很深。杂文具有非凡的开拓精神。

郭沫若旧照

中国现代诗人、剧作家、历史学家、考古学家、古文字学家,在现代文学史上足以代表一个时代。原名郭开贞,号尚武、鼎堂,四川乐山人。1914年留学日本。1921年出版第一本诗集《女神》,以崭新的内容和形式,开了一代诗风,成为中国新诗的奠基人。诗作直抒胸臆,感情奔放,格调昂扬。同年与成仿吾等人发起成立创造社,是创造社的骨干成员。后又发表诗集《星空》、《恢复》等。抗战期间写了《屈原》、《虎符》、《棠棣之花》等历史剧及大量诗文。他的历史剧将历史与现实有机结合,以独到的历史眼光,向传统思想进行了挑战,具有鲜明的革命浪漫主义特色和浓郁的抒情色彩。1949年后,郭沫若历任中国科学院院长、中国科学院哲学社会科学部主任、历史研究所第一所所长等职。先后出版诗集《新华颂》、《潮汐集》、《东风集》等,历史剧《蔡文姬》、《武则天》等,学术专著《石鼓文研究》等。在文学的各种体裁、翻译、史学、文字学等各方面郭沫若都有建树,是少有的全能型文人,又是多产作家。

《郊原的青草》墨迹 当代 郭沫若

《女神》

特点：诗集语言优美，想象丰富，规模宏大。具有鲜明的时代特色，独创的艺术风格，是中国现代诗的经典作品。

郭沫若的第一部新诗集，写于1921年，被列为"创造社丛书"之一，也是中国现代文学史上一部具有突出成就和巨大影响的新诗集。该诗集中共收录诗歌56首。诗集高举"五四"科学、民主的大旗，对封建旧制进行了勇猛的冲击，表现出了改造社会的强烈要求，以及追求和赞颂美好理想的无比热力，奏响了"五四"时代精神的最强音。诗集中最有代表性的作品是《凤凰涅槃》和《女神之再生》。《凤凰涅槃》以有关凤凰的传说作素材，借凤凰"集香木自焚，复从死灰中更生"的故事，象征着旧中国以及诗人旧我的毁灭和新中国以及诗人新我的诞生。《女神之再生》是根据女娲炼石补天的古代传说而写成的，以神话题材影射现实，揭示出反抗、破坏和创造的主题。《女神》所表现出来的鲜明的时代色彩，独创的艺术风格，丰富了我国诗歌创作的宝库，为中国现代诗歌开辟了新路。

《女神》书影
郭沫若的《女神》以崭新的内容与形式开一代诗风。

丁西林

丁西林：1893—1974 现代话剧作家
代表作：话剧《一只马蜂》、舞剧《雷峰塔》
作品特点：其话剧构思新颖，结构精巧，语言机智幽默。

中国现代话剧史上一位有独特风格的喜剧作家，被誉为"独幕剧圣手"、"喜剧大师"、"东方的莫里哀"。原名丁燮林，字巽甫，江苏泰兴人。他自幼喜欢读书。1914年夏赴英。留英期间，大量阅读萧伯纳、高尔斯华绥的剧本，还接触了易卜生的作品，他也因此进

丁西林认为喜剧是一种理性的感受，必须经过思考，发出会心的微笑。他的独幕喜剧大都情节单纯，但能把握剧中喜剧性的"种子"，形成核心情节，对技巧的运用挥洒自如，丁西林还是一个杰出的物理学家，制造了中国自己的第一座地磁台。

入了话剧的世界。1923年,发表了独幕话剧《一只马蜂》,一鸣惊人。该剧结构精巧,语言机智幽默,给人耳目一新的感觉。1926年,写成了代表作之一《压迫》,该剧被洪深誉为大革命时期"创作喜剧中的唯一杰作"。同年,与邓以蛰、闻一多创办中国戏剧社。1939年,创作了独幕话剧《三块钱国币》,四幕喜剧《等太太回来的时候》。另有舞剧《雷峰塔》、《胡凤莲与田玉川》等,话剧《孟丽君》、《干杯》等。译作《十二镑钱的神情》、《一代天骄——拿破仑》等。编有《西林独幕剧集》、《西林戏剧集》和《丁西林剧作集》等。

徐志摩

徐志摩:1893—1931 现代诗人、散文家
代表作:抒情诗《再别康桥》,散文集《落叶》、《秋》等
作品特点:他的诗充满了浪漫主义的抒情美;诗作音节和谐,想象丰富,比喻贴切,意境优美。

现代诗人、散文家、翻译家,新月社的主要代表人物,被誉为新月社的"盟主",笔名诗哲、南湖等,浙江海宁人。1915年考入上海沪江大学。1918年赴美,先后学习历史、政治及银行学,这一时期深受尼采哲学的影响。1921年赴英留学,期间深受欧美浪漫主义和唯美派诗人的影响。1923年发起组织新月社。1924年与胡适、陈西滢等创办《现代评论》周刊。1925年出版第一本诗集《志摩的诗》。1926年主编《诗镌》,与闻一多等人开展新诗格律化运动。1928年,作抒情诗《再别康桥》,诗作音节和谐,想象丰富,比喻贴切,具有优美的意境,充分表现了诗人的个性和才情。徐志摩早期诗作优美、乐观而热情;后期的

徐志摩旧照

诗作则相对消极。他的作品具有鲜明的音乐美,节奏和谐而整齐,音节匀整而富有流动感。语言平易、浅显,表现手法多样。主要著有诗集《翡冷翠的一夜》、《猛虎集》等,散文集《落叶》、《秋》等,戏剧《卞昆冈》,日记《爱眉小札》等,译著《曼殊斐尔小说集》等。

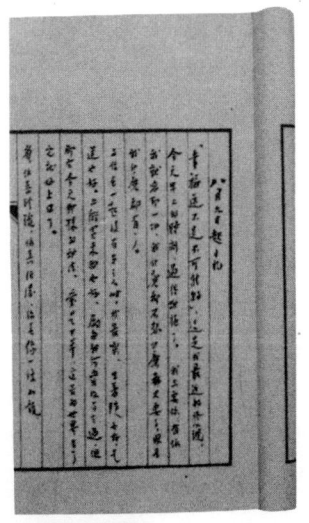

《爱眉小札》书影

洪 深

> 洪深：1894—1955 现代戏剧理论家、剧作家、导演
> 代表作：戏剧《五奎桥》、《香稻米》、《青龙潭》
> 作品特点：其早期作品重视人物形象的塑造和性格心理的刻画。

洪深旧照

现代戏剧理论家、剧作家、导演，学名洪达，字伯骏，江苏省常州人。自幼喜爱文艺。1916年，留学美国，期间受业于美国哈佛大学著名戏剧教授倍克先生，写有"反帝"主题的英文话剧《虹》。1922年回国，执教于复旦、暨南等大学。他"是第一个主张并且写出剧本的人"。1924年以后进入电影界，创造出最早的电影文学剧本《申屠氏》、《劫后桃花》。其早期作品比较注重人物形象的塑造和性格心理的刻画，开中国电影"心理剧"的滥觞。1930年，参加中国共产党领导的左翼文艺运动。1930年到1932年间，相继创作了以江南农村生活为题材的"农村三部曲"（《五奎桥》、《香稻米》、《青龙潭》），这是他的代表作品，是典型的社会分析剧，其中《五奎桥》被认为是最优秀的一部。在戏剧创作的同时，他还积极从事电影和戏剧理论的研究工作，为中国电影和戏剧理论的建构做出了突出贡献。

叶圣陶

> 叶圣陶：1894—1988 现代作家、教育家
> 代表作：小说《倪焕之》，散文集《小记十篇》，童话集《稻草人》
> 作品特点：小说朴实冷隽，具有强烈的现实主义特色；散文感情朴实，语言洁净。

现代作家、教育家，原名绍钧，江苏苏州人。1919年加入新潮社，1921年参与发起成立文学研究会。1928年发表长篇小说《倪焕之》。这部小说真实地反映了从辛亥革命到第一次国内革命战争时期一部分小资产阶级知识分子的生活历程和精神面貌。他的小说呈现出朴实冷隽的艺术格调，具有强烈的现实主义特色。"九·一八"事变之后，积极参加爱国抗日活动，发表了《多收了三五斗》等著名的短篇小说。1935年出版散文集《未厌居习作》，作品感情朴实，语言洁净，具有厚实的社会内容。他还创作了大量的童话作品，其中《稻草人》是其代

《相濡以沫》手稿 叶圣陶
发表于1976年10月《人民中国》杂志。

表作,作品展现了劳动人民的苦难。1949 年后,历任人民教育出版社社长、教育部副部长、中央文史馆馆长等职。主要著作有长篇小说《倪焕之》,短篇小说集《隔膜》、《城中》、《未厌集》等,散文集《叶圣陶散文甲集》、《小记十篇》,童话集《稻草人》、《古代英雄的石像》等,论文集《文心》、《十三经索引》、《苏辛词》等。

林语堂

林语堂:1895—1976 现代文学家
代表作:小说《京华烟云》,散文集《欧风美语》
作品特点:小品文格调以闲适为主;小说语言优美,人物刻画传神,性格分明。

现代文学家,原名和乐,后改为玉堂、语堂,福建龙溪人。1919 年入美国哈佛大学文学系。1922 年转赴德国入莱比锡大学,专攻语言学。次年获博士学位后回国,任北京大学教授、北京女子师范大学英文系主任。1924 年后为《语丝》主要撰稿人之一。1932 年先后主编《论语》半月刊、《人间世》、《宇宙风》等杂志。他提倡"以自我为中心,以闲适为格调"的小品文。1952 年在美国与人创办《天风》杂志。他的一生,走的是一条综合东西方文化之路。1936 年以前重在向中国读者输入西方文化观念;1936 年以后则重在向欧美读者宣扬道家哲学,意欲用老庄思想之"柔"来济西方文化之"刚",使之臻于至美。著有长篇小说"林氏三部曲"(《京华烟云》、《风声鹤唳》、《朱和》),散文集《欧风美语》,杂文集《剪拂集》、《俚语集》。

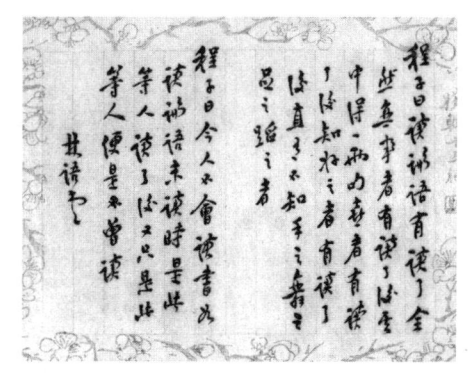

林语堂墨迹

中国民权保障同盟会员合影中的林雨堂
1932 年,宋庆龄、鲁迅、蔡元培、杨杏佛在上海发起组织中国民权保障同盟。图为部分成员合影。左二为林雨堂。其他人为(左起):胡愈之、黎沛华(宋庆龄秘书)、杨杏佛、宋庆龄。

郁达夫

郁达夫：1895—1945 现代作家、翻译家
代表作：短篇小说集《沉沦》，中篇小说《迷羊》
作品特点：早期作品流露出孤独愤世的慨叹和哀怨；后期的作品风格真率、热情、明丽、酣畅。

郁达夫旧照
郁达夫的小说以主人公感情发展为线索组织篇章的抒情结构。

现代作家、翻译家，原名郁文，浙江富阳人。自幼喜爱文学，古典文学修养深厚。1913年赴日本留学，初读文科，后改学经济。1921年，与郭沫若、成仿吾等在东京发起成立创造社，同年出版了短篇小说集《沉沦》，该作被列为"创造社丛书"之一。小说《沉沦》描写一个有忧郁症的中国留日学生，在异国历经屈辱和冷遇，最终绝望走向沉沦的过程。1922年回国，参加编辑《创造》季刊、《创造周报》等刊物。1928年与鲁迅合编《奔流》月刊，并主编《大众文艺》。1930年，加入中国左翼作家联盟。抗日战争爆发后，积极从事抗日活动，后被日军杀害。他的早期作品往往流露出孤独愤世的慨叹和哀怨；后期的作品如《迟桂花》等则更多地表现了对下层不幸者的同情，风格上具有真率、热情、明丽、酣畅的特点。主要著作有短篇小说集《沉沦》、《鸡肋集》等，中篇小说《迷羊》、《她是一个弱女子》等，《达夫日记》、《达夫游记》等。另出版有《达夫全集》、《达夫文集》等。

《沉沦》初版封面

邹韬奋

邹韬奋：1895—1944 现代作家、新闻记者
代表作：杂文集《韬奋漫笔》
作品特点：他写的通讯和评论具有极强的现实主义特色。

现代作家、新闻记者，原名思润，江西余江人。1921年毕业于上海圣约翰大学，后任《生活》周刊和《时事新报》副刊主编，从此毕生从事新闻出版工作。1933年起，撰写了《小言论》和《韬奋

邹韬奋旧照
1936年11月与沈钧儒、李公朴等其他六位救国会负责人被国民党政府无理逮捕入狱，时称"七君子事件"。1943年10月因病逝世。在其追悼会上，周恩来提出"以韬奋为出版事业模范"。

漫笔》等杂文集。同年7月因受迫害流亡国外,为《生活》周刊撰写了30多万字的国外通讯。1935年,由美归国,创办《大众生活》周刊,同时参加抗日救亡活动。1936年3月被迫出走香港,创办了《生活日报》及《生活日报星期增刊》。1943年写下《对国事的呼吁》一文,表达了他对蒋介石实行反动政策的愤慨。他写的通讯和评论具有极强的现实主义特色,产生了广泛的社会影响。主要著作有《萍踪寄语》、《萍踪忆语》、《经历》、《抗战以来》、《患难余生记》等。

张恨水

张恨水:1895—1967 现代学者
代表作:小说《金粉世家》、《啼笑因缘》
作品特点:他的小说追求文学的通俗化,坚持现实主义的创作原则。

现代通俗文学大师、章回小说大家,原名张心远,祖籍安徽潜山,生于江西广信。他在近半个世纪的写作生涯中,创作了一百多部通俗小说,其中绝大多数是中、长篇章回小说。在小说之外,他还写有大量文艺性散文和新闻性散文,再加上3000首左右的诗词和一些剧本,

张恨水像

全部作品在3000万言以上。以《春明外史》、《金粉世家》、《啼笑因缘》、《八十一梦》四部长篇小说为代表作,还著有《夜深沉》、《魍魉世界》、《五子登科》等。张恨水的小说追求文学的通俗化,奉行为普通老百姓写作的态度,坚持现实主义的创作原则,一直拥有大量的读者。小说以寓教于乐的艺术追求完成了他对鸳鸯蝴蝶派小说的突破,在20世纪的中国小说长廊中是独树一帜的。

张恨水《大江东去》小说书影

茅 盾

> 茅　盾：1896—1981 现代学者
> 代表作：《子夜》、《林家铺子》
> 作品特点：人物形象鲜明突出，情节的冲突、发展，往往由当时各种社会矛盾所决定，同时与广阔的社会背景相联系。

现当代杰出的小说家、文艺理论家、文艺批评家，原名沈德鸿，字雁冰，浙江桐乡人。1915年毕业于北京大学预科班。1916年参与发起组织文学研究会，任《小说月报》主编。1928年东渡日本，开始写作《幻灭》、《动摇》、《追求》和《虹》。1930年回国加入左联，期间写出了《子夜》、《林家铺子》、《春蚕》。抗战时期，发表了《腐蚀》和《锻炼》等。他的小说被称为"社会剖析小说"，其特征是"作品中人物形象阶级特征比较鲜明，情节的冲突、发展，往往由当时各种社会矛盾所决定，与更为广阔的社会背景相联系着。"另著有长篇小说《第一阶段的故事》等，短篇小说集《野蔷薇》等，散文集《白杨礼赞》、《话匣子》等，评论集《夜读偶记》、《鼓吹集》等，话剧剧本《清明前后》，中短篇小说《路》、《林家铺子》等。

茅盾旧照
1936年因茅盾的长篇小说《子夜》的出版而被称为"《子夜》年"。

《子夜》

> 特点：作者在表现人物时，着重环境描写，突出人物；善于运用细节勾画人物；运用语言描写显示人物。小说语言简洁、细腻，生动，艺术结构宏伟谨严。

茅盾的代表作，是中国现代文学一部革命现实主义的长篇。动笔于1931年10月，完成于1932年12月。小说以民族工业资本家吴荪甫和买办金融资本家赵伯韬之间的矛盾和斗争为主线，反映了30年代初期革命深入发展、星火燎原的中国社会的面貌。吴荪甫是小说里的主要人物，是雄踞于20世纪中国小说史上的一个悲剧人物的典型形象。在他身上，人们可以看到30年代民族资产阶级的特征，也可以看到在30年代特殊环境下生成的复杂个性。作者在表现人物时，着重环境描写，突出人物；运用细节，勾画人物；运用语言描写，显示人物。小说语言简洁、细腻，生动；艺术结构宏伟而谨严。《子夜》的产生，充分显示中国革命文学的实绩，提高了中国现实主义文学思想艺术水平。

《子夜》书影

朱光潜

> 朱光潜：1897—1986 现代美学家、翻译家
> 代表作：《文艺心理学》、《谈美》
> 理论要点：是现代比较美学和比较文学的拓荒者，提出了"美是主客观的辩证统一"的观点。

现代美学家、文艺理论家、翻译家，笔名孟实，安徽桐城人。1922年毕业于香港大学文科教育系。1930年获英国爱丁堡大学文科硕士学位。1933年获法国斯特拉斯堡大学文科博士学位。朱光潜是我国现代美学的开拓者和奠基者之一。他的《文艺心理学》、《谈美》、《诗论》等专著，对于中国现代美学的发展具有开拓意义。同时他也是中国现代比较美学和比较文学的拓荒者之一。他所著的《诗论》是中国比较美学的典范作品，《文艺心理学》也是融贯中西的经典著作。新中国成立后，朱光潜提出了"美是主客观的辩证统一"的观点，以马克思主义的"美学的实践观点"不断丰富和发展自己的美学思想，形成了一个颇有影响的美学流派。朱光潜对马克思主义的经典著作《1844年经济学——哲学手稿》、《关于费尔巴哈的提纲》、《资本论》、《自然辩证法》等进行系统研究，对一些译文提出了有重大价值的修改意见，他为中国现代美学建设，为建立中国的马克思主义美学体系和文艺理论体系做出了重要的贡献。

朱光潜像

丰子恺

> 丰子恺：1898—1975 现代散文家、漫画家
> 代表作：散文集《缘缘堂随笔》，漫画集《古诗新画》
> 作品特点：他的散文以动人的笔触表达了对社会人生的深刻思考，同时展示了作者丰富的内心世界。

散文家、漫画家、翻译家，原名丰润、丰仁，浙江崇德人。1914年入杭州浙江省第一师范学校，从李叔同学习音乐和绘画。1921年东渡日本学习绘画、音乐和外语。1924年首次发表了他的画作《人散后，一钩新月天如水》。其后，他的画以"漫画"为题在《文学周报》上陆续发表。自此中国开始有了"漫画"这一名称。1925年成立立达学会，参加者有茅盾、叶圣陶、郑振铎等人。1931年，他的第一本散文集《缘缘堂随笔》出版，后又陆续出版了《缘缘堂再笔》、《东厢社会》等十几部集子。他的散文以动人的笔触表达了对社会人生的深刻思考和一个正直知识分子的良知，也展示了作者丰富的内心世界和广阔的艺术视野。另著有漫画集《子恺漫画》、《古诗新画》，论文集《艺术修养基础》、《艺术丛话》，译注《原氏物语》、《猎人笔记》等。他被誉为"现代最像艺术家的艺术家"。

庐 隐

庐隐：1898—1934 现代女文学家
代表作：《海滨故人》
作品特点：作品文字清浅、直切、劲健、自然，并不炫奇斗巧。

庐隐旧照
五四时期，庐隐不倦地探索人生和社会问题。其文笔自然清丽，并带有感伤忧郁的情调。《云鸥情书集》是她与男友李唯建的通信集。

中国现代女文学家，原名黄淑仪，又名黄英，福建闽侯人。1919年考入北京高等女子师范学校国文系。1921年加入文学研究会。1925年出版第一本小说集《海滨故人》。1926年到上海大夏大学教书。1927年任北京市立女子第一中学校长半年，期间出版了作品集《灵海潮汐》和《曼丽》，其中的《父亲》等篇，揭露了旧家庭代表人物的种种丑态，表现了作者对封建当权势力的愤慨，极具社会意义。1931年出版了通信集《云鸥情书集》。后移居东京，出版了《东京小品》。1931年起担任上海工部局女子中学国文教师。她的小说，大多采取自传式的书信体或日记体，文字清浅、直切、劲健、自然，并不炫奇斗巧。另著有小说集《玫瑰的刺》等，长篇小说《女人的心》、《火焰》等。

田 汉

田汉：1898—1968 现代诗人、剧作家
代表作：《义勇军进行曲》的词，文学剧本《乱钟》、《月光曲》
作品特点：歌词气势贯虹，大气雄壮；戏剧情节曲折、生动、感人。

现代戏剧的奠基人，诗人、剧作家，字寿昌，湖南长沙人。1916年赴日本留学，先学海军，后学教育，期间参加少年中国学会。1919年开始话剧创作，写了《咖啡店之一夜》等作品，其早期的剧作表现了较强的浪漫和唯美情调。1920年出版通信集《三叶集》。1921年与郭沫若等人组织创造社，同年回国，编辑出版《南国》半月刊。1927年发起组织南国电影剧社，进行话剧创作和演出。1929年创作了代表作《名优之死》，塑造了刘振声的反抗性格和悲剧命运。1930年加入左联，积极推进革命戏剧的

田汉早期剧作《名优之死》剧照

发展。他还是现中国国歌《义勇军进行曲》的词作者。著有文学剧本《乱钟》、《回春之曲》、《月光曲》、《琵琶行》、《江汉渔歌》、《丽人行》、《汉阳泪》、《哀江南》等，戏曲剧本《白蛇传》、《西厢记》、《情探》等。

郑振铎

郑振铎：1898—1958 现代学者
代表作：短篇小说集《家庭的故事》，散文集《山中杂记》
作品特点：作品倡导写实主义的"为人生"的文学，提出"血与泪"的文学主张。

现代作家、文学评论家、文学史家、考古学家，笔名西谛、CT。原籍福建长乐，生于浙江永嘉。五四运动爆发后，曾作为学生代表参加社会活动，并和瞿秋白等人创办《新社会》杂志。1920年与沈雁冰、叶绍钧等人发起成立文学研究会，并主编文学研究会机关刊物《文学周刊》，编辑出版了《文学研究会丛书》。1923年开始主编《小说月报》，倡导写实主义的"为人生"的文学，提出"血与泪"的文学主张。和许广平等人组织"复社"，出版了《鲁迅全集》、《联共党史》、《列宁文选》等。新中国成立后，长期在文化部门和科研单位工作，1958年在率中国文化代表团出国访问途中，因飞机失事殉难。郑振铎的学术活动贯穿于他的一生，其突出贡献主要是在新文学现实主义文艺理论的探讨和中国文学史的建树两个方面。主要著作有：短篇小说集《家庭的故事》、《桂公塘》，散文集《山中杂记》，专著《文学大纲》、《插图本中国文学史》、《中国通俗文学史》、《中国文学论集》、《俄国文学史略》等。有著作《郑振铎文集》。

《明遗民书》书影　郑振铎

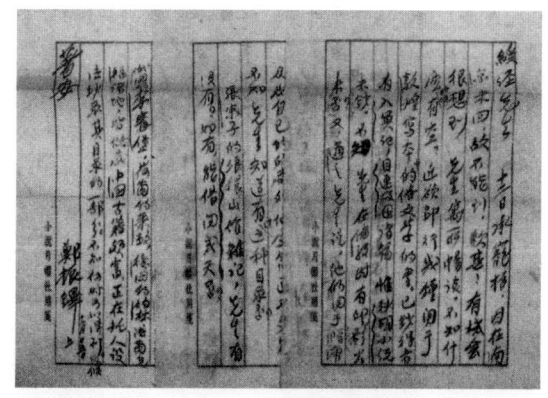

郑振铎书札
此为郑振铎致他人之信，内容谈及敦煌文学中的俗文学。

朱自清

> 朱自清：1898－1948 现代散文家、诗人
> 代表作：长诗《毁灭》，散文《绿》、《春》
> 作品特点：其散文结构缜密，脉络清晰，婉转曲折的思绪中有种温柔敦厚的气氛。

现代散文家、诗人，原名自华，字佩弦，号秋实，祖籍浙江绍兴，生于江苏扬州。1916年在北京大学哲学系学习。1922年，他同俞平伯、叶圣陶等创办《诗》月刊，这是"五四"以来最早的一个诗刊。1931年到英国留学，并漫游欧洲数国。1932年回国主持清华大学文学系。在我国现代散文作家中，朱自清的散文结构缜密，脉络清晰，婉转曲折的思绪中有种温柔敦厚的气氛；文字清秀、朴素而又精到，最具有我国散文的传统的美学风范。主要作品有长诗《毁灭》，散文《绿》、《春》、《桨声灯影里的秦淮河》、《荷塘月色》，散文集《欧游杂记》、《伦敦杂记》等。1948年6月，他为抗议美国的扶日政策，在拒绝领取美援面粉宣言上签名，后因胃病复发，医治无效，终在贫病中死去。毛泽东赞扬他"表现了我们民族的英雄气概"。

> 朱自清旧照
> 鲁迅曾评价朱自清的散文名篇《荷塘月色》：这是为了对于旧文学的示威，在表示旧文学之自以为特长者，白话文学也并非做不到。

《背影》书影

老 舍

> 老舍：1899－1966 现代文学家、戏剧家
> 代表作：《四世同堂》、《骆驼祥子》，话剧《龙须沟》、《茶馆》
> 作品特点：短篇小说文笔轻松活泼、幽默诙谐，长篇小说《四世同堂》结构谨严、气势磅礴、饱含强烈的民族感情。

现代当代作家、戏剧家，原名舒庆春，字舍予，满族，北京人。1918年北京师范学校毕业后任小学校长。1924年应聘到英国伦敦大学东方学院当中文讲师。在英期间创作了长篇小说《老张的哲学》、《二马》等。这些小说以"看戏"的态度来旁观北京的众生相，文笔轻松活泼、幽默诙谐。1926年加入文学研究会。1944年开始创作近百万字的长篇巨著《四世同堂》，1946年完稿。这是一部结构谨严、气势磅礴、饱含感情的民族抗争史。曾因创作优秀话剧《龙

老舍作品书影

须沟》而被授予"人民艺术家"称号。他的作品大都取材于市民生活,为中国现代文学开拓了重要的题材领域。主要著作有长篇小说《骆驼祥子》、《火葬》等,中篇小说《月牙儿》等,短篇小说集《赶集》、《樱海集》等,剧本《龙须沟》、《茶馆》等。

《四世同堂》

特点:篇幅宏伟,结构匀称,人物对话逼真、传神,场景描写鲜明生动、富有光彩,具有很高的艺术价值。

作家老舍的代表作之一,完成于1946年,是"老舍花费力气最大,写作时间最长,他自己比较满意的一部作品"。小说包括《惶惑》、《偷生》、《饥荒》三个部分,它是老舍长篇小说创作中的重大收获。作品所表现的反封建的思想锋芒和鲜明的爱国情感引起了不同时代读者的共鸣。作品以抗战时期北平一个普通的小羊圈胡同作为故事展开的具体环境,以几个家庭众多小人物屈辱、悲惨的经历来反映北平市民在八年抗战中惶惑、偷生、苟安的社会心态,表现他们在国破家亡之际缓慢、痛苦而又艰难的觉醒历程。作品深刻的思想意蕴表明,一个民族的兴衰存亡,不仅在于其经济的发达、武器的先进,而且还取决于该民族普遍的社会心态。综观全书,篇幅宏伟,结构匀称,人物对话逼真、传神,场景描写鲜明生动、富有光彩,具有很高的艺术价值。

《四世同堂》书影

《骆驼祥子》

特点：结构严谨，情节迭宕，语言精练，具有极高的艺术价值。

作家老舍的代表作之一，代表了作者市民小说的最高成就。作品通过对一个人力车夫悲剧命运的描写，提出了城市贫民寻求生活出路的社会问题。它以人物自身的性格矛盾，揭示了来自乡村的破产农民面对腐朽社会的压迫盘剥，在日益贫困的同时也扭曲了质朴的人生，激化了小生产者对"私有"的追逐，从而加速了他们悲剧的结局。小说集中表现了主人公祥子生活的悲剧与性格的悲剧。祥子生活的悲剧表现在他企望做一个自食其力的劳动者的生活理想的破灭。

《骆驼祥子》剧照　1957年上演

老舍无疑是"另一种北京"的创造者，他发现了"艺术的北京"。从此，人们对于"北京"的观照，往往带着老舍的眼光。老舍所创造的祥子与虎妞（《骆驼祥子》）、张大哥和老李（《离婚》）等，都已成为北京文化的有机部分。

祥子顽强求生的努力拼搏与现实社会给他的一次比一次沉重的打击形成强烈的对照，从而深刻揭露了千万祥子悲剧的社会根源。祥子性格的悲剧集中表现在作为一个劳动者美好品质的丧失和正常人性的蜕变。作品结构严谨，情节迭宕，语言精练，具有极高的艺术价值。

《茶馆》

特点：作品中人物的语言简洁清新、洒脱幽默，以普通话为基础，适当穿插北京地方方言，揭示了民族性格的渊源。

《茶馆》话剧剧照（1973年北京人民艺术剧院演出）

老舍的话剧代表作之一，创作于1957年，当代话剧精品。全剧共有三幕，以宏大的气魄和精巧的艺术结构反映了三个"被埋葬的时代"。第一幕写的是清朝末年的事情；第二幕反应的是辛亥革命后军阀混战时期；第三幕讲述的是抗战胜利后国民党、美国兵横行之际。全剧以"裕泰茶馆"为平台，通过不同时期若干人物的若干生活片断，展示了各个时期的社会全貌。作者将三教九流、各色人等集中到一个小茶馆里，他们虽然各行其是，却又共同演绎着一出包罗万象却又精练严谨的悲喜剧。作品采用的是"人物群览"的方式,支撑全剧的是70多个人物及他们带出的几十个小故事。每个人物的生活变迁片断共同组成一幅统一而完整的京华世态画卷。剧中人物的语言简洁清新、洒脱幽默,以普通话为基础,适当地穿插北京地方方言词语,揭示了民族性格的渊源。

闻一多

闻一多:1899—1946 中国现代诗人、学者
代表作:诗集《死水》、《红烛》,评论集《闻一多论新诗》
作品特点:诗集在艺术上感情炽热深沉,想象丰富神奇,结构严谨,音韵和谐。

闻一多旧照

中国现代诗人、学者,原名闻家骅,湖北浠水人。1913年入北京清华学校。1919年五四运动中,作为清华学生代表,出席在上海召开的全国学生联合会。1920年发表第一首新诗《西岸》。1922年出版《冬夜草儿评论》,主张艺术应讲究唯美。1926年发表了著名论文《诗的格律》,他要求新诗具有"音乐的美,绘画的美,并且还有建筑的美"。1928年出版诗集《死水》,艺术上感情炽热深沉,想象丰富神奇,结构严谨,音韵和谐;内容上表现了他强烈的爱国主义思想。而对《周易》、《诗经》、《庄子》、《楚辞》四大古籍的整理研究,被郭沫若称为"前无古人,后无来者"。抗日战争爆发后,投身于爱国民主运动,成为著名的反法西斯主义的民主斗士。1946年7月15日发表了著名的《最后一次的讲演》,当天下午遭国民党特务刺杀身亡。主要著作有诗集《死水》、《红烛》等,评论集《闻一多论新诗》等,古典文学研究《楚辞补校》、《神话与诗》等。

俞平伯

俞平伯:1899—1990 现代作家、学者、红学家
代表作:诗集《冬夜》、《雪朝》,散文集《杂拌儿》,专著《红楼梦辨》
作品特点:现代诗语言优美、淡雅,格调清新;散文韵味悠长,读后回味无穷。

现代作家、学者,原名俞铭衡,浙江德清人。1915年考入北京大学文学部。1918年,在《新青年》上发表了第一首新诗《春水》。1921年加入文学研究会。1922年与朱自清等人创办"五四"以来最早出现的诗刊《诗》月刊。1923年与郑振铎、沈雁冰等十人成立朴社,期间曾赴英留学。他是新文学运动初期的重要诗人,提倡过"诗的平民化",积极倡导白话诗,为新文学的发展做出了突出贡献。主要著作有诗集《冬夜》、《雪朝》、《忆》等,旧体诗《古槐书屋词》、《遥夜》等,散文集《杂拌儿》、《燕知草》、《燕郊集》等,专著《红楼梦辨》、《读词偶得》等。

阿英

阿英:1900—1977 现代学者
代表作:小说集《义冢》,诗集《饿人与饥鹰》,剧作《碧血花》
作品特点:语言清新流畅。

阿英旧照

现代剧作家、文艺理论批评家、文学史家,原名钱德富,又名钱德赋、钱杏邨,安徽芜湖人。青年时曾参加过五四运动。1927年后从事革命文艺活动,参与组织太阳社。1930年参加"左联"和中国左翼文化总同盟。1941年到新四军从事文艺、新闻、统战工作。孤岛时期,参与创办《救亡时报》,主编《文献》杂志。50年代后曾任天津文联主席,兼任《民间文学》和英文版《中国文学》主编。他的小说和戏剧多紧密配合政治斗争,着力宣扬民族气节,对沦陷区的人民起到了很好的鼓舞和教育作用。一生著述包括小说、戏剧、诗歌、文艺评论、古籍校点等共有160余种。主要有文艺论集《文艺批评集》,文史资料《晚清戏曲小说目》,小说集《义冢》,诗集《饿人与饥鹰》,剧作《碧血花》等。后辑有《阿英文集》。

阿英的《纪念文集》书影

冰 心

冰心:1900—1999 现代儿童文学作家
代表作:散文集《归来以后》,小说集《超人》
作品特点:其散文婉约典雅、轻灵隽丽、凝练流畅。

冰心旧照

现当代女作家,儿童文学作家,原名谢婉莹,福建长乐人。1919年开始发表第一篇小说《两个家庭》。其后,受泰戈尔《飞鸟集》的影响,写作无标题的自由体小诗。这些晶莹清丽、轻柔隽逸的小诗,后结集为《繁星》和《春水》出版,被人称为"春水体"。1921年加入文学研究会。1923年赴美留学,获威祺利女子大学文学硕士学位,其间,写有散文集《寄小读者》,显示出婉约典雅、轻灵隽丽、凝练流畅的特点。这种独特的风

郁达夫曾评价冰心:意在言外,文必己出,哀而不伤,是女士的生平,亦即是女士的文章之极致。

格曾被时人称为"冰心体"。1926年回国后曾任燕京大学、清华大学教师。1946年赴日本,曾任东京大学教授。1951年回国,先后任《人民文学》编委、中国作家协会理事、中国文联副主席等职。作品主要有散文集《归来以后》、《再寄小读者》、《三寄小读者》,小说集《超人》、《去国》、《冬儿姑娘》,以及《冰心全集》、《冰心文集》、《冰心著译选集》等。

《冬儿姑娘》初版封面

《寄小读者》初版封面

李金发

李金发:1900—1976 现代诗人
代表作:《微雨》、《异国情调》
作品特点:他的诗朦胧恍惚,多用象征暗示,格调怪异。

现代诗人,象征派的代表人物之一,原名李淑良,字玉安,广东梅县人。1919年赴法勤工俭学,受法国象征派诗人波特莱尔的影响,开始创作象征派诗歌。先后出版《微雨》等三部诗集,震动中国诗坛,被称为"诗怪"。他的情诗具有独特的诗的世界:一是生死意识的张扬,惊世骇俗;二是以意象暗示象征,拓展新诗的意象艺术。1925年回国,在上海美专执教,同年加入文学研究会。1927年秋任中央大学秘书。

李金发旧照

1928年任杭州国立艺术院雕塑系主任,创办《美育》杂志。作为中国象征诗派的开创者,他的诗朦胧恍惚,多用象征暗示,格调怪异。另有诗集《古希腊恋歌》等,诗文集《异国情调》、《飘零阔笔》,小说《鬼屋人踪》等。

《食客与凶年》书影
《食客与凶年》内收录《"过秦楼"》、《我求寂静》、《你当然晓得》、《你在夜间》等九十余首诗。

夏衍

夏衍：1900—1995 现代剧作家、翻译家
代表作：剧本《上海屋檐下》，报告文学《包身工》
作品特点：其戏剧在人物的刻画上重在揭示其内在的心理活动；情节平淡，结构严谨，具有隽永、素淡的艺术风格。

现代剧作家、翻译家，原名沈乃熙，浙江杭州人。1920年赴日本留学。1927年回国，从事工人运动及翻译工作。1929年参加筹备左翼作家联盟，同年与郑伯奇等人组织上海艺术剧社。他的剧作多从平凡的日常生活中选取题材，大都具有强烈的时代性，在人物的刻画上致力于揭示其内在的心理活动，情节多平淡无奇，结构严谨，具有隽永、素淡的艺术风格，为中国的话剧做出了突出的贡献。主要著有话剧剧本《上海屋檐下》、《秋瑾传》、《赛金花》等，电影文学剧本《风云儿女》、《压岁钱》等，报告文学《包身工》，论著《夏衍剧作选》、《电影论文集》等，译著长篇小说《母亲》等。

图为1930年夏衍与妻子蔡淑馨在上海的合影

1933年建立了以夏衍为组长的中国共产党的电影小组，他创作的《狂流》曾在当年引起巨大的反响。1941年皖南事变后，被迫前往香港，写出了他唯一的一部长篇小说《春寒》。1942年抵重庆，创作了多幕剧《水乡吟》、《离离草》、《法西斯细菌》、《芳草天涯》，并与于伶、宋之的合写《戏剧春秋》，成为左翼电影最主要的领导人。

1986年的巴金和夏衍

冯乃超

冯乃超：1901—1983 现代学者
代表作：诗集《红纱灯》，散文集《傀儡美人》
作品特点：其诗语言豪迈雄壮，风格大气雄浑，给人一种积极向上的力量。

现代诗人、作家、文艺评论家、翻译家，中国左翼文化运动的先驱者之一，广东南海人，生于日本横滨。早在大学期间，他就开始参与创造社的活动，后成为创造社骨干。以诗集《红纱灯》等作品享誉文坛。他积极倡导无产阶级革命文学，建立了无产阶级革命文学的战斗阵地，有力促进了革命文学战线上左翼队伍的形成，从思想和组织上为后来"左联"的成立打下了基础。1930年与鲁迅等筹组中国左翼作家联盟，

起草左联《理论纲领》。历任左联、文化总同盟中共党团书记，党报《红旗报》编辑等。抗日战争爆发后，冯乃超积极投入中国共产党的抗日民族统一战线工作，发表了著名诗篇《诗歌的宣言》，被中国现代文学史上称为"诗歌朗诵运动倡导者的'宣言'"，又是文艺界抗日救亡运动的宣言。著有小说散文集《傀儡美人》，短篇小说集《抚恤》，文艺论著《文艺讲座》，译著《介川龙之芥集》、《河童》等。

冯乃超旧照

蒋光慈

蒋光慈：1901—1931 现代小说家、诗人
代表作：诗集《哀中国》，中篇小说《少年漂泊者》
作品特点：他的小说将人物同现实社会背景联系起来，在写作手法上惯用"革命加恋爱"的方式。

现代小说家、诗人，无产阶级革命文学的倡导者之一，又名蒋光赤，安徽霍邱人。1919年底到上海，入外语学院学习俄语。1921年赴苏联留学。旅苏期间创作了诗集《新梦》，歌颂俄国十月革命。诗作情绪高昂，充满理想，反映了"五四"后一代青年追求革命的激情。1924年回国后，积极倡导革命文学，致力于普罗小说的创作，是有代表性的革命小说作家。先后写成了《丽莎的哀怨》、长篇小说《冲出云围的月亮》、《咆哮了的土地》等作品。其小说多以大革命为背景，反映工农群众和青年知识分子的革命斗争，惯用"革命加恋爱"的公式，表现历史转变关头革命青年的苦闷、悲愤和奋起抗争的精神世界。主要著作有诗集《哀中国》等，中篇小说《少年漂泊者》、《短裤党》等，短篇集《鸭绿江上》等。

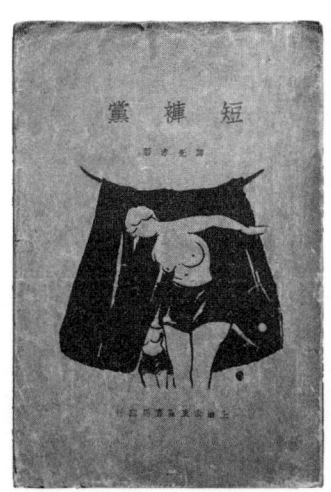

《短裤党》书影

《拓荒者》期刊
蒋光慈主编，其前身为《新流月报》。该刊发表过殷夫、沈端先、阿英等人的创作和翻译作品，是极具特色的文学杂志。